Beijing

HongKong

Taipei

我的
双城记

贾 葭 ——— 著

三联书店

图书在版编目 (CIP) 数据

我的双城记/贾葭著. —— 北京：生活·读书·新知

三联书店，2016.1

ISBN 978-7-108-05472-2

Ⅰ. ①我… Ⅱ. ①贾… Ⅲ. ①随笔 – 作品集 – 中国 –

当代 Ⅳ. ①I267.1

中国版本图书馆 CIP 数据核字 (2015) 第 216284 号

责任编辑　李静韬
装帧设计　朴　实　张　红
责任印制　张雅丽
出版发行　生活·讀書·新知　三联书店
　　　　　（北京市东城区美术馆东街22号）
邮　　编　100010
网　　址　www.sdxjpc.com
经　　销　新华书店
排版制作　北京红方众文科技咨询有限责任公司
印　　刷　北京市松源印刷有限公司
版　　次　2016年1月北京第 1 版
　　　　　2016年1月北京第 1 次印刷
开　　本　850毫米 × 1168毫米　1/32　印张 13.5
字　　数　288千字
印　　数　00,001—10,000 册
定　　价　45.00 元

（印装查询：010-64002715；邮购查询：010-84010542）

目录

Contents

I

自序　你才是专栏作家

在北京，与其说一个人是专栏作家，倒不如说他是无业游民更合适些。中国媒体的专栏文章制度相比西方而言，远未完善。一个居住在北京的专栏作家，除非他能一天写一篇文章，否则完全不足以供养家用。专栏作家也不是一个可以定义身份的职业。我在居委会登记资料时，居委会大妈七嘴八舌地要看我的中国作家协会会员证，非此不足以证明我是个作家。

专栏作家是游离于这个大体制之外的民间发言人。在一些公开的场合，我很喜欢被人称为专栏作家，这样可以较为自由、不带顾虑地独立发言，既不会牵涉我所供职的公司，也不会给别人带来媒体所携带的那种不安。其实，我根本也算不上作家，也根本不想加入中国作协。我就是个码字儿的文字工作者。在没有正经工作的时候，写专栏是我唯一的收入来源。

这个故事要从2003年的"非典"说起。彼时，我蜗居在马连道的一间斗室里躲"非典"，天天用绳子从窗户吊麦当劳的外卖，眼见快要不名一文。有一天无意中翻开一本《三联生活周刊》，看到《生活圆桌》那个栏目，不禁喜上眉梢，这样的稿子多简单啊，我也能写。灵光乍现后，用不到半个小时，写了一篇题为《床笫之欢》的小文章，用电子邮件寄给那个投稿信箱。谁料下周就刊出了。

对一个23岁的外省来京务工青年而言，名字跟很多名人并列，我自然非常开心。这个栏目的主持人是苗炜，他的回邮也很简单，希望我能多写。于是第二周，又写了一篇小文章给他，又是当期刊出。文艺青年一般都容易把创作冲动误认为是创作能力，我被他这么一鼓励，似乎觉得自己还是有创作能力的。

这两篇文章之后，我就不给三联写了。因为《中国新闻周刊》的随笔专栏编辑看到那两篇后，辗转找到我，表示可以给更高的稿酬，让我写给他们。我才不理会这二者的差别呢，有钱就行。也就是说，我最初写专栏文章，纯粹是为了稿费。我没有太高尚的目的，我至少要把中文系的学费挣回来吧，不能亏本。多年之后，我在一个饭局上见到苗炜，那是我第一次见他，但却颇有相知已久之感。

那时候还不敢以作家自居。我是个 23 岁才毕业一年的毛头小子，作家这个身份离我太遥远了。2003 年夏天的一个晚上，我跟巫昂坐在后海扯淡聊天。她问我以后想干什么。我说什么也不想干，像你那样白天看书，晚上写专栏就好了。这话我说过就忘记了。2009 年夏天，我们一起受邀去搜狐视频做一个访谈节目，她突然提到那年夏天的晚上，说道：你当年不就是想做专栏作家吗？你现在已经是了，有什么不同吗？

2003 年 11 月，《新京报》创刊。他们编辑找到我，希望我可以写一档叫《新北京观察》的栏目。这个栏目就是从偏理论的层次谈北京的建筑、交通、生活、游乐、社区、历史等等。为了写这个，我读了一堆当时觉得全然用不上的书。许多文章完全是现炒现卖。不过，这个时期的写作，让我迅速地重新了解北京，这个光怪陆离、让人爱恨交织的城市。一些老辈人都不太知道的典故缘起，我都能信手拈来。

　　我甚至为了写好这个栏目，周末骑车在各条胡同里乱窜。二环里那些窄小幽深的老胡同，我几乎都走过一遍。看到老房子、老建筑就回家做记录、查资料，跟一些老人聊天，在各种小吃店老字号流连忘返，后来发现连自己的口音都变了。我认为这是"本地化"的开始，既然决意在北京待着，为什么不写我眼中的北京呢？

　　彼时《新京报》在推广一个叫"新北京人"的概念，我认为我就属于这个群体：爷爷辈没有扛枪进城，父亲没赶上高考重开，在此举目无亲，全靠自己瞎混。我跟北京的关系很简单，就是京漂。由于没有语言障碍，融入北京的生活其实很简单，普通的北京人也并不排外。我有了很多当地的朋友，和北京的距离也就更近了。

　　再后来，《南方都市报》邀我写京漂生活，我欣然答应。这样一路写下来。前一阵子，我的专栏出现话题重复、素材重复引用等等状况，让我觉得这个主题似乎已经无法再谈下去。堵车写过三次，水淹京城写过三次，台风写过两次，我都觉得有骗稿费的嫌疑。每周三都绞尽脑汁地想，这周要写什么。比如前一阵引起关注的美国大使馆天气预报以及北京的雾霾，我在2010年的专栏里就写过，我也不能趁大家现在热炒这个就拿出来重写一遍，那样太不道德了。这样的难免情形，在此书中一一存其旧貌，读者大略可知我之难处，唯不敬之处还望谅解。

其实，北京在哪里？北京是什么？北京代表着、意味着什么？这些问题都很难回答。我想起孩提时代唱的《我爱北京天安门》、《北京的金山上》、《让我们荡起双桨》等歌曲，这些旋律乃至歌词，我至今仍能脱口而出。只是，天安门、新华门、北海，这些地名在我的心中，与幼年时代的概念及想象已经截然不同了。当我了解了这些地域及其建筑本身和背后的故事之后，我在心中重建了它们——也重建了一个北京。

2005 年，我读《帝国晚期的江南城市》（*Cities of Jiangnan in Late Imperial China*）一书时，和心中一些隐隐的却不能总结出来的观点相互印证，坚定了我对北京的看法。同上海、苏州等城市相比，作为八百年帝国首都的北京，受到政治的影响更为显著。市场因素在城市地位升降与发展变迁中，几乎起不到作用。庞大的城市群落不是自然生长的，而是屈从于政治的决定任人打扮。

当然，北京最剧烈的变化发生在过去的六十多年。这个城市的野蛮生长，伴随着中国国情、民族主义、历史意义的不断变化而变化，大、小、高、低这些建筑学的概念，在政治中都是关键问题，因为牵涉优与劣、好与坏、先进与落后等事关国体的大事。也正唯如此，北京也变成了一个涵盖政治理念与宣扬意识形态的最重要的空间场域。北京是个符号，她的象征意义及其生发出的空间政治，又在极大程度上影响了国家与民众的关系。

这些零碎不成系统的思考——有的就是半截子的、不成熟的判断，在相当程度上左右了我写专栏时的基本基调及立场。我不是单纯地甚至是赤裸裸地抱怨，而是在想：我，一个简单的市民（或草民），与这座城市的关系到底是什么？我们之间为什么会形成这些关系？对我的影响又是什么？我何以接受或者抵挡这种影响？

再深言之，在这座城市里，我是什么状态？我的焦虑感、紧张感来自何处？我何以能够弥合内心里和这座城市深层次的鸿沟？何以能够减缓我与这座城市潜在的矛盾与冲突？我把这些问题都埋在一些看似鸡毛蒜皮的小事件里，写出自己真实的感受。

因为一个偶然的机会，我在2011年的春天到了香港工作，就停掉了在《南方都市报》上写北京的那个专栏，开始在《看天下》杂志上写香港。相比北京，这是一个新的世界，有许多值得我去发现的东西。这个位处亚洲中心的现代化大都市的确有许多颇可赞许之处，我不过是为前人的议论增加一些并不重要的注脚而已。但香港的生活对我个人而言，却称得上是一次脱胎换骨般的改变。也许我至今都没意识到，她对我的影响有多大。

英国人遗留下来的那些有形的建筑、雕塑以及街道，是这个城市可见的部分，是历史留给她的外在烙印。然而秩序、规则与意识——这些不可见的部分——在支撑着这个城市的价值与梦想。站在这个城市的街道上，有一种无形的力量让我感到畅快、自由与安逸。我常常站在窗口默默地看着维港上空明艳的晚霞，心中一直在想，是什么力量让一个地无三尺平的地方变成如今这样。

很多香港朋友问我在香港生活的感受，我都非常简单地回答他们，生活在真实当中，或者说，我会觉得生活更真实。此时我会忽略我瑟缩在维港边上一个四百多平方英尺（约三十七平方米）的斗室里、被80年代的冷气机吵得难以入睡的情节，但我从不觉得这种生活有什么可以值得抱怨的地方。

这真是一个很奇怪的答案，但却是我真正的感受。与此同时，我会想到英国作家简·莫里斯（Jan Morris）描写香港的一句话：就社会而言，这片土地是自由的，并且基本上是公平的。

可以说，大英帝国就隐藏在这个城市当中，像幽灵般无处不在。这与另外一种无形的力量构成了某种微妙而隐蔽的冲突，至今让香港徘徊在一种复杂的纠结甚至愤怒当中。过去的一年中，香港社会发生的许多事件也与这种冲突有关。有时候，香港就像身份认知分裂症患者，无法确认自己的属性，就像前文提到的莫里斯（她在四十六岁时做了变性手术）一样。不只是普通市民，整个城市的价值与身份认同都出现了严重的危机。这也让空气中的硝烟味道愈加浓烈。

见证香港回归的会展中心坐南面北，其地基系在维港填海而成，突出在海面的金紫荆广场，是整个维港的视线中心，这种设计背后蕴含的政治意味不言而明。过去关于香港的文学叙事都围绕维港展开，从视觉形象上确立维港新时代的来临有其必要。同样是金属与玻璃结构的中银大厦，也是取代汇丰银行大楼的新地标。这种角力在各个领域几乎同时存在。

我喜欢去尖沙咀的一个高层酒吧，在那里可以俯瞰整个港岛的夜景，对岸鳞次栉比的大厦顶楼，有数不清的闪烁灯箱广告，有中文的，有英文的。光影投射在维港的海面上，波光粼粼地荡漾出这个城市的光辉与荣耀。红隧入口上方有一个蓝底白字的灯箱，上书"北京控股"四个大字。我经常对人说，这才是理解香港的一把钥匙。如果说大英帝国对香港的影响无处不在，那么反过来也可以说，中国大陆施诸香港的影响亦然。

我逐渐在理解这座城市的历史与现在。我把最直观的私人感受记载下来，并在截稿的时候告诉我的读者，并且试图让他们知道我对于这个城市的思考并非是走马观花，或者刘姥姥进大观园那样的简单。同时为了不给他们造成太多的阅读负担，我又尽量写得轻松而简约。可这实在是一件很扭捏和不轻松的事情。在描写香港的一本书中，我的朋友严飞说过，他是一脚站在香港，一脚站在内地，可以说写的是"门槛上的香港"，我则试图把另外一只脚从门槛上拿下来，让自己全身进入。

说实话写得很累。说到底，我是一个思想浅薄而又无知无畏的人。我经常痛恨自己当年没好好学习，以至于沦落到靠卖简单常用汉字为生。这些文字在人类浩如烟海卷帙浩繁的所有文字中，完全黯然无色毫无意义。我甚至觉得这样想一想也是对过去文明的亵渎。在过去的几次搬家中，我扔掉了几乎全部的样报样刊，以至于当有编辑来讨论出版事宜时，我完全无法确认这些文字具体发表的时间。

我日益强烈地希望能够给读者提供更好玩、更好看、更有深度的文字，然而进展有限。我似乎遇到了一个极大的写作瓶颈。再这样下去，我就生生把自己给毁了。我极度不安地希望过去这些年里个人的城市体验，至少能够给那些京漂和港漂青年提供一些信息上的指南——假如真的可以这样，那倒要谢天谢地了。这个集子里还有一部分千字文是我对中国其他一些城市的细枝末节的观察，其实就是絮絮叨叨地对城市里的鸡零狗碎发出各种牢骚。

因为在写作上的枯竭和思想上的不自信，我开始厌倦被称为一个专栏作家。假如别人在公开场合说我是专栏作家，我就要以半开玩笑半怒斥的口吻说：你才是专栏作家！你们全家都是专栏作家！

这本集子收入的文章截止到 2012 年的夏天。在与编辑不断沟通的过程中，我试图补充进一些新写的稿子，却发现香港、北京、台北又都有其新的变化。北京逐渐让我有种厌倦的情绪，在这样一个庞大无序的城市里，我开始有点不知所措。也许是长期对这个城市的抱怨形成了严重的心理暗示，我觉得过得并不舒服，但我又知道，我的青春和最值得浪费的时间，都在这个城市。

香港和台北，也在 2014 年发生了许多与以往绝不雷同的故事，这些故事与崛起的中国相关。我眼睁睁看着，两岸三地一个新时代的到来。这个时代有一种新的叙事，由更年轻的人去主导，看着他们就觉得自己老了。我当中有段时间离开香港回到北京，等我再回香港时，听着朋友们讨论发生过的事，觉得自己错过了很重要的时段，已经有点隔膜的感觉，甚至有些沮丧。

不论如何，我还是努力试图记录这些，只是写下的文字与以往明显有了不同。这些稿子大部分发表在腾讯《大家》、《号外》杂志和《明报》等媒体的专栏，少数发表在我自己的微信公众号"贾葭的双城记"里。

编辑数次建议我把这些新稿放在这个集子里一并出版，但我认为，这样并不合适，于我而言，此前此后，不论是文字还是思考，都差异颇大。如果有机会，我未来或许会再整理一个新的集子，会集中于港台话题，因此这本小书里的贾葭，就止步于 2012 年的夏天了。我也并不觉得可惜，因为我知道我想写的事情还有很多。

　　说到这里，我索性把序和跋一勺烩了——我要感谢编辑赵琼、李静韬两位女士，她们不厌其烦地催促我整理过去的文稿，也让我有机会重新审视过去十年的自己。作为我个人出版的第一本集子（此前有一部书稿还在漫长审稿中），我还要向内子沈亮表示由衷的谢意与敬意。她是一位禀赋极好的时政记者，通常能见人所不能见者。在有的交稿日我抓狂挠墙之时，她总能给我的选题以非常靠谱的建议。有些稿子，客观地说，是全然接受她的观点才写出来的。

　　此外，我非常感谢《南方都市报》的前评论编辑邓志新先生、《看天下》杂志的副主编彭远文先生、《新京报》的安峰先生，正是他们每周一次夺命般的催稿和不断鼓励，才让我有动力写下这些零零碎碎。我同时亦希望读者能够对这本小书提出最严苛的批评，让我未来会对笔下的文字更加敬畏。

　　这篇序言，在长达三年的时间里断断续续写了四次。也许在我心里，这篇序言反而是最想让读者看到的东西。我想起托马斯·沃尔夫在谈及自己第一本书的出版时，居然一口气写了七十五页的手稿，来分析自己的心路历程，啰唆得一

塌糊涂，但一个作家愿意这样把自己剖开来，总是一件有勇
气的事情。

　　时光荏苒，世异时移，我没有悔少作的勇气，要请读者
诸君原谅。一个人的现在就是他的历史构成的，而现在又会
转瞬即逝地成为历史，却又会不断地在未来出现。

　　请你们等着我，我会回来。

　　是为序。

2012 年 8 月于香港北角

2013 年 3 月改于北京海淀

2015 年 5 月再改于香港北角

京城风物略

Chapter 1

上风上水上海淀

　　据说海淀是全中国最有文化的地方。小时候教科书告诉我，中国是全世界最有文化的地方。假如教科书是对的，海淀无疑是全球最有文化的地方，但看上去确实不像。如今的海淀很难给人"有文化"的感觉，倒像个低端的商务区。你在街角吃一根油条，边上的人不是在讨论代码，就是打算卖两张毛片儿给你。情景切换极为迅速，要么极其高端主流，要么极其三俗三贴近。

　　言归正传，"上风上水上海淀"，是一副著名的对联，这是上联。稍微有点古文常识的人，都知道尾字是去声，做不得上联的。下联更大气，叫"融智融商融天下"。在许多宣传场合，北京两个字早被忽略不计，只说"中国海淀"。这副对联的作者，如今还在号子里蹲着。他轻轻地走了，留了这句口号，如今还在用，最靠谱的翻译公司，也没能把这句话译成英文。

海淀在北京的西北，早年真是上风上水的佳地。当初司徒雷登把学校设在这里，也是看中三山五园的风水好。学生远离市区，能够安心念书。不像城里的大学，动辄就有组织地悄悄忽悠一个运动——因为游行太方便了。当初的远郊如今成为中心城区之一，大学也不太像大学，只是大一点的中学，时常闹出一些匪夷所思的新闻来，搞得主管机关恨不能把"女大学生"设置成关键词屏蔽。

这样的大学，不仅为周边林立的高楼培养了数不清的IT民工，似乎也送去了久违的文化气息。文化似乎无处不在，卖毛片儿的也会告诉你，这是"两性文化"。房地产商都借着大学来卖房子，售楼小姐拼命告诉你，咱这儿住的都是文化人。仿佛与教授为邻，你就有了副教授的学问，其实"臭老九"们都住在十几公里之外。假如你不怕上当买了房子，会发现去大学散步都要登记身份证。

有时候偶尔能见到一两个文化人潜伏在海淀。记得余秋雨老师曾经说过，泰州是中华文化的高台，那他一定该来海淀学习一下。比如在万圣书园，遇见梁文道或者秦晖的概率要比在CBD（中央商务区）大很多。不过这些小圈子活动，外边的普通人无从知晓。

通常来说，这些活动也不被主流人群认可。因为主流就是跟主流保持一致，他们只是一小撮罢了。

　　这里出现最多的人群，是一种被称作"IT 民工"的人，他们一般精神恍惚、睡眼惺忪、行色匆匆，而且衣着邋遢——电脑包、牛仔裤、T 恤和球鞋是标准配置，属于一眼就能被认出的特殊人种。胸前挂着工牌，一望便知是哪个公司的。中国的网络新闻，九成就是这些人做的，而且是在男女比例极度失调的情况下做的。曾经有个时尚杂志的编辑转行去干 IT，因为穿得过于时髦，竟被保安拦下来索要证件。

　　另外一种是苦力活——在几个大电脑市场攒机的，也被称为"挨踢（IT）人士"。他们虽然学历不高，但水平一点不差。不管多么复杂的电脑问题，只要收了钱，几分钟就能搞定。苹果刚刚发布了 iPad，一天后就可以在这里找到国产的山寨货，号称比 iPad 功能强大五倍。"寨都"深圳的最新产品，当天在这里就可以看到。在很多人印象里，中关村就是个"修电脑"的地方。

　　如今林立的广告牌，倒真把海淀变成"融商"的地方了。比如教授被叫作老板，老板被叫作博士，博士被叫作民工。只要你愿意出钱，立马有人拿着一堆学位等着你买。人大天桥上，二十四小时有兜售证书的贩子，如果不介意的话，你立刻能变成唐骏或者张朝阳的校友。假如你真能忽悠几句，也可以像张悟本那样出书、上电视。

海淀，一切皆有可能。

（原刊《南方都市报》，2010 年 10 月 10 日）

万圣的下午茶

　　某次《东方早报·上海书评》的两个编辑来京约稿，约了中午吃饭。酒足饭饱之后，在他们埋单剔着牙的时候，我拿出地主的姿态，问他们下午可有什么想去的地方。二人居然异口同声地说：万圣书园。这倒出乎我的意料。通常对外地游客来说，下午的时光逛逛五坛八庙，晚上去南锣鼓巷喝酒谈天，才是标准流程。既然想去书店，显见还是读书人。这倒简单了。

　　那天下午的北京城照例堵得不可开交，在出租车里扯淡扯了一个多小时才到。在书店边上的"醒客"咖啡找了座位坐下。他们二位立刻冲到店里，像狗见了家一样。我掏出随身携带的书，叫了杯咖啡。过了不久，这二位各拎着一大捆过来，好像遇到商场的打折特卖。我笑说，你们在北京这样买书，显得贵沪多没文化似的。这些书，在季风肯定也有啊。他们说，来万圣是抱着朝圣的心态，不买不行。

也许对于外地读者来说，来一趟万圣真的会有朝圣的感觉。对于我这样隔三岔五就泡在万圣的人而言，这样舒适的下午实在是平常不过。一杯咖啡，一本书，一坐一个下午，惬意而充实，不觉得时间的流逝。周围的人要么在低头看书，要么在窃窃私语，你要是对着窗口发呆，都会觉得非常不好意思。

晚饭前他们想拜见万圣的老板刘苏里，说是仰慕了多年。我去打听了一下，刘老板头天晚上跟人喝茶，被弄伤了腰，去医院了。他们非常遗憾地抱着书离开了。刘苏里是万圣的创始人，早年还有个"女当家的"叫甘琦，后来成为北岛的夫人。这个故事在圈子内经常被人提及。早年万圣门口的"万圣荐书"，即出自甘琦之手。

我第一次去万圣是 2000 年。当时我在南京读书，来北京玩，借住在北大校园。晚上瞎晃悠，偶然在城府街撞见这家小书店，一时不能自已，买了一大堆。等来京工作后，万圣已迁至蓝旗营，店面扩大数倍。一到周末或者无聊之时，脑中冒出的第一个念头就是去万圣逛逛吧，已经是生活习惯了。这样的人在北京绝不是少数。

　　醒客咖啡，如今已经与万圣不可分割。琳琅满目的书固然是宝贝，但没有醒客咖啡的幽暗灯光，便逊色不少。里面的一间屋子，经常会有一些学者来座谈，或是作者来发布新书。这种附加产品，别的书店断断不会有。而且经常会在书店里遇见熟人，彼此对视一笑，各自分头在架子上找书。有时候不小心踩了别人的脚，抬头道歉时，赫然发现，那个人可能是个著名文化人。

　　很明显，万圣的书是刘老板亲自挑选的。这位法学硕士的眼光替读者省了不少事情。这么说吧，假如你闭上眼睛从架子上任意抽几本书下来，肯定不会有上当的感觉。而且你会强烈地感觉到刘苏里在做的是赔钱的买卖，因为曲高和寡的书实在太多了。这里的书基本上营养丰富却又很不易读，不动一番脑子，恐怕是不成的。这就是万圣的魅力。我以前一直在琢磨"万圣"的意思是什么，莫非是说这些书的著者是圣人，万圣咸集于此？后来又有朋友说，刘老板的生日在万圣节，故名。不论如何，那个蓝色的小鬼头，在西方称为"灵鬼"，本就是智慧的象征。细心的读者会发现，万圣大门上有个繁体的"讀"字，各个部分用了不同颜色，这个字就是"言士买"。这倒真的中西合璧了。

　　刘老板入院那天，有朋友在微博上说，读书人受过万圣和苏里的好，不计其数。他希望大家在微博上都"吱一声"。万圣嘉惠士林，这是有口皆碑的事情。万圣的书，某种程度上来说，都是鼓励读者冲破思想禁区的书。万圣的下午茶，之所以会让你觉得舒适，就是因为在那个下午，你在这里，会获得某种自由。

（原刊《南方都市报》，2010 年 10 月 31 日）

做一个醒客

　　我记得 2012 年 5 月在台北的时候，专栏作家张铁志陪我逛台大附近的书店，他首先建议我去唐山书店。我们从罗斯福路转过弯儿来进新生南路，从左手边一条特别不起眼的小巷子进去，一扇只有一人多高的小门上挂着店招：唐山书店。这是一家地下室书店，要沿着一段向下伸展的窄小楼梯下去。下楼梯的时候，我不禁咕哝了一句：这个书店怎么这么简陋！

　　张铁志同学像被侮辱了一样回头仰望着怒斥我：不要开玩笑，这里就是我们台湾的万圣书店！我一下子就严肃起来了，开始对这个简陋至极的仅有一间教室大小的书店肃然起敬。他要打这样的比喻，那说明这家书店还是非常有分量的。我问他为什么要做这样的比喻，他庄重地说：这家书店跟台湾"解严"前后的思想解放大有关系，我们的年轻时代，就是在这里度过的。

　　闻及此言，我顿时对这家书店刮目相看——即便我在里面也没买几本书，而且觉得环境和空气都不太好，但我一下子就明白了他对这家书店的感情。假如非要拿来比，那么恐怕张铁志对唐山书店的感觉跟我在北京对万圣书园的感觉是一致的。你骨子里就觉得这家书店会跟一个变动的时代或者一个巨大的历史事件有着命中注定的连接，甚至你会觉得自己就该是书店的一部分。

　　创立近二十年的万圣书园这个月要搬迁，这是这家书店自创办以来的第三次搬家。在我看来，这是北京 11 月里的一件大事，至少是文化界、学术界的一件大事。万圣书园自创办以来，许多知识分子和学生都受惠良多。我经常说，这二十年来，万圣在北京知识界所起的作用，应该与周边的两所大学旗鼓相当。这当然有夸张的成分，但就我个人而言，这十年来在万圣的浸润与读书的过程，获益远超大学时代。

　　虽然新店址距离现址不过两百米，但搬迁却是一件麻烦的事——十几万种图书要分批打包下架、运输、归类、上架等，是非常琐碎的事情。更琐碎的是新店的装修，老板娘每天晚上在微博上更新书店新址的装修进程，引来网友的围观赞叹，许多人表示要过去帮忙，热闹得很。我天天晚上也刷一下微博看看进度，像是在关心自家的事情一样。

最近的几天，经常看到读者在万圣门口拍照留念。本来书店和旁边附设的醒客咖啡是不让拍照的，最近也开放拍照，供读者留影，上至耄耋，下至垂髫。大概很少有一间书店能够像万圣这样牵动着读者的惦念。这十年来的记忆就这样瞬间定格在一张张照片之中，同时，新的记忆与期待也在酝酿。就像在醒客咖啡里一个个晒着太阳度过的下午，回想起来居然是那么充实而满足。

即便是在咖啡店和书店旁若无人四处游走的那十来只猫，也都能勾起非常柔软的记忆。它们在秋天慵懒的阳光下仿佛饱经世事、不问人间烟火的老人在负暄闲话。读者一般都不敢惊动它们。偶尔胆大的人会轻轻抚摸猫猫的下巴，它们就抬起头轻轻表示一下，又眯着眼睛沉沉睡去。据说新店里也给猫猫安排好了它们的地方，这让我尤其欣慰。嗯，对于一个下午而言，还有什么比猫、咖啡和书更美妙的搭配？

2010 年 10 月底，我在给《南方都市报》的一篇文章里说，在万圣书店的下午，能够获得某种自由。我想这大概也是店主试图给读者带来的感受。在这个样样都稀缺的年代里，在一个下午能够享受到短暂的自由时光，是一件多么奢侈的事啊！这个空间就有这样奇妙的功能，让人思接千载神游万里浮想联翩——不管你当时在想些什么，只要是思考，你就是这里的醒客。假如我有空的话，届时一定去万圣帮助他们搬迁。读书有乐趣，搬书也有乐趣。想到那些读者神采飞扬地从新店买的书，其中也有忠实读者的一份心力，我就觉得非常开心，因为我知道，他们是和我一样的人，我有找到同类的喜悦。

（原刊《看天下》，2012 年第 30 期）

京城周边玩一趟，穿越明清两代

　　《第一财经周刊》在一篇写北京空气污染的报道中，用了"帝都"二字，极为传神。这个单词其实在民间早已传开，只不过未被印刷品正式予以确认。"帝都"的第一特征就是"天子脚下"，市民可以跟着领导沾一点小光，比如各地驻京办的馆子，那是一定要吃的。再比如，作为一个严重缺水的城市，总有各种人类历史上的超大工程源源不断地把水送进来，这当然也是因为领导在这里。

　　如果在 Google Earth 上看北京，会发现北京周围都是一片白地，与周边的城市之间形成了一片环形隔离带，有的媒体说是垃圾带，其实就是无法正常供人类生活的地域，北京昂然屹立于中央。菜是山东供的，水是河北供的，煤是山西供的。这个城市对周边地域的依赖太多了，已经有媒体大呼这是"抽血效应"。

以北京为圆心，半径五百里划一个圈，几乎无法找到能够正常游玩的地方，承德勉强算一个，但那是另外一个意义上的"帝都"。所以北京人自驾车郊游，去得最多的地方就是五台山和泰山，当然，这都在五百里地以外。要么就只能去怀柔和延庆的农家乐了。最高的山是香山，最大的湖是密云水库。文学青年们经常痛心疾首地认为北京是个文化孤岛。

这一点就不能跟上海比。远的不说，光是周边的苏、杭两地，当日往返即不成问题，好歹也堪称人文荟萃、风光旖旎。在上海周边找一个山明水秀的地方委实再容易不过。这种城市群的效应，在华北平原上就显得有些底气不足，除非你愿意当天坐高铁穿越这个垃圾带，去天津听一场名流茶馆的相声。

如果不出京的话，沿周边的区县走一遭，到处都在卖一种叫"虹鳟鱼"的食物，通常是酱烧或者烧烤，你完全分不清吃到嘴里的是鱼肉还是羊肉，配菜是炒山野菜和柴鸡蛋。再不然就是烤全羊，让你以为住在了西部边陲的龙门客栈，连饮料都上的是奶茶。唯一的活动项目是骑马，偶尔会有可以无照驾驶的二手吉普车，在一片飞沙中客串西部牛仔。总之展现的是一派西部大漠风情，不能跟江南的浅斟低唱相比。

多年前我们第一次去传说中的坝上草原，车子出了北京地界，盘旋着上山后，眼前出现一片望不到头的地域。本来想象中是那种"风吹草低见牛羊"的丰沛草原，激动得不行。等近了一看，以为到了宁夏的西海固，牛羊固然没有，连草也没有，只有西北风。一群瘦马飞奔而过，飞尘扬起，让人大失所望。晚上住的蒙古包又冷又暗，心里一直嘀咕：为什么北京的周边旅游非得要把自己跟蒙古联系起来呢？

这跟北京的文化风格全然不符。在五环里，这里是"帝都"，有五坛八庙三山五园。出了五环，立刻像被扔进了第三世界或前现代社会。到北京周边玩一趟，就立刻穿越明清两代，直接进入忽必烈的统治区域。最近的沙漠只有七十公里，最近的草原——不，大草坪——只要六十公里。假如去一次，你会明白为何有清一代皇帝都喜欢往南边跑，原来明成祖迁都北京纯粹是为了后代子孙炒北京的地皮。

所以每次放两三天的小长假，北京人民都为去哪里而发愁。北京城里到处都是人，你会怀疑女娲当年就是在这儿和的泥巴。再往外画圈儿，就是这片环形白地，对着地图只有叹息。再往外，那就出了华北平原了，两三天是回不来的。这个时候，就会冒出深深的悔恨来，"帝都"就是一片隔离区。

（原刊《南方都市报》，2010 年 12 月 19 日）

赏心乐事谁家院

几年前，北京有关部门曾经编了本书叫《北京胡同志》，乍一看书名吓一跳，翻开来才知道是说胡同的。大概因为北京胡同消失得太快，有必要留个纪念，就好比只有死人才配有墓志铭一样。许多老人开始絮絮叨叨地回忆，当年胡同的日子是多么惬意，平房住着多么舒服，仿佛回到了郁达夫笔下的故都。

平房的迅速消失，可能是因为不能产生大量 GDP（国内生产总值）。院子里的石榴树和金鱼缸只好成为老北京人的回忆，被拍入电影、写进小说、排进话剧。如今能在二环里住上四合院的，非富即贵。中介报出的正常起价是两千万，这还是需要维修的、破烂不堪的、面积不大的危房。像点样子的四合院，门后如果没有警卫就必然有狼狗。

在中国，有这么一个惯例，假如某种东西不仅稀缺且越来越少，并属于非富即贵阶层的禁脔，就必然会成为一种身份象征，可以像烟嘴一样叼着炫耀，文化意义倒在其次。现在只要张口说家住"某某胡同"而不是"某某花园"，立刻引来艳羡目光，仿佛此人祖上不是提笼架鸟的八旗子弟，就是南征北战的进城干部。

四合院存量越来越少，身价暴涨。做四合院买卖的中介都开始穿黄袍马褂了。一进门，先打一躬，你以为自己回到了前清，皇帝还在故宫。普通百姓从平房搬出来，入住鸽笼一样的小区楼房，据说人均住房面积也能翻番。三万一平方米的鸽子笼和两千万一套的四合院，虽然同样高不可攀，但区别还是有的。于是开发商就针对那些特别怀念及向往四合院的人，在京郊盖了四合院。算下来，跟城里的楼房价格不会差太远，如果有车的话，其实也不麻烦。

这样的四合院通常盖在郊县，除了商业开发的，还有单位买地集体自建的，也有个人买地自建的，黑压压一片一片，愣是造出了 21 世纪的北京当代胡同。我知道好几个艺术家和作家，在通州租了农民的宅基地后，自己改建成四合院或者普通平房。假如这人靠谱的话，你会看出建筑的个人风格和想法，甚至羡慕他们能够自己盖房子，貌似也不贵，今年的地皮价在四十万左右。

至于其他的京郊四合院，装修风格一水儿全是颐和园玉澜堂的翻版，雕梁画栋、红栏绿柱，门廊上一样画着卧冰求鲤或者扼虎救父的彩绘，门口毫无例外蹲了两尊福建石狮或者河北涿鹿的劣等石头狮子——有的还雕成西方狮子的模样。几排黄铜乳头大钉，外加一对虎头门环。还有更加正儿八经的户主，房顶上五脊六兽俱全。总之，一副大户人家的样子，就差门口再放个条凳坐一排门房了。

只有门外空地上种的大葱，能够暴露这一切的背后客观原因。城里房价高，空气又差，吃的也不安全。如果SOHO（家居办公）的话，买这样的四合院似乎是很划算的。前无遮挡后无马路，自己动手丰衣足食。除了交通不便、购物不便、手机偶尔漫游外，似乎找不出别的缺点。如果高兴了还可以搞室外派对——就是把男女派成一对一对的那种集体活动。

看着这样的四合院，有时候我觉得，似乎每个男人心中都住着一位皇帝，奋斗不过是为了获得特权或者是为了获得疑似有特权的一种心理状态。无非夜图一眠，假如找不到一个月七十块租金的两室一厅，也不用假装自己住在颐和园吧？

（原刊《南方都市报》，2011年1月16日）

菜市口

　　话说，菜市口这个地方，现在并不卖菜。北京有很多叫"某某市"的地名，早年基本是名副其实的市场。要早到什么时候？那会儿苹果仅仅只是水果，从周边县市运过来，搁在菜市口卖。不像现在，基本都要从陕西、山东运来。还有缸瓦市、骡马市等，分工明确，但唯有菜市口最出名。

　　作为一个日常卖菜的市场，这里人流量大，外地人多，信息流通速度快。现在这里信息流动就更快了——因为修了一幢中国移动的信号控制大楼。过去除了买菜之外，还有一个传统项目值得一看，那就是经常有人在这里被天朝砍头。这在晚清的一些报纸和个人记录中都曾提到。话说，北京的城门洞子有讲究：西直门走玉泉山的水车，门洞上刻了三道水纹；东直门走粮车，刻的是麦穗；而宣武门出去就是菜市口，刻了三个字：后悔迟。

菜市口一般杀平民要犯。在午门外被砍头死于天子脚下的，那都是高级公务员。生而不公平，死当然也不会公平，这都是有级别的。听说现在有些高级腐败官员狱中可以喝特仑苏。菜市口往南不远就是陶然亭，这里坟茔遍地。在菜市口被砍头后，尸首一般会埋在这里。后来，如杨小楼、赛金花、石评梅等文化名人也葬在此处。

我第一次去菜市口附近的法源寺时，一位师父指着天王殿前的青石板说，当年大刀王五，就是在这里被乱刀砍翻。至于王五同志的亲密战友谭嗣同，则的确是在菜市口同刘光第等人被砍。这六位爷，出城时要是看到"后悔迟"三个字，估计是不会后悔的，否则也不会写出"去留肝胆两昆仑"这样磅礴的诗句。他们还只是提出政治改革建议，并不打算颠覆国家政权。

那会儿行刑，人民群众可以围观，刀起头落，大家心都提在嗓子眼儿，看着蒙面刽子手那最后一刀。至于砍的是谁，似乎都不太关心。反正是朝廷不喜欢的人，朝廷要杀人，那不就跟拍死个"小强"一样吗？再说了，有的人还等着接人血蘸馒头。要说这六位死得也很冤，他们看到围观群众那木然呆滞的眼神，会不会心里说：都是为了你们啊！群众围观，天朝就很开心，震慑作用起到了。

死在菜市口的据说还有肃顺,是位被褫夺公权的高级官僚。据说行刑前,老百姓还拿石头砸他,大家嘴里喊"你丫也有今天",等等。其实肃顺的罪名基本说不过去,其中有一条是"擅坐御座",就是不小心坐了皇上的椅子。老百姓不理解,以为皇上杀贪官是为了给百姓出气,什么"不杀不足以平民愤",扯淡,全是窝里斗。

还有个袁崇焕,也是死在菜市口。这老袁,当时死得很冤枉,抗击后金的一代名将就那么糊里糊涂死了。若是用近几年的标准衡量,更冤枉——"反满"就是"政治不正确"呀。除了以上这几位名人,还有一些江洋大盗、男盗女娼之类的人在菜市口被"正法"。说到"正法",也很可笑。帝制这样的少数人说了算的非透明体制,固然不保护平民,不保护说话的知识分子,连自己的高级官僚也不能保护。有人说,如今晚上走到菜市口、陶然亭一带,仍然心有余悸,那自然是冤魂未散之故了。

(原刊《南方都市报》,2011 年 3 月 6 日)

佛祖为什么在一号线

首先请读者诸君不要误解，这个标题不是在插播广告。《佛祖在一号线》这本书我尚未开读，在此绝非要写书评。只是觉得李海鹏的这个标题不错，姑且借来一用。佛祖为什么在一号线？众所周知，提起一号线，通常大家共同的反应是四个字：人间地狱。在这条可能是全世界瞬间人口密度最高的地铁线路上，每个人都有一段不堪回首的血泪史。

北京流传着各种关于一号线的段子：饼干进去，面粉出来；城管进去，摊贩出来；奥特曼进去，哥斯拉出来，等等。高峰期时，车厢里除了绝望别无其他，漫无边际、扑面而来，叫人无处去躲的绝望。英语里有个成语叫做"killtime"，是说消磨时间，但你的确想把这段时间从全过程里"杀死"。你会经常幻想突然眼睛一闭一睁，到站了。一号线的挤，就是这种绝望到底，以至于失心疯地表示拥护控制人口政策的挤。

这条全长三十一公里的线路，可算是北京最重要的地铁线路，经过许多重要的标志性场所，比如天安门就有两个站，沿途还有好几个换乘站。最关键的是，它的两头都是重要的居民区，住着数十万人口。每天都会看到一批人站着由东到西，另一批人站着由西到东，晚上则相反。如果他们能把房子换了，交通问题会解决一小半吧？

许多人在描述乘坐一号线感受之时，仍然不寒而栗、心有余悸。如果这个世界上还有比中国春运更拥挤的场所，那一定是早晨 8 点的地铁一号线。某种程度来说，地铁只是长度短一些、停车频次高一些的火车。北京实在太大了，挤一趟一号线，你会觉得时间过了一个世纪——虽然全程只要五十六分钟，而从北京到天津的高铁只要二十八分钟。也就是说，你坐一趟一号线的单程，可以京津往返了。

地铁的一、二号线，俗称直线、环线或红线、蓝线，是中国最早的地铁，拿来做战备用的，因此站台长度、车厢长度及装潢水准，都不能跟现在新开通的地铁相比。尤其是像复兴门、建国门这样的大站，你在晚上 11 点下到里面，看到穿着蓝色制服的人员在晦暗的灯光下无所事事，那感觉又像回到了计划经济年代。

也由于这两条线最早，且没有装屏蔽门，所以我听说过的地铁自杀行为都在这里发生，新闻也经常报道。每次遇到列车在进站时突然停止，心有灵犀的人会互相对望一眼，又一个生命对生活绝望了。这个时候，车厢断电，头顶的风扇也不动了，温度瞬间上升。

其实车上的人比车下的人更绝望，后者可能真的是一种解脱。通常在列车第一节车厢的人，会目睹到车前发生的这一切。我见过一次，在那一刹那，甚或会有倏忽而过的艳羡的感觉。冰冷的铁轨闪着冷光蜿蜒向前，似乎洞悉人世间的一切苦厄。如果佛祖真的在一号线，那我求求他，继续待着吧。

（原刊《南方都市报》，2011 年 3 月 27 日）

他乡遇故知

　　据说全北京最好吃的地方特色菜，基本都在各地在京的驻京办餐厅。北京就是大气，提到"地方菜"就跟提到"地方政府"一样不屑，好像与此对比还有个"中央菜"一般。当然，如果有人说"中央菜"就是国宴，那大概也不好反对。大约在 2002 年，就有网友整理出"驻京办饕餮指南"，按图索骥，极大程度地方便了食客。

　　这些餐馆一般都附设在驻京办的大楼之内，以"某某大厦"名之。譬如喝早茶，那最好的地方自然是广州大厦。杭帮菜，那自然是浙江大厦的"张生记"。除了省级的办事处，地市一级的办事处也有惊喜。比如说吃米线，按照网友的评价，"云办"做得就不如"蝴蝶泉"好，后者是大理驻京办。

在十数万家馆子里，大概驻京办的美食算是最成系统、最招人待见的。一个思乡念远的北漂青年，如果想念家乡的正宗饭菜，最好就是去驻京办大快朵颐。资深靠谱吃货如陈晓卿之辈，大脑里该有一张驻京办的地图，并可以随时调出招牌菜的列表。这种吃法不用菜单，直接就可以点，完了还能以行家的身份指点一番。就像我当年在南京第一次吃羊肉泡馍，居然发现上面漂着一只卧鸡蛋，便指责他们非常不地道。

驻京办除去提供地方美食之外，还接待来京地方领导。曾经有条炒得沸沸扬扬的新闻，就是说北京的会馆的。原来宣武区旧房改造，要拆三十多家当年的会馆，但这些会馆又够不上文物级别，其中还包括梁任公的"饮冰室"，这下文化人就着急了，说你当年不听人家儿子的，现在又拆老子的。

其实，梁的饮冰室在天津，北京这个只能算是故居而已。有人说，"会馆"就是当年的"驻京办"，其实也不尽相同。那个时候，驻京办其实是个民间互助组织，基本由地方上的在京名人出资，跟官府关系不大。到北京来办事的不论官员还是考生，都有地方歇脚。比如你到京城来告御状，没地儿住，就可以住在会馆里。现在——当然也可以住，但性质就大大不同了。

老城南原来有四百多家会馆，基本囊括了除新疆、西藏等偏远地区外的所有省份。比如戊戌变法时，康南海就住在南海会馆，谭嗣同就住在浏阳会馆。那个强学会，却设在安徽会馆。《狂人日记》是在绍兴会馆里写的。毛泽东参加的驱除张敬尧大会，就是在湖南会馆里开的。

有一阵子，宣武区想弘扬一下"会馆文化"，把湖广会馆的大戏楼恢复了，但后来一搞区域合并，底下的计划就没戏了。本来会馆是可以成为民间的一个交流场所的。如今这些会馆坐落在老城南的巷弄之中，多数已经破败，而且产权不明。比如这所谓的"饮冰室"，就在新会会馆附近，也不知道房主算是谁，总之住在里面的老人们不希望拆。像这样的名人故居，这几年拆得特别多，也许过些日子，就变成"饮冰激凌室"了。

（原刊《南方都市报》，2011 年 4 月 17 日）

生活就是艺术

　　有几年，一直觉得艺术这东西就跟高不可攀的房价一样，凡夫俗子如我等者，只能高高仰望之。直到我去了一次北京的草场地——哦，艺术，是这个样子的。好几次，我接待来京串门子的游手好闲的文学或者艺术女青年，放下行李，先去草场地，再去天安门，仿佛那个地方对她们有着天然磁力。

　　话说北京的功能分区，原先并无一定之规。比如 20 世纪 90 年代中期，搞艺术的一窝蜂都去了圆明园。彼时那里有个画家村——其实就是北大边上的城中村，大家都租着十来平方米的房子，勉强能放个六米的画板，那就是豪宅了。那里基本上都是一贫如洗、家徒四壁，逼仄的房间甚至放个煤炉都嫌挤。当时有个叫汪继芳的女作家，写了本《最后的浪漫》，讲的就是这群艺家的生活，我当时还在南京帮她卖过书。

这群拜市场经济所赐的画家们，不需要某某协会给他们发工资，他们的作品可以直接参与海外交易。这等于是确立了一种新的生活方式和生存方式。他们有一句口号令我振聋发聩："黎明前的地平线上的曙光已慢慢升起，照耀在我们的精神之路上。一种新的生存形式已在华夏大地古老而残败的园林上确立！"

如果不是遇上无坚不摧的拆迁，那么现在圆明园周边一定会是个巨大的艺术区。后来他们其中的许多人相伴去了宋庄。我有幸去宋庄参观过几次。彼时对艺术这个东西还抱有相当的敬畏感，当看到一个女画家夜以继日、焚膏继晷地在画布上画一种叫"黻黼"的细线之时，我甚至觉得艺术这东西有时候也很无聊。

后来宋庄人气骤然上升。2003 年的时候，那里的农民把小院卖给艺术家，只讨八万现金，2009 年便已涨到了四十万。随后传媒人、策展人也纷纷移居宋庄。在这个不通地铁的地方，每天却是熙来攘往。与宋庄同时崛起的，就是著名的"798"艺术区了。北京市的相关部门打死也不相信，这些马上面临拆迁的老旧厂房，居然成为求之不得的香饽饽。

"798"成为艺术圣地后不久，除了艺术家们，拍电影的、拍婚纱的、谈恋爱的和捡破烂的，纷纷进驻。有一家卖水煮鱼的四川馆子愣说自己是艺术餐厅，比外面贵几倍，其实只是因为他们的座椅是几个汽油桶而已。路边的垃圾桶都设计得宛如天外来客。你会觉得身边的每个人似乎都是艺术的结晶——都奇奇怪怪的。

　　距此不远的草场地，则是后起之秀。近年来，这里的人气倒是最旺。有个和气的大胖子，经常有出人意料之举。比如，他吃饭时拿个勺子，用嘴咬成弯的，然后宣布这是他的最新作品。或者拿个晾衣架，折成一张人脸的轮廓线，镶在镜框里，也是作品。你问他这算什么艺术，他会从人的存在讲到神的存在，云山雾罩之下，也就被艺术了一下，觉得自己的想象力特别匮乏。

　　后来我得知，其实他一直把自己的存在状态本身当作一种艺术。或许他就是要用自己的存在宣示着一些东西。有时候我也觉得，我们的生活总是超越我们的想象力。总之，艺术我是不懂的，但这个道理还是懂的。

（原刊《南方都市报》，2011 年 4 月 10 日）

京城访书记

　　说北京是全中国最有文化的城市，恐怕反对的人不多。这里有全国最多的大学、研究院，全国最高档的影剧院、文化宫，全国乃至全球最扭曲的电视台大楼和设备最先进的通讯社。与此对应的，当然也有一批教授、研究员、演员、作家、编导、记者等所谓"文化人"。按道理说，也该有一批让人赏心悦目的书店或者图书馆才是，然而，这显然是一个奢望。

　　当然，也不能一竿子打死一片，除了零星的几家民营社科书店为人所称道之外，在这个城市几乎很难嗅到书卷气。4月23日是全球读书日，有据可查的数字显示，敝国人民的读书率依然在下降，北京自然也一样。这一天，全北京的书店都在搞活动，但人民群众知道的不多，而且现在书店似乎也挑不到什么能看的东西。

　　拿新书来说，西单和王府井的新华书店自然最多，但触目所及，不是张悟本之流的绿豆养生，就是心灵抚慰型的励志鸡汤，除此就是发财秘籍。如果你愿意研究和谐社会和党的建设，那倒有不少彼此相像的大部头。码洋最多的依然还是《新华字典》，貌似我们这些年一直在扫盲。不过识字不等于读书，读书不等于有知识，有知识不等于有文化。

　　旧书也不好找。老牌卖旧书的琉璃厂，现在基本被三流的书画家和赝品霸占，或者是张口就来的天价，专门是为了宰藏书家而不是惠及读书人的。潘家园早几年尚可称善，但如今也只剩下为数不多价值不大、但价格惊人的旧版书。譬如一本批判"胡风反革命集团"的小册子，要价数百元。

　　报国寺的旧书偶尔会让人眼前一亮。线装书自然是天价，除了精于此道的藏家，几乎无人问津。老人们说，一页宋版跟一页金叶价格相仿。京西旧货市场里也有不少1949年之后的旧书，尤其是出版后又禁了的，而多数老板又不知其禁，因而要价甚廉。回头再看看谢国桢先生的《江浙访书记》——不是访问江浙的省委书记——就很痛苦。为什么现在看书越来越难？

　　先贤有言曰，书非借不能读也。如果我们现在去北京的大图书馆借书，就会立即再次确认自己的群众身份。譬如港版和台版书，如果你不是在读硕士以上学历，或者讲师以上的专业资格，对不起，这书是借不出来的。当然，你如果找到正处级以上的单位开出介绍信，还可以通融一二。

也难怪，中国的信息是有行政级别的，普通人轻易读不到真正有价值的书，只能去看看张悟本或者赵忠祥的著作。而有级别的人则可以看张朋园和赵元任，说不定他们也不看，但他们有权利看。我记得有位教授因为在北京某图书馆借不到书，大怒而写文章声讨，他其实不知道，他已经算好的了，不明真相的群众都不知道中国还有这些书。

有次在某书店，看到整套的中华书局聚珍版廿五史，正打算翻看价签，店员突然问我，先生您家里也在装修吗？我大惑之下问其何意。店员认真地说，现在只有新装修的人家才会买这样的大部头整套放在书架上，最近北京可流行拿这个装修呢！

（原刊《南方都市报》，2011 年 5 月 1 日）

才饮长江水

一年春天，开车经过沪陕高速公路商州段，在路边看到一条
大横幅：丹江好水奉献首都人民。当时眼泪差点就下来了：原来
我在千里之外的北京，居然喝的还是家乡水啊。俗话说，美不美，
故乡水。可我太明白家乡的水是什么样子了，还不如不知道呢！
丹江流到丹江口，再沿南水北调中线进京。回到北京一打听，这
条路线因为资金紧张被推迟了。那条横幅不过是个未来式的广告。

北京既然是全中国的心脏，所以天然气啊、水啊都往北京流，
再苦不能苦北京啊。反正有的是财力人力，人定胜天，定教它高
山让路、河水倒流。这条输水线自 2014 年已向北京供水超过八亿
立方米，极大缓解了北京用水不足的状况[①]——其实，全国七成城
市都缺水，不独北京。正因为是北京，所以不能缺水。

　　北京早年就缺水,这账不能算到新社会头上。看各种明清的稗官小说,都会提到西直门的水车。北京城里的水偏咸偏苦,按现在的说法,是矿物质严重超标,不适合饮用。皇帝们喝的水,则从玉泉山专门运来,据说早中晚各三次。这水车插着龙旗招摇过市,从西直门进城,社会车辆一律让行。西直门上面刻了三道水纹,就落下个"水门"的称号。现在的"水门",却以迷宫式立交桥闻名遐迩。

　　玉泉山是禁地,一般人进不去。有个新华社的老摄影家,为了凑齐"燕京八景",一直想进去给"玉泉趵突"拍照,但是始终没凑齐。别说喝一口,看都看不见。早年一些领导人的回忆录中才偶有记载。既然能内供,又被称为"趵突",想来水量应该不少。玉泉山往南,早些年大大小小有一千多个水洼子,蒙古人管那叫"海",汉人管这种浅水池塘叫"淀",也就是浑水,"海淀"就是这么来的。城里头的井水,能喝的少。现如今在东华门附近,还有个地名叫大甜水井,冠之以"甜水",这才是能喝的,北京只有一处这么命名的地方。院子里打井,出来的水洗菜浇花可以,不能做饭。当然,有了自来水净化系统之后,这又苦又咸的水,也能喝了。用老百姓的话说,这叫"硬水"。

　　北京的自来水特别坦诚,你闻一下就知道这水很有味道。假如你恰巧是从山清水秀的南方过来，那这水会让你刻骨铭心的。烧开一次，水面漂着白花花的一层似油、似粉的东西，一股氯气的味道扑面而来，生喝的话，舌尖会有偏苦、偏涩的味道——不是干白那种。喝惯瓶装水的人，会马上说出这种水的与众不同之处。

外地人在北京定居，有两样电器需要购置，加湿器是不必说了，自来水净化器则非要不可。除非你愿意一直喝桶装水。北京大约是全国桶装水销量最高的地方。通常取水点在高碑店和海淀的团湖，也有谎称是从玉泉山附近取水的，不过这种就跟"仿膳"的原理差不多了。

目下这水是从密云水库过来的水，大抵算是地表径流，如果你经过京密引水渠，会看到日常用水的原始状态。曾经有朋友去京密引水渠放生，回来后悔万分，说还不如让他把那两条鲫鱼亲手给杀了。

（原刊《南方都市报》，2011 年 5 月 8 日）

---

① 原文写作于 2011 年，以上数据截至 2015 年 5 月，源于新华社通稿。

找不到北

我一直挺奇怪的，印象中指点方向的东西不是指南针，就是党的红头文件，但北京人民通常都说"找不着北"，跟上述事物毫无关系。后来知道"找不着北"其实就是"找不着北极星"的简称，好比"西四"就是"西四牌楼"的简称。不过现在，似乎除了在北极，在哪儿都很难发现北极星，夜晚中的城市太亮堂了，人造光遮住了星光，也遮蔽了人的眼睛。

北京从来就不是一个很难确认方向的地方，说在北京迷失方向就好比说在麦当劳里找不到垃圾箱一样。北京除了环线，剩下的道路基本横平竖直，都是东西南北正向。而且住宅楼写字楼多半也是南北向，这样就能大致确定自己的方向。基本上也就走不丢了，如果北京女生告诉你她是路痴，那一定是在撒娇。在北京问路，管保有人按照东南西北说得清清楚楚。

古人营建城市尤其是都城时，必定是南北东西地正向修路建屋，这都与采光通风有关。比如做过都城的北京、西安两个城市，城墙范围内的部分非常相似，甚至东门都叫"朝阳门"。明北京城又是依据南京城旧制而来，所以这三个城市当年都像切开的豆腐，全是方方正正的街坊。

岂止如此。北京人的方向感好到在房间里、电梯里甚至在暗无天日的地下通道里，都是依赖东南西北的。比如地铁广播会说，下一站开启右侧车门，但一定会有人嚷嚷着"下一站从北门下"，由此可以推断这是在东西向的地铁一号线上。各个小区，也是按照南北东西区别各个大门的，一定不会走错。

故而在这座城市，大家讲南北东西是有共识的。譬如沿长安街一路向东，一定可以走到通州，向西一定可以走到石景山。但是在别的城市就未必了——比如说上海这种以扭曲型道路为主的城市，例如从湖南路进高邮路，进去的时候以为是往西北走，等出来时却发现早就偏东很远了。后来我知道上海还不算厉害的，大连更甚。在这种只知道前后左右的地方，要说东南西北，恐怕会被人骂吧？

有时候则纯然是因为参照物而找不到北。比如在广州说过江，

多半是往南走。在南京说过江，一定是往北走。假如猛然让你见
到一条大江，一定无法判断方向。呃——比如长沙，湘江就是南
北向流的。比如屯溪，新安江从东西向悄然变成南北向，真会让
人找不到北的。又比如很多人在港岛北望，会以为九龙那个方向
是南。

现在不怕找不到北。炫耀自己方向感好的人好比拿钱锺书去
跟 Google 拼记忆力——因为人人手上都有内嵌 GPS（全球定位系
统）的智能手机。当然，依赖机器并非是件好事，因为手机没电
从而在城里瞎晃悠的新手们太多了。苹果手机的定位系统，基本
可以精确在三五米之内，而且它会给出最短路线，往往也很靠谱，
不会找不到北——但如果你一定要选择开车去洛杉矶，它给出的
建议如下：吴淞口下海，往东到鹿儿岛。

（原刊《南方都市报》，2011 年 5 月 15 日）

百年大站

我一直以为，北京西站是人类古往今来最伟大的火车站。这座中西合璧的大屋顶建筑，不仅能够让西三环和前三门大街昼夜拥堵，还能让正常人类在其中罹患各种精神疾病。一个能够容纳四十多万人的火车站，只有两条出站通道，每次你都想把设计师找出来挂在庑顶下面示众。

作为"新十大建筑"之一的北京西客站，显然没有"老十大建筑"之一的北京站坚固耐用。西客站开通第二年就开始漏水，直到现在。北京东南西北四个站，如今取代西客站成为亚洲第一站的新南站最阔气，从站前的立交桥盘上去到进站口，至少要一公里半。中国第一个高铁车站，高端得你不打车都不好意思去，幸亏后来通了地铁。

老南站去过几次,很有民国范儿:木质的栏杆斑驳不堪,绿皮车厢轰鸣启动,喷出一团白汽,很有穿越感。当时的北站也是如此。这两座车站被改建后,很多导演不得不花钱去南京的浦口车站拍民国戏。尤其是宋教仁被刺的这场戏,没有这样的老车站,还真没地儿拍。

新南站开通之时,北京正在开奥运会。铁道部彼时宣布了一个一千五百亿元的投资计划,要在全国建一批"百年大站",其中的一些区域性枢纽,就是高铁车站,比如上海虹桥站和广州东站。回望百年前的京奉铁路正阳门火车站,用了不到五十年就被北京站取代,理论上当代中国也不大可能容许一百年以上的建筑存在,所以这个百年大站的计划基本上比较近于胡扯,在群众还站在火车上的时候忙着修车站,是不知急缓。

一方面,有些车站要把人挤成照片,另一方面,有些车站却空旷闲散。比如扬州站,其豪华程度堪比北京的二号航站楼。有一次我从扬州回京,整整十七节车厢,数了数只有十一个人下车。距此五十多公里的泰州车站,比扬州站更豪华,人也更少。但这里就是需要一个二级车站,必须的。

这种资源配置不合理的状况比比皆是。南京新车站竣工之前,临时候车室在附近一间写字楼,拥挤非常。倘若老车站不是被一把大火烧了，恐怕他们短期内不会想在南京这个区域中心城市建个新站。这个站刚刚修好，结果沪宁线要改高铁了，在竣工的时候，已经赶不上铁路大跃进的速度了。

前不久，铁道部公布了半年报，亏损二百五十个亿，负债两万亿。中国人民人均替它埋单一千五百元。加上每年的车票钱，这个部门亏欠人民群众的太多了。同时，人民群众也赶不上铁道部的速度，只能被迫坐高铁。现在铁道部面临的主要矛盾，不是客站不够大、不够高、不够豪华，而是人民群众日益增长的服务需求与铁路部门长年低劣服务之间的矛盾。老百姓完全是花钱买气受或者花钱买罪受。温州的事情就不说了，单是最近动车高铁一天几次的停车，就很让人不解。话说，咱的车以后能不被雷劈吗？

（原刊《南方都市报》，2011 年 8 月 14 日）

●

北京欢迎你吗

Chapter 2

求求你，证明我

　　最近因为要贷款在外地买套房子，开发商让出具一个未育证明，要计生办盖章的那种，大约是担心我在异地生二胎，给当地政府添乱。我很配合，回京后就去办理。一来二去折腾了半个月，磨破了嘴皮跑断了腿，好歹是拿到手了，但很不爽。我一直觉得，个人情况自己最清楚，非得找一帮三十年来都未曾谋面的大妈来证明，这个事情着实讽刺。

　　计生办的同志很客气，说请你先让街道办开个证明来，我们才能开。于是拿着户口簿去街道办，几个坐着剔牙的大妈说，你先让居委会开。到了居委会，另外几个剔牙的大妈说，以前没开过，我们得请示一下领导。随后答复，要开可以，让你的单位先开一个证明，我们才能开。我说，我没有单位，闲居在家，这事儿还得居委会来。大妈就怒了：你干吗的，为什么没有单位！她已经将我目为"一小撮身份不明的流窜人员"了。

　　该大妈突然发现，作为辖区的一名居民，我的个人信息居然不在她们的统计之列，而且这绝不是她们的失职，而是因为我的不老实或者不合作。于是迅速拿出社区常住人员登记卡，像审问一般，把我的所有信息事无巨细全部抄了下来。这个过程，我非常顺从地配合了，像一个犯错的幼童垂手站着，尤其是她用鄙夷的神情问我政治面貌的时候。我只是一个不明真相的群众，为什么要遭受这样的鄙夷？

　　我有求于她，这个从不认识以后也不打算认识的中年女人，掌握着对我的一种强大的控制权，这种控制权体现在，她可以证明我。这让我极其不安。她说，这就是制度。好吧，制度。于是又反向走了一遍程序。这个程序里的每一个人，似乎都对我有生杀予夺之权——假如她们的小狗今天在外面被其他狗欺负了，我很可能就无法买房了。

　　想起第一次办护照，去单位取户口卡。人事局的同志说，你写一个借条来。我只好写道：今借到贾葭同志的户口卡一张，半月后归还。立据人贾葭。出了门我就琢磨，这种名义上是我的东西，我从没见过，而且还要打借条才能拿到，限时归还。如果他管我收利息，恐怕我也会乖乖答应的。基本上这类事情，我的态度极好，恨不能被人家蹂躏爽了，免得自己遭罪。

有一次在外地一个宾馆前台登记，从电脑里看到我上几个月的住店记录，时间详细到分钟，着实被吓到了——这些跟我不相干的人，都知道我去过哪个城市住在哪里。所以上海打算给市民发世博会门票的时候，我很恶毒地怀疑，这不过是要做一次户籍与人口普查。每一个人在这个程序里都是透明的，无一例外。假如这些信息不被掌握，他们可能会有某种不安。但是他们是谁，在哪里？我却都不知晓。

后来问过身边的朋友，似乎大家都很愿意配合这样的事情，不曾有过质疑或者诘问。这可能是一种普遍的"屈服型人格"，见到具备某种代表资格的另一类人，就会不由自主地把自己和盘托出，即便你非常不信任他。像阿Q那两条发软的腿，是一种生理反应。长久以来，我不曾对这些人大喊过一声"为什么"，也很少考虑究竟是什么原因。我从小就对他们有一种怯懦。

光与真理，爱与自由，这些经常在稿件里出现的神圣词汇，此刻几乎给不了我任何力量。它们似乎被现实世界的威权压榨得只能在字典里存在。不论是自愿还是被迫，我都要承受这种类似羞辱的审问与"被证明"。马克思曾非常欣赏费尔巴哈人本主义的宗教批判：假如上帝是 everything，那么人就是 nothing。在被证明的时候，他们就是 everything，我就是 nothing。我什么都不是，因为我无法证明我自己。但我知道，他们也无法证明。

（原刊《南方都市报》，2010 年 6 月 13 日）

求种猫，须京户

一个朋友请假回原籍领取结婚证。先生是云南人，她是贵州人，所以两人就在网上比较，谁老家的机票便宜，就回谁家领证。比来比去，还是贵阳稍微便宜点儿。作为白领，放假时间跟家乡的户籍警一样，所以只能在工作日请事假，还得扣钱。她问我有没有便宜的办法，我建议她去天津买个户口，这样以后办事就方便多了。

据说在天津买户口的京漂族不在少数。花钱在滨海开发区里的企业做一个假的人事档案，可以把户口迁到天津。护照、港澳通行证的签注就可以就近在天津办，不必跑回原籍。这适用于家乡在上千公里之外的京漂族。据闻全套手续大约是六千元。要是想便宜一些，北京周边的涿州、三河也能办。

户口几乎是京漂族的头等大事。按说是个老话题了，每年都上北京"两会"讨论。还有政协委员说北京的人口饱和，要赶一批外地人走，引来一片挞伐之声。由于北京户口的高附加值，一般打工族难以拿到。只有进入体制才能够享受北京户口的好处，在买房、子女教育、签证等方面会方便很多。办理居住证能够解决一部分问题，但一般也不好办理。所以就出现贩卖北京户口的专业诈骗集团。

没有北京户口的人，通通被称为外来人口，不计入户籍人口数量。这部分人大约是七百万。假如警察愿意，他可以随时查你的暂住证。

这玩意儿一年一办，现在是十块钱。需要拿着房东的身份证复印件和租房合同去办，大一点的公司会给员工集体办暂住证。暂住其实已经是一个伪概念了。有个 2000 年就买房的朋友说，他在自己享有产权的房子里暂住了十年。听上去很荒谬，其实很常见。

于是就有些人专门钻空子。举个例子，我的一个大学同学，当年毕业考公务员考到国家某总局，在那个专门剪片子的部门。他坦承良心受到极大考验，每次都想把剪掉的部分拿出来卖钱。他的户口很快办下来，身份证也发了，是非常牛的复外大街 2 号。但是需要在这个单位待满一年才能够长期持有这个北京身份证。他身心俱疲地熬了一年，终于提出辞职。单位当然不允许，办法只有一个，装傻充愣死活不上班。

　　单位惩治他的唯一办法就是扣押着他的集体户口卡和档案。幸亏他早有先见之明，以办理港澳通行证为由先把户口卡领了出来，死活不退还。单位多次催缴，只当看不见，最后不了了之。至于档案，他大大咧咧地对单位说：这玩意儿我不要了，你们看着办吧！相当威武。单位只好指责他破坏国家人才计划，并说我们马上要分房了云云。这样的威逼利诱也没能阻止他一颗离开的心。

　　后来过了若干年，单位清理档案，跑过来千方百计求他把档案转走。这次轮到他得意了。死活不转，就是一句话，不转，你们看着办吧。对于这样的"无赖"，单位几乎崩溃。这样通过进入体制内"骗"一个户口再离开的京漂族大有人在。后来听说增加了违约金，签协议时就有多少年内离开须赔付多少钱的条款，据说罚得很重。

　　以前有些老北京人不愿意把女儿嫁给外地人，面试未来女婿时先问是否京户。京户就意味着有房子，有关系，外地户口就意味着无房无人际资源。现在情况稍微好一些，但是一些胡同里的条件不太好的老北京，仍然习惯找个北京女婿。有位京漂的猫友终于忍不了这种身份歧视，在 BBS 上发帖说：求种猫，须京户。

　　　　　　　　　　　　　　（原刊《南方都市报》，2010 年 10 月 17 日）

二十年才来一次

我记得是北京亚运会开幕那天,家里看了五六年的十四寸黑白电视机才换成了彩色的,本地产的黄河牌,黑黝黝的一个方疙瘩。邻居家的小孩子乐得屁颠屁颠,跑过来兴高采烈地围观,大人则搓着手笑眯眯地站在旁边,仿佛为国为民办了一件大事。平日里难得一见的鸡爪子、卤猪头之类的只有过年才能吃到的东西,也被搬上了饭桌,好像每家每户都要招待那些来自亚洲其他地方的贵客。

我们小孩子甚至还面向北方——假装可以看到伟大祖国的首都北京,集体唱了一遍国歌。大院里的十来个孩子都被感动了。一个家伙还戴了一顶写有"天安门留念"的旅游帽,参加我们的仪式。大家对他肃然起敬,仿佛他是亚运会派驻本大院的使者。

当时什么也不知道，就知道一回事：亚运这事儿很牛，别的国家都搞不定，我们搞定了。一个比我们大一点儿的家伙还给大家上课：你们看，美帝和苏修那么强大，他们一次也没办过亚运会！

那时我们都没去过北京，此前对北京的印象就三个：天安门、长城、总书记。这三样只有咱们有。此刻又增加了亚运会。有人甚至还问：亚运会是不是在天安门广场开？因为那是全世界最大的广场啊！我们凭着自己对北京的印象，生生在开幕式前拼凑出一个北京亚运的形象。

那时候北京的情况如何，大家不得而知，电视里只能看到人山人海、红旗飘飘的会场。至于市区的管制、市民的反应，通通都算后台。后来看王朔的小说《我是你爸爸》，才知道北京人民实在是太不容易了。马林生依靠耍赖从儿子马锐手上赢走了门票，却被会场门口的警察无情地拦下来，甚至还怀疑他的票来路不正。这个忧伤的中年男人最终在电视上只看了一半的开幕式。

有一段描写令人难忘："越往前走警察越密集，几乎可以说到了三步一岗、五步一哨的程度，甚至出现了正规军士兵和民兵组成的警戒线。从路旁停放的大批警车和军车五花八门的牌照看，几乎所有对公共秩序负有维持职责的部门都出动了。"十八年后北京奥运会开幕，我终于亲身体会了这段描写，感觉全中国的警察都在这里了。

我们那天在电视上看到同龄人在工人体育场翻背景板，激动不已。那应该是全中国的三好学生吧。大人还教训我们，你看看人家孩子，给世界人民表演！后来才得知，我们看了三个小时，其实那些孩子举了九个小时，不吃不喝不拉不撒。据说有个闹肚子的孩子一边隔着裤子拉稀一边举着背景板，用最坚强的意志战胜了最不该出现的屎尿，荣立一等功，纵横五排以内的同学，则顽强战胜了自己的鼻子，荣立集体三等功，以最臭的方式换来了最好的结果。这是一种什么样的精神！

直到去年，才有网友把这个集体翻背景板的行为总结为"人肉液晶屏"，极为形象。现在背景板不需要小孩子来翻了，有电子屏幕，算是科技给人类带来的好处之一。不过有的国家依然喜欢用数万人来翻背景板，因为这样才有大公无私的集体主义精神。这个背景板，是我对北京亚运会最深刻的印象，一直延续至今。今年广州亚运会没有用这样的背景板，真是一件值得欣慰的事情。

现在北京还有个地方叫亚运村，就是当年集中力量盖的对外招待的房子，亚运会结束后成为极为高档的住宅小区。当年告诉别人住在亚运村，会引来艳羡的目光，好像办成了移民。二十年过去，如今亚运村是交通最拥堵、人口最密集的地方之一，早就不是什么象征性地标了。因为新的地标建筑在它正北两公里，奥运村。

（原刊《南方都市报》，2010 年 11 月 14 日）

中央睡觉区

我所居住的市辖区，前几年提出一个特别宏大的口号，要建立"中央休闲区"。所谓的休闲，无非就是修几个公园，建一两个游乐场，推广一批农家乐而已。但是，"中央"这两个字通常具备无上的不可挑战的权威，有时候还兼具打鸡血的心理刺激作用。这个区其实离天安门有十多公里，但跟"中央"沾边后，仿佛人人都住在这个城市的核心地带，举手投足间都很"中央"，很"休闲"。

中央休闲区的英文简称为 CRD（Central Recreation District）。不消说，这个概念是抄袭 CBD（Central Business District，中央商务区）而来。1994年，北京 CBD 这个概念提出后，还被争论了好几年，直到 1999 年才确定下来，CBD 是指国贸中心周围两平方公里的区域，后来拓展为四平方公里。最近好像又要东扩了。相对于 CBD 的定义，这里的白领们更乐意把 CBD 自谦地称为"中国北京大北窑"（China Beijing Dabeiyao）。

在北京，假如一个人说"我住在 CBD"，那么一定包含了四重意思：第一，我住在高尚社区；第二，我在北京至少有 350 万以上的不动产；第三，我的工作很体面；第四，我是北漂中的精英阶层。老北京人会觉得 CBD 住满了有钱的外地人，是一个由玻璃和钢材构筑的世界，跟提笼架鸟的胡同北京是两种风格。

CBD 的房价节节攀升后，其他区域无不绞尽脑汁制造类似的概念，以便将辖区内的地块卖出个好价钱。比如海淀区的卖点是高校，那自然是 CED（中央教育区），后来还提出过 CID（中央信息区）。西城区因为有金融街，遂提出 CFD（中央金融区），东城区有诸多国家部委办局，定位为 CGD（中央政务区）。一夜之间，"CXD"（中央某某区）成为北京的一系列特殊而抢眼的单词，只要能给这个"X"赋予意义，从官府到百姓似乎都很满意，很激动。首先，地价升值后，GDP 数字就很好看，给上面会有个交代。其次，已拥有房产的老百姓，从心理上会觉得房子保值升值，即便是生活多么不方便，至少说出去也很好听。

老辈子人有"东富，西贵"、"穷崇文，破宣武"的说法，所以崇文和宣武两区被合并到了东城、西城。据我所知，由于宣武区自认为是老北京文化的代表，一度打算建立CCD（中央文化区）；也有人认为，崇文区的体育场馆较多，可以建立CSD（中央运动区）。不过这两个只是规划，尚未正式成为本区域的房产口号。

昌平区最著名的两个小区是天通苑和回龙观，据说共住了九十万人，相当于国外的一个中等城市。其功能是为城内工作的人提供一张床，媒体称之为"睡城"，而网友则将之称为"CSD"（中央睡觉区）。房山最近几年的房地产也蒸蒸日上，是另一个"睡城"，也可以叫"CSD"。切记，中央睡觉区不是中央睡觉的地方，事实上，睡在那里的都是买不起五环内房子的普通群众。至于顺义区，因为到处都是明星和官员的别墅，官方打出的概念是"CVD"（中央别墅区）。

国际媒体的时政报道，在提及"北京"这个概念时，通常是指"中国政府"。在国内，提及"中央"这个概念，会立即联想到北京的二环里。在部委工作的人员，经常会说"去北京考察"，仿佛他们住在一个悬在北京上空的叫"中央"的地方。而在房地产界，北京各区则完全瓜分了"中央"这个概念，到处都是"中央"，即便在睡觉的时候，也能跟中央保持高度一致。

（原刊《南方都市报》，2010年11月28日）

做美国人的爹

我的一个邻居，前一阵子上街，车胎被人戳了，挡风玻璃上还贴了一张纸条："开日本车等于叛国！"我劝他想开些，日系车虽然省油，却是要冒一些风险的。后来他换了一辆美国牌子的轿车，说年轻人从不抵制美货。我说当然，要是抵制美货，先把电脑格了大家用算盘好了。

对于美国这个国家，大家似乎处于一种又恨又爱的感觉。小时候，美帝国主义的形象是极其邪恶的，牛奶遍地饿殍遍野。1998年克林顿访华，北大有个叫马楠的女生，站出来痛斥美国人权状况恶劣（她不像是在提问，倒像是在演讲）。后来她嫁到美国去，育有一子一女，做了美国人的妈，永远离开了"人权至少比美国好五倍"的中国。

老实说，这类期盼成为美国人的中国人为数不少。比如《北京人在纽约》这部片子里，虽然剧中的北京人在那边混得差，但基本还是认定，纽约的一半有天堂的特征。所谓的美国梦就是说，个体只要通过不懈努力就必然会获得更好生活的一种理想。美国梦的例子不胜枚举，远的不说，华裔部长就好几个，诺奖获得者也好几个。

过去的年代里，一个典型的中国梦是，乡村的到县城混，县城的到省城混，省城的到北京混。北京人呢，只能去外国混。电影《不见不散》里的葛优，一个标准的北京胡同串子，在美国开辆货车都能那么如鱼得水，没有城管没有工商，想停哪里就停哪里。中国人在美国发财的例子，传得妇孺皆知，连精神病患者都想赚美国股民的钱。

问题是，作为一个中国人，如何能变成美国人？单身的同志们还有指望，男娶女嫁，就可以脱胎换骨。但是已婚人士呢？中国人民向来不畏艰辛，福建的集装箱就不说了，那是非法途径。单是合法的就有好多现成的，比如赴美生子，号称资金回报率大于抢银行。咱做不了美国人，总可以做美国人的爹或者爷爷，只要孩子拿到绿卡，父母就可以排着等，过了五六年总能批下来。问题是这个办法费时较长，孩子的公民权要十八岁才能确立。

所以目下短平快的方式是投资移民，中介的说法是，百万元之内，基本就能办下来。照北京目前这个物价和房价，百万富翁基本就是穷鬼的另一种说法。晚上在北京的四环里，只要随便看见一个亮灯的窗户，价值就不低于百万。按照当下北京的商品房均价，四环里一百平方米的房子，至少值三百五十万元以上。假如铁了心去拥抱美帝国主义，北京市民卖了房子随随便便都能在美国办投资移民。理论上讲，任何一个在北京四环内拥有房产的人，都可能是潜在的美利坚合众国公民。假如有这么一笔钱，任何人都不会傻到在这个空气已经 crazybad、开车时速不到十五公里的城市买价高质次的房子。再说了，推土机轰隆隆开过来，春哥和神仙都躲不开。要不是美国移民局控制人数，恐怕西海岸都快独立了吧？！

如今一个典型的梦是：上大学，考公务员，赚钱，移民；上大学，当白领，赚钱，移民；上大学，当工程师，赚钱，移民。北京人民就更方便了：卖房，移民。反正北京在中央，底下总有从山西或者浙江来接盘的。现在，拜高房价之赐，北京人民也有机会享受洁净空气与靠谱的子女教育。生是中国的人，死是美国的死人，不含糊。

（原刊《南方都市报》，2010 年 12 月 5 日）

悬车之岁

　　余秋雨老师当年犯"致仕"那个有些致命的错误之时，被许多读书人指责他不读书。因为"致仕"一词在古代实在是个常见词汇，许多史传著作里都会用到。与此同义的一个词叫"悬车"，就是说，到了退休年龄，辞官家居，公务车交回。清人梁章钜在《归田琐记》中说："若今日未及四十，早入仕途，则致仕之期，即不必以七十为限……故余两次引归，皆未及悬车之岁。"

　　我看梁著时，大约是十二年前，当时就对古人佩服得五体投地。原来古代官员退休之后，公务用车居然还是要交还朝廷的。这跟我素日的经验可不那么一样。貌似我们现在的官员退休之后，用车还算一项待遇，在北京尤甚。因为北京的老干部实在太多了。一位在国家某总局工作的朋友说，他们局的老干部有两千多个，公务车的任务就是轮流送他们去医院看病。

　　这样的老干部用车在北京不知道有多少辆，没有去各大著名医院门口统计过。北京最近在讨论不堵车的办法，一些人大代表和群众就呼吁严管公车。宣布的办法显示，北京有意第一次开始在源头上限制公务车，也算个好现象。有时候吧，相关部门就跟小孩子似的，做了点分内事情，就想让你表扬或者鼓掌。

　　北京如何能不堵车？这基本上是个无解的伪命题，就好比你问：文官如何能不爱财，武将如何能不惜死？假如从 Google Earth 上看北京，基本是一个超大的停车场。要征收的拥堵费，恐怕叫停车费更合适。这个城市的人们永远在路上，停着，挺着。开车和不开车的人，受着同样的罪，各种抱怨永远充斥网络和平媒。

　　具体的治堵办法我就不评价了。如果哪天这个城市宣布只给拥有户口的人供电供水，我一点儿也不会奇怪。许多租车公司频频在地铁里做广告，声称租车比买车划算。一些白领们开始在论坛里彻夜讨论，到底是买车还是租车或者是打车。租车的话，也不甚划算，油价已经涨到历史最高点。理论上说，如果出租车不继续涨价的话，打车会比买车省去停车费，但会多出来拥堵费。

　　有一次我在路上，出租车司机在每个路口等红绿灯的时候，都会把座椅放平睡一会儿。正常行驶的时候，还不停地点头打盹儿，看得我心惊肉跳，还不好意思把安全带系上——某种程度上那表示对司机驾驶水平的不信任。我问他为什么要疲劳驾驶。他说，如果不疲劳驾驶，那是挣不到钱的。车子都堵在路上，司机每天拉的活儿就少，而乘客打车的费用更高，这是一个双输的格局。

司机特别深沉地说：我们每个人，都在为这样的体制付出代价和成本。我立刻原谅他的打盹行为，表示不会举报他。作为一个拥有近两千万人口的城市，出租车只有七万辆，实在不敷使用。至于地铁，如果你身强力壮并且有物理减肥意图的话，可以去尝试一下。公交车有专用道，但是经常会被各种非普通牌照的车子占满。

在这个城市里，不论你采取哪种交通工具，似乎都不能迅捷舒适地到达目的地。根据以往的经验，如果坏事情不是到了非治理不可的时候，一般也没人管。上个月的时候，有谣言说，明年买车就要摇号了。再根据以往经验，北京的谣言一般都能被证实。于是最后一个月的汽车销售量是月均量的三倍——当然就更堵了。

（原刊《南方都市报》，2010 年 12 月 26 日）

米价方贵，居大不易

    话说这个段子是这样的：白居易到京城打算京漂，顾况看了他粗制滥造的名片后说：米价方贵，居大不易。随后看白的诗，叹道：有才如此，居亦何难？这白居易就在京城买房买车住下来了，通货膨胀他也不怕。当时如果管他要暂住证或者五年纳税证明的话，管叫他立刻拍屁股回了河南。

    他后来考取了中央国家机关的公务员，户口问题是解决了。不过当时的天朝，对来京城的外地人没有什么户籍限制政策。要搁在今天，他如果不考公务员，而只是个自由撰稿人的话，他一定会后悔来了京城。岂止是米价贵，房价更贵，还不让买。有才自然是没戏的，有财没户口也没戏。

    看官们知道，我在之前的专栏里曾多次提及户口问题，快赶上祥林嫂了。北漂最大的噩梦其实就是户口问题。在北京这座城市，只有两种人——京户和非京户。没有户口，就好比头顶搁了个定时炸弹，你还不知道何时爆炸。现在，这个定时炸弹被引爆了。

根据北京市最新的楼市政策，非京籍人员买首套房要提交五年纳税证明。加上元旦前的购车新政，现在只要没户口，买房买车都困难了。当然，中央及北京市的体制内单位人员，都是有户口的，政策从来不会误伤友军。所以，现在的情况是这样的：买车摇号基本等于买彩票，买房基本要靠彩票，还得连中两次。

本来在前几年，非北京人和北京人之间的界限已经很模糊，市场经济毕竟还是给了人相当多的自由。虽然暂住在买来的房子里，但总还没被歧视。有媒体还提出"新北京人"的概念，指那些给北京做了贡献、缴了税款、流了血汗的外地人。如果没有这些人，很难想象北京会有今天。北京户口这个东西，说起来实在不是个东西。本来前几年这东西已经渐渐不值钱了，黑市上的交易也在逐渐减少。如今这样一来，可想而知，这种不得已的非法交易又会重现。很快，微博上就有京籍人员进行搞笑式征婚：欢迎外地人为了买房买车与自己假结婚，包结包离，童叟无欺，绝无后患。手续费为房价的百分之一点五。

已经结婚的人士则要忙着假离婚。假如有一对京籍夫妇愿意假离婚再分别假结婚帮别人买房，按住房均价计算，可轻松获利七万元。对购房者来说，这比买户口划算多了。买车也是如此，据说购车新政出台后，车牌被盗的案子日益增加。也有人通过对簿公堂的复杂程序获得二手车牌。总之，中国人的原创精神不是拿来做产品开发，而是应对这些本应该不费神不费时不费力的事情。

　　多年看下来，似乎对付北京出现的这些问题，治理逻辑只有一个，就是限制外地人。也有人担心，以后北京的靠谱医院只对京籍人员开放，学校只对京籍孩子开放，凡属紧缺资源，一律限制外地人。有网友开玩笑说，以后去北京可能都需要签证了。我这里也开一句玩笑，如果真要这么搞下去，这个专栏以后也没法写了。因为北漂的同志们，都打算离开了。

　　　　　　　　　　　　　　（原刊《南方都市报》，2011 年 2 月 27 日）

不上网，毋宁死

听说北京的一些咖啡馆、酒吧和餐厅马上就不能上网了。有关部门规划让店家装一款三千多美元的监控软件。因为太贵，许多店家表示不愿意装，索性就不提供无线热点（俗称 wifi 的便是）。我敢笃定这会对生意造成严重影响。信息时代，人人都像一只蜘蛛，离了网显然就活不了。五道口一家知名咖啡馆的无线网络已经被要求关闭。据说是有人在这里发了令上面不高兴的消息，搞得一众 IT 民工怨声载道。因为一般去这种小店喝下午茶，顺便抱着笔记本或者 iPad 无线办公，非常小资小清新，很有尊严感。如今，离了网的笔记本，那——不就是一台游戏机嘛！

众所周知，许多人喜欢在星巴克这样的咖啡馆办公，就是因为有网络，有空调，有服务生美眉。这年头，开个咖啡馆不设无线网络，好比川菜馆子做不出宫保鸡丁，会被人笑话的。在咖啡馆上网办公或者办私，其实已经是城市人生活方式的一部分了。要知道，我们现在目睹的许多报道和专栏文章，正是作者在咖啡馆百般挠头写下的作品。

苹果一代手机，刚进入中国的时候，wifi 模块被去掉，因为用手机上无线网络是违法行为。后来这个条例也不大提了，利润重要，估计运营商幕后做了不少工作。而且，随时上网也是人民群众日益增长的信息需要的客观要求。但是在北京或者国内其他城市，随时随地上网，似乎都不是件容易的事情。

就拿北京机场来说，也是这两年才安装了无线，但是需要用手机号码登录。嗯，你知道为什么手机要实名制吗？这里信号稀薄到像航空公司赏赐的盒饭，而且经常断掉，假如你正在机场给老板传一个文件，死得会很难看。有些机场——比如昆明，压根就不提供网络服务，四处看到拿手机在找无线信号的人。

也有做得不错的地方。虹桥机场，打开手机能搜出十几个无线网络。西湖周围网络基本都覆盖了，免登记的网络用起来就是放心，不用担心有人拿你的信息干坏事。然后就看到草坪上有人趴着在那里用笔记本聊天看新闻。深圳因为要开大运会，最近也号称全城网络覆盖，不过是要登记的，信号也一般，估计开幕式后会好一些。

于是许多人用 3G 手机，也只是因为上网方便，不再受制于死活连接不上的无线热点。香港电盈有一种移动无线服务，就像 U 盘那么大的一个 wifi 发射器，随时携带，可以供五台硬件使用。这种设备就是深圳华为生产的，好多年了，可在内地，从来没有见到过。据说淘宝上有人在卖，被抓住了可了不得。我也不晓得，为什么人民群众上个网就跟做贼似的。

有一个权威数据说，中国的网速在世界排行是倒数的，跟咱们的国力成反比，也很不能理解。国外飞机上都开始让上网打电话了，咱们这边飞机上还不让打单机版的游戏——奇怪的是，用的飞机都是一样的，我只好归结为人的问题了。我不知道有多少人赞成咖啡馆取消无线，这简直是对文化产业和餐饮产业的双重打击。生死事小，上网事大。

（原刊《南方都市报》，2011 年 7 月 31 日）

运动了，一年来一次

看了深圳大运会开幕式的演出，我又被深深感动了一次。放眼世界，大概只有咱们的大型节目能做得这般精彩绝伦，让往届的活动都黯然失色。中国一出手，就知有没有。这样的水准绝对可以在国际上搞个专业公司，像"阿里郎"那样的人体液晶屏，我们完全可以人性化替代之嘛。

当晚，宝安机场里的旅客其实也没耽搁什么时间，因为在机场大屏幕上看了演出，又体会了一下报纸上讲的那种生为中国人民的自豪感和优越感，哪怕你凌晨3点才回到家里被老婆痛骂，也要自豪一下，必须的，因为这是交给你的任务。今晚全深圳人民都要支持。来了，就是深圳人，来了，就要自豪。

一位当地朋友像志愿者那样热心，带着我驾车找了好多地方，打算吃点烤串喝点小酒庆祝一下，都被告知露天烧烤已经取消，因为不卫生。我会心一笑表示，北京人民无压力。我们当年半夜吃烤串可是去了怀柔的。朋友心一横，不如——咱们去盐田吃吧。走深盐二通道夜奔沙头角，几家店铺给的答案一样——不卫生。

还有谁记得当年北京那个令人难忘的夏天？路不拾遗，夜不闭户，道路通畅，秩序井然，警察和摄像头到处都是，你以为北京被占领了。虽然大家要按照单双号出门，不免有些牢骚，但终究还是比较享受不堵车、有安全感的这种日子。一种论调认为，奥运应该年年开，应该从一个高潮走向另一个高潮，而且要连年高潮，还有一些人看法正好相反。

比如，吃烤串要去怀柔，这算个不太愉快的经历。后来，楼下的烤串老板重新开业，见了顾客跟见了多年失散的亲人一样，张口吐出一口烟，肝胆俱裂地说：你们可不知道，说来话长啊！阳台外面也可以晾衣服了，阴干的衣服总有一种味道。猫儿狗儿也能出来遛弯儿了。又比如地铁开始安检，每次进站要折腾很久。假如不小心给看到包里有一瓶水，必须喝一口才能走，诸如此类。所以后来养成了一种强迫症，每次在香港坐地铁，都在琢磨这个问题：难道香港地铁真的不怕坏人吗？在资本主义社会坏人不应该比我们多吗？

三年过去，除了安检，奥运的痕迹竟然一点也没有了。当时排队上车、文明无比的地铁一号线，又恢复往日的拥挤不堪和无序。场馆后来也不常用，除了宋祖英老师在里面唱过一次。作为一名资深"四方党"（Foursquare）党人，每次经过鸟巢我都要签到一次，以表明我还是记挂着奥运给我带来的记忆。

最近总感到自己很幸运，奥运的时候在北京，世博的时候在上海，亚运的时候在广州，见证了诸多重要时刻。当然，也有人说我很倒霉，作为媒体人必须出现在这些地方，以至于每年夏天都吃不到烤串。回望奥运这三年来，活动年年有，经验越攒越足。同时在开的，有西安的世园会。接下来，还有南京的青奥会。不着急，大家挨个来，运动的目的就在于大家搞运动嘛。

（原刊《南方都市报》，2011 年 8 月 28 日）

告别图书馆

前几天，胡主席在深圳参观了街头自助图书馆，我才知道深圳借书居然这么方便——跟在 ATM 上取钱似的，遂亲自沿着主席的脚步去参观了一次。在远离市区的大梅沙海滩附近，竟然就有一台机器，跟早餐车一样庞大，密密麻麻放了四排书。刷身份证，钱进去，书出来，不到半分钟，比在图书馆借书那是方便多了。

问了问当地朋友，说是 2008 年夏天就有了。我很狐疑，这个时间段，这玩意儿应该出现在北京才对啊。我说，外头老说深圳没文化，其实光是这个街头自助图书馆，就很上档次啊。虽说这些书都是些通俗读物，总好过没有。我在书架上还发现了《动物庄园》这样的书，简直太难得了。

俗话说，书非借不能读。可是想起在北京借书的不堪经历，

让人对图书馆望而生畏。说来惭愧，我在北京生活了十年，北京
图书馆只去了三次，两次都是想起来了去续费，一次是复印资料。
借书不多，因为手续比较麻烦。我的阅读范围没那么邪门，但总
遇到一些需要出示处级以上单位介绍信才能借阅的书。

对一个遵纪守法的无业游民来说，搞到一张处级以上单位的
介绍信，其难度远远超过让我造一艘航母。人大天桥上有办假证
的，介绍信也可以，六十块一张。抓住了就是伪造证件罪，这个
险冒不得。唯一的办法是央求那些有博士学位的朋友去借。于是，
一位天体物理博士，从单位开介绍信去借《皇清进士题名录》，
被导师质问良久。我请他吃了一周的饭。

也就是说，假如我没有在一个处级以上的单位工作，就没资
格看这些书。等级固化的社会，不仅抽烟分等级，看书也一样。
我于是幻想那些正部级能看的书都是些什么，或者他们干脆就不
看书，那些只给他们看的书或许一直就躺在暗无天日的柜子里，
等着如我等这样的无业游民在天桥上买了假证去看它们。一想到
我每月的收入还要纳税去买这些书……这，这可太添堵了。

上周第一次去香港公共图书馆借书。手续当然很简便，也不
用安检。拿了书刷了证件就可以，没有级别这种说法，借什么书
都行，包括善本古籍。最大的好处是，你可以在网上查到书目，

然后申请把这些书调到离你最近的图书馆再去取。如果你在网上看中什么书而库中已经被借出的话，系统会要求那个读者在一定期限内归还。其他功能尚待进一步开发。

我正要夸香港图书馆的时候，一个市民则向我抱怨说：现在大学图书馆还没有对市民开放，他们在 Facebook 上建了一个专页，正在抨击这件事情，要求政府开放所有图书馆给市民。我说：杭州有个乞丐被允许进入图书馆看书，都成了重大新闻，您真是外宾啊！

他恨恨地说：大学图书馆不让市民去借，这太不合理了，我们已经给平等机会委员会写信举报了。我只好说：在我们北京，大学能让你进就算不错了，还要从黄牛那里买门票。终于，我看到他的眼神里，洋溢出幸福的光芒。

（原刊《南方都市报》，2011 年 8 月 21 日）

开发票，必须的

我记得刚刚毕业时办信用卡，当时属于无房无车无资产的三无人员。招行的客服说，实在不行，你就把日常消费发票寄一摞来，证明你的消费能力。这个太好办了，遂找了厚厚的一摞发票。快递刚发出去，有一个在中央某电视台工作的同学打电话来，讨要若干发票，说是单位发工资要用发票冲抵，紧急求救，可拿出百分之十的数额作为酬谢。

通常，人在获得某种新的知识时会有一种兴奋感。我开心地问她，这个世界上居然还有拿发票冲抵工资的单位？而且，这个单位还带有"中央"二字！可真是大开眼界啊。她说，以后你请客吃饭搓澡捏脚打车泡吧健身游乐的发票，统统给我留着，多多益善。发票抬头就写我们单位，总之，越多越好——话说，招行的那批票，能帮我要回来吗？

再后来，在京城的媒体圈饭局中，经常遇到该台的编导或者主播，饭后道别之时，他们总不忘说一句：哥们儿，来的时候打车票还在吗？大家各自从包里掏出一叠车票说，来来，哥儿几个分了吧。北京的媒体圈饭局有一个发票定律：只要这顿饭没有东主，是大家 AA 制的，总有人会自觉地开这家电视台的发票。

有一次饭毕，大家各自掏了份子钱，我照例问道，有没有人要发票啊。倘若没人要发票，我就可以开一张电视台的发票送人。马上过圣诞节了，这种大额发票绝对可以当礼物送给他们的，人见人爱。谁料一个编辑举手说，我要。他转头对服务员说，帮我开一张电视台的发票。我险些笑出来。他不好意思地说，要不给你也行，反正都是给他们的。

据说报销车票时极其严格，要写清楚从哪里到哪里，干了什么。

我曾目睹一张报销单上，从台里到西单，打了一百一十块。我吓得眼珠子都快掉出来了，问她，一百一十块是到机场的价钱，这票，能报出来吗？她不以为然地说，这算什么，有人打到公主坟还花了一百五十块呢。估计是打了个车，开着计价器在路边睡了一觉吧。

我有几年时间，住在该电视台的大院里。在周围的饭馆吃饭时，经常能碰见那些在电视上宣讲"三个代表"及"和谐社会"的熟面孔。

饭馆的服务员早就习惯了，结账的时候不用打招呼，必定会把发票开好，连找零一起送过来，不必多说一句。据说餐费必须写明跟谁谁一起吃饭，方可报销。

有位朋友是这么干的：在开心网的朋友列表里，闭上眼睛在键盘上敲两个字母，系统给出的备选名字，就是在名义上一起吃过饭的人。有一次想也没想就把部主任写上去了，结果不巧的是，该主任的餐费发票显示，当时主任在跟另外一拨人吃饭。于是事情就这么败露了，一时传为美谈。

在该台周围，经常逡巡着一批怀抱孩子操外地口音的中年妇女，在路边突然贴近你的耳朵问：发票要吗？那个口吻，跟中关村的"毛片儿要吗？"基本一致。有些栏目组在大院外租的写字楼，经常能在走廊里看到"发票，量大从优"的不干胶小广告。如果不是非法的话，我想他们肯定乐意这些发票贩子在大院里设一个办事处。

当然，这些朋友会自谦地称自己为"电视民工"，但是民工吃饭是不会要发票的。不过总体来看，发票还是给我和这些朋友们带来皆大欢喜的幸福感。在这个台的新闻频道里，经常能看到钢花四溅、稻谷飘香、汽车下线、高楼林立、人民群众喜笑颜开的镜头，我天天妒忌里面的人过得比我好。

（原刊《南方都市报》，2010 年 12 月 12 日）

使馆区

我在亮马桥美国使馆斜对面住过一年。当时因为公司离家太远，就租了一个小房子权且住着，周末才回家。这个地方，生活尤其便利，特别是有一家7-11便利店。我经常半夜出来买零食，老是看到一些金发碧眼的老外在买酒。这个区域因为是使馆区，老外就显得格外多，治安也因此较其他区域好。

现在已经过了看到老外就扑上去围观，好像在动物园看猩猩的时代。我记得小时候，我爹不知从什么地方搞到一摞外汇券，说是可以在北京的友谊商店和西安的钟楼饭店买东西——嗯，这是给洋人用的钱呐！我当时对洋人毫无概念，直到初中读到一篇叫《制台见洋人》的课文，才知道洋人一贯是趾高气扬，我甚至对"洋洋得意"这个词汇的理解也是"因为是洋人所以才得意"。

彼时还有各种黄飞鸿、方世玉、霍元甲等系列电影，里面的洋人一般都很蠢，人高马大，但总被四两拨千斤的中华传统武术打得皮开肉绽找不着北。再后来，我都觉得只要是洋人都是蠢笨的坏人，在我们这里决计讨不到好。反正，那个时候的小孩子总觉得全球唯我天朝最牛，什么法兰西、英吉利、美利坚，统统死啦死啦滴！

20世纪90年代第一次去上海，我才对洋人的印象有所改观，这倒不是跟洋人有什么接触，纯粹是从建筑上引申开来的。我那时候站在外滩车水马龙的路面上，看那一排被称为"万国建筑博览群"的西式建筑，完全被震惊了。这是——洋人干的？他们那蠢笨的身材怎么配拥有如此华美雄浑、雍容典雅的建筑？

那大概是对世界观的一种颠覆。我们的宫殿式建筑倒是好看，不过从来都是庙堂之用，跟普通人没什么关系，洋人的房子是真正拿来住人的。直到现在，我还是非常喜欢在湖南路、武康路一带的老法租界散步。晚上灯光从梧桐的缝隙打下来，路边宁谧的西式小楼充满着神秘而久远的气息，甚至可以听见木楼梯上吱吱呀呀的声音。那种感觉非常美妙。

后来在北京，认识一些老外朋友，我也经常去使馆区或者外国人聚居区玩儿。大家喝酒打牌，互相用可以闹出语法笑话的中文和英文扯淡聊天，很有地球村的感觉。我没觉得哪一个有恶意，或者亡我之心不死。我老老实实地跟他们说，我小时候可恨你们美国人了，大坏蛋。还有日本人，都是军国分子，诸如此类的。时间长了，我觉得他们毫无心机且心地纯良。我不是说外国人都是好人，反正我的外国朋友里至今还没出过坏人。

我记得1999年初夏的一天，我还在一票四千人的队伍里喊着不知所云的口号，他们试图在街上寻觅一两个盎格鲁一撒克逊人种的外国游客，并朝他们扔鸡蛋。后来鸡蛋当然是扔给麦当劳了。不知道谁传谣说，美国在南京有个领事馆，就在中山陵附近。于是一帮傻人浩浩荡荡从新街口"杀"到中山陵，遍寻不得，只好到国父坟前哭鼻子。那个时候，没有人知道国父其实就是在美国发迹的。

北京建国门的第一使馆区，我以前因为签证去过几次，有些饭局也在那边。感觉是附近的人因此都发了财，开个复印店就够了。我还见过在使馆区上访的，保安苦口婆心地说这事情找联合国使馆都没用，发个面包就赶出来了。去南二环上访有没有面包我不知道，总之他们的人总是客客气气的。再后来，有几次朝使馆扔鸡蛋的活动中，他们总是闭门不出，也没有骂娘。

从使馆的大小、位置大约可以判断出这个国家的重要性。比如俄罗斯使馆、美国使馆、日本使馆，馆舍都比较大，位置也比较优越。后来美国和日本都在亮马桥建了新使馆，馆舍中专门留出装修豪华的大厅，说是为了跟中国人交流用，我还去过一次。可能正常的人类，都不会觉得这个豪华大厅有砸掉或者扔鸡蛋的必要。

　　等我住在美国使馆对面的时候，我早没有了当年要扔鸡蛋的那种冲动。在重庆事件之后，有朋友开玩笑：你那房子留到今年转租，租金翻五倍不止啊。那一年里，我目睹最多的是等签证的队伍。早上 8 点起排到 12 点开外，队伍摆出弯了几道的 S 形，不知道的还以为在抢盐呢。排队的队伍里，多数是跟我同龄或上下的年轻人，我总是止不住地想：这里面肯定有当年扔鸡蛋的人吧。

（原刊《看天下》，2012 年第 12 期）

公主坟

在想念北京的时候，第一个在脑海蹦出的单词或者说地点是公主坟。我在这里的两个机关大院里先后住了大概六七年，每年冬天的暖气能烤死人，这是北京大院独有的福利。后来离开之后，这里依然是我的日常活动范围之一。最近有个叫张五毛的年轻作家，出了一本《公主坟》，我立刻买来看，并且很快看入迷了，虽然这本小说跟公主坟没什么关系。

第一次知道这个地方，是在北京地图上。小时候认地图，伟大祖国的心脏是首都北京，首都北京的心脏是天安门，天安门的心脏是毛主席。那时候在北京地图上看见公主坟这个地方，觉得这个地名好美，有一种凄艳的感觉，跟北京在我心目中的形象很不搭调。再用比例尺一算，就是离毛主席太远了，绝对算郊区吧。

等我到了北京，才知道公主坟已经算是核心城区了，租金贵得要命，但交通很方便，离大学区和商务区同等距离，离西客站和长途站又近，还有机场大巴站点、饭馆、银行，甚至连桑拿、二手市场也一应俱全，再走两步还可以到玉渊潭公园。后来我才知道，这里离万寿路也很近，那才是中央办公的地方。

公主坟四个角上全是部队大院，经常能看见兵哥哥四处逡巡。离此不远的大院还有军博、京西宾馆以及中央电视台，所以治安很好，路不拾遗不敢说，夜不闭户是可以的。有时候半夜出来吃宵夜，能看到坦克轰隆轰隆开出来，过一会儿再轰隆轰隆开回去。触目所及都是军车牌子，真难煞交警了。

东北角的海育大厦，从外观看，就是一艘军舰的样子，特别威武，就是动不了。东南角的大厦叫华鹰，不用猜也知道这是什么大院。西南角的大院是建制前雕梁画栋的老建筑，可惜门楣上划了一排水波纹。早年还有大三元，后来拆了。新盖的楼一望而知就是军事单位，几乎都是敦实的大理石墙面加小窗户。

这里的标志性建筑是西北角城乡贸易中心。看这个名字就知道，在很久之前这里的确是城郊结合部。这个商场里的衣服基本适合六十岁以上人士，也就是那些大院里的退休干部们。早上他

555555

们拎着鸟笼子在玉渊潭晃悠，晚上就在马路边上遛狗侃大山，好像共产主义提前实现了一样。这里的步调似乎都比国贸慢一拍，是北京比较难得的悠闲地带。

公主坟的另一大特色是乱而杂。虽说四角四个大院，但出了大院，外面可是热闹非常。如果你不嫌吵，可以去聆听一下全北京最吵的地方——公主坟西北角。这里云集了几十家通信商，全是卖手机的。各种音响调到最大音量，传出20世纪90年代的流行歌曲，就是在KTV被点烂的那种。然后路边一堆穿着劣质蓝色西装的年轻人围住你，推荐五颜六色的山寨手机。

假如你从机场大巴上下来，不用一秒钟，全身上下的口袋就会被塞满各种低价机票的推销卡，你都不知道他们是如何准确摸到你每一个口袋的，回到家里抖一抖，能凑出一副扑克牌。一排黑车司机像等待检阅一样站得笔直，如果你不小心点了一下头，他一定会上来，从你手上抢走行李热情地放在车上。总之，我从未像此刻一样期待警察的出现。

虽然只是一墙之隔，但完全是两个北京。一个井然有序鸟语花香，一个是嘈杂不堪杂乱无章。就像央视门口的访民，他们哀求的目光跟站岗的警卫似乎全无关系。抱小孩子卖发票的中年妇女和擦身而过的警察似乎也没有关系，除非年底要罚款的时候。

这两个世界几乎从无交集，我甚至怀疑他们说话使用的语言也是不同的，然而看上去却相安无事。

（原刊《看天下》，2012 年第 2 期）

亲爱的大妈

与子同胞

　　朝阳门南小街有个名叫"小城故事"的台湾馆子，老板开这个馆子前系台湾"海军陆战队"仪仗队的头排士兵，帅得可以去做韩剧演员。进门叫他"安老板"，他就客气地鞠躬："叫我小安就可以了。"他跟太太都是台湾人，来北京十多年，有时候说话都带京腔了。这家馆子的"台湾啤酒"货真价实地从台湾运过来，包间里挂着巨幅的台北街景，经常能看到一批说着"国语"的台湾人在这儿吃饭。

　　我跟许多台媒的记者都是在这儿认识的。台湾的驻京记者通常年纪都比较大，大约没有经验是不能派来大陆的。有个时报的前辈，半头白发，20 世纪 80 年代后期就来了，经历过从第一次汪辜会谈到前几天 ECFA（海峡两岸经济合作框架协议）签署的所有两岸对谈的现场，对两岸政情了如指掌。他经常给大陆的同行讲当年台北的宫闱政治，绘声绘色有如说书。他还在北京最贵的地段买了房子，下手很早，比台北的房子升值快多了。

2005年连战登陆之后，这些记者们显得比前几年忙。不过按照大陆的政策，他们需要三个月轮一次班，大家都把驻北京视为极好的差使。除了堵车和空气不好，剩下的几乎都让人流连忘返。南北各省驻京办美食统统吃过，即便乘以五，也比台北便宜些。有位极爱喝哈啤的哥们儿，吃饭基本不醉无归，因为哈啤在台湾很贵。更重要的是，大陆新闻实在太多太猛，令人目不暇接，每天不愁没有稿子写。

当然，还有一些混日子的，天天在愁没有稿子写。有个北漂的台湾美眉，不仅声称自己是河北人，还在山东念了大学本科，读的是新闻，打算从此扎根大陆。她还说，世界上最好的地方，一定是河北。我们都笑。我说"居长安大不易"，她说，你们都可以，我为什么不可以？谁料大陆的媒体都不能聘请她，有一家编辑部在北京的香港杂志聘请她，条件是她得回台湾工作。

这与她留在大陆的初衷相去甚远。她总是四处碰壁，后来渐渐就靠微薄的稿费度日，经常寅吃卯粮，预支稿费，在北京过着清贫的日子。她戏称自己如今是外省来京的"北漂"青年。她跟其他外省青年一样，被房东赶出过家门，被迫搬家数次，在地铁里被偷过钱包，在中关村跟人讨价还价修电脑。不过生存一旦成为首要考虑的因素，整个理想就显得不那么好玩了。我们眼见她这"根"是扎不下来了。

她忍了一段时间后回到台湾。因为拿的是大陆本科学历，也找不到工作。后来《联合报》还报道了她的事情。随后她留学两年，用欧洲的学历掩盖了大陆学历，打算回台湾工作。谁料在北京认识了一个大陆的男友，而且闪电结婚了，定居北京。后来她对我说这个人是个骗子。随后，稿费终于不足以支撑她在北京的生活，房租又贵，什么都不敢吃，完全谈不上什么生活质量。

她经常问我一些我答不出来的问题：为什么会有三聚氰胺奶粉、地沟油、苏丹红，这在台湾是不可容忍的。还有开胸验肺、躲猫猫、俯卧撑之类的，在她听来都是天方夜谭一般的故事。后来她慢慢开始容忍一些事情，比如习惯被人按等级分配座位，习惯被忽视。她的身份并没有那些有正式身份的记者大叔们光鲜。她当年在山大读书时，可是当面斥责过辅导员的。我眼见她要被改变了。

终于她决定离开大陆，还说以后可能不太会来北京了。她快走的时候，我才知道，她的亲哥哥就在北京富士康，还是个高管。

只不过因为她不愿意求他，所以两人也很少见面。在北京几十万的台湾人群体里，这对兄妹几乎是两个极端：一个是高级台干，尽情分享大陆经济增长的成果；一个却是草根记者、新闻民工。她回去后，写了一篇很长的文章发在媒体上，标题叫《幻灭》。

（原刊《南方都市报》，2010 年 7 月 25 日）

卖的就是暴力

　　我经常在晚上听见楼下有业主在跟保安吵架。这个小区车位少，物业公司不让业主把车开到楼下，担心他们停在绿地上。有时候业主也就到楼下接个人或者取下东西，不过几分钟的事儿，保安却特别较真，双方很快就吵起来。这些小伙子，夹在物业公司和业主之间，显得特别为难。业主有时候就大吼：我出钱养你，就是给我气受的吗？

　　这些小伙子晚上除了巡逻，就坐在楼道里百无聊赖地玩手机。有的则在看捡来的报纸杂志之类。有一次他们捡了一只小狗，无人认领，就自己养了起来，后来在领导的干预下，小狗不知所终。总体上看，他们还属于良善朴实之辈。但是他们对捡破烂的、要饭的却是恶言相向，动辄就要饱以老拳的样子。

我眼见有几次，他们恶意刁难货车司机和快递员，非要他们把车停在很远的地方。好比阿Q遭了赵太爷的怒斥，就去摸小尼姑的头皮。我无意贬低他们，只是觉得人应该对所有人一个态度才对。他们手中唯一的权力貌似就是指挥停车，所以只好在停车时刁难人。中国人好像能把芝麻大的权力，用到西瓜那么大。

这个小区还算好了，保安没有那么牛气。我听说北京有的小区，保安把业主打得头破血流，后来因为开发商比较有背景而不了了之。至于娱乐场所的保安，简直就是打手。经常有骇人听闻的案子被报道出来。我问过一个歌厅的保安，他说，因为娱乐场所的保安工资，普遍要比小区保安高几个档次。人家为什么给这么多钱？无非就是为了打人嘛。我们卖的就是暴力。

我以前住在中央某电视台的大院里，门口是武警站岗，进出都要看通行证。后来不知为何，突然增加了两个小平头，专门检查进台证。这两个人轮流值班，一个上午一个下午。他们像铁塔一样伫立在大门口，唯一的职责就是看进台证。看到有人走近，就伸出左手，四个指头往回微翘，示意亮出证件。随后，他很严肃地瞥了一眼，右手在鼻子前方迅速地一挥，好像对方放了个屁，意思是：你可以滚蛋了。

我曾长期对这两位老兄的工作性质表示兴趣。尤其是他们迅速挥舞的右手和火眼金睛一般的双眼，似乎连接着整个国家的安危及兴衰。假如没有他们，今晚估计你们就看不成《新闻联播》，就看不到全国收视率最高的《天气预报》。他们对来电视台的上访群众也不大客气，有时候心情好了才会告诉后者，材料该交到哪个窗口。有几次我都想问他们，这种工作到底有什么乐趣？

一个部队大院的同龄人告诉我，他们小的时候，即20世纪80年代中后期，北京的大院门口是没有保安或者武警的，就只有一个传达室或者收发室。小孩子们随便进去玩。王朔的小说里也描述过类似的场景。90年代初，有些部队大院就不让外人进去了，到后来，各个大院门口都增加了保安或者武警，大约和外面群众的关系确实有些紧张了。

保安成为一种职业，是最近十多年的事情。以前官老爷门前的皂役，现在寻常小区也有了。北京这类保安大约有十数万人，听说上岗前都会做一些培训，包括自由搏击、散打和法律常识之类的，用来防备坏人，所以才叫他们"保安"。而且如今保安的人数似乎越来越多了。这大概能说明，我们周遭好像坏人也是越来越多的。

不过，我觉得这个职业跟记者一样，也是吃青春饭的，没几年估计就要另寻出路了。楼下的山西小伙子说，等赚足了钱，他就回家开一间网店卖家乡的枣干。我问他赚多少算是赚足，他晃着脑袋认真地说了一个数字。那些钱，可能还买不起他背后的那辆车。

（原刊《南方都市报》，2010 年 8 月 1 日）

原来你也在这里

早期的南锣鼓巷，被认为是小资青年的装十三圣地，许多外地朋友过来，都会慕名去泡吧。这个既堵又没地儿停车的地方，实在不是北京约局的首选，既然名声在外，那总有扎堆的理由。在我看来，这个地方之所以被各类文艺男女青年奉为圣地，正是因为有他们自身的存在，文艺男青年在这个世界上的唯一使命就是勾搭文艺女青年。

南锣鼓巷就是这样一个每天上演着无数勾搭的地方。除了上述的互相勾搭和正常游客之外，还有二流导演勾搭三线女演员，二流编剧勾搭女大学生，二流调查记者勾搭女性仰慕者，二流杂志勾搭农民投资人，等等。大家喝着假洋酒和各种劣等咖啡，说着心照不宣的假话，场面蔚为壮观。

　　这其中最为恐怖的就是各种导演和编剧。因为挨着中戏，所以这里搞影视的杂人有如过江之鲫。动辄就告诉你，某某片子是他导的，或者某某电视剧是他写的，递过来的名片能吓死人。用80年代的一句老话来说：如果天上砸下来一块石头，砸死六个人，五个是导演，剩下那个是副导演。

　　有一次我在一个叫"浮生"的酒吧里坐着等人。这个吧很安静，店主是一个画家，经常搞点外国艺术展览，都是小圈子的，所以他店里人不是很多。角落处坐着两个猥琐的青年男子，正在旁若无人地说话。一个人环顾了一下四周，用右手做了一个向下砍杀的动作，低低地说："不如，我们把丫……弄死算了。"另一个眼镜男子严肃地回答："不妥。弄死丫倒是容易，可是接下来呢，我们怎么办？"诸位看官，假如是在别的地方，譬如说在肯德基或者是在全聚德，你听到这样的谈话，可能会背脊一凉，立马掏出手机报案。可是，记住，这里是南锣鼓巷，这里的谈话基本上是非常不靠谱的。因为你周围的人，很可能都沉浸在自己的世界里。

　　接下来，他们两个在半个小时里，总共计划让七个人死，其中有四个女的、两个男的，还有一个太监。其中有两个女人和另外两个男人分别发生过性关系，还有一个人为此放了一把大火烧了一座四合院。你猜对了，这是一部辫子戏。店主对这样的谈话早就习以为常，他一边在调酒，一边回头说：哎哎，这人上次不是已经死过一回了吗？眼镜男说：上次是险些死了，不是用过黑玉断续膏了嘛。

黑玉断续膏？！我一口水险些喷出来。这时又进来一男一女坐在我边上，点完东西之后，肥硕的男人就说，现在这个版本还有点问题，第十四稿还写得有点样子，不要偏了。女人则说，女演员的事情我看还是再等等，有一堆小姑娘现在排着队寻死觅活来找我，送的化妆品都够开店了。肥硕男微笑着说，这个我来处理吧。

后来我又去过几次，这两位男编剧，又把一部当代戏改成了民国戏，在大骂国民党的同时，又大骂广电总局扼杀了他们非凡的、无与伦比的创造力。与此同时，他们还打算拍一部民主党派领导人的传记，据说广电总局已经批了，然后计划到这位领导人后人的公司里骗一笔钱，先去南洋考察一下外景。至于剧本，他们计划雇两个北影的女大学生来写，市价的三分之一就可以了。

还有一次，在另外一个店里，有个京城著名的长发飘逸型媒体人，名字我就不说了，反正他在各类只登图片大面积留白的杂志做了好几个主笔，拍着桌子向对面的人喊：哥们儿，七百万，你拿我玩呢？现在哪本杂志不要三千万起价？我心里说：三千万，哥们儿你也忒狠了点儿吧！

（原刊《南方都市报》，2010 年 8 月 15 日）

个个是神仙

据说北京的城市格局奠基于什刹海岸边的后门桥。当初的设计者，沿着什刹海东侧弧线，南北向画一条切线，切点就是后来的后门桥，切线的延长线就是今日的北京中轴线。这样做是不是很聪明？因为什刹海呈不规则状，是设计者的难题，这条切线解决了城市重心问题。据说画线的人叫刘秉忠，是忽必烈的爱臣。

也有人说，北京城是藏传佛教萨迦派五祖、国师八思巴受命设计的。不管是谁设计的，这个点子的确很科学。刘秉忠早年也是僧人，此人精通内典儒经，忽必烈改国号为"元"，就是他的主意。刘虽然做过和尚，但设计的北京城，却是依据《周礼·考工记》和《周易》中的阴阳八卦来的。可见这个人，儒、释、道无一不通，是个博学多才之人。

在中华帝国晚期，儒、释、道互相渗透和影响的例子不胜枚举，北京城就是如此。什刹海边上，曾有十数座寺院，故称什刹海，现在只剩下鸦儿胡同的广化寺了。游人在什刹海边上，也偶然能见到穿着僧袍的僧侣翩然而过。不过呢，只怕没有他们的前辈刘秉忠那么高的道行了。北京城里的名寺，如今都与时俱进对外开放，假如在后海边上看到拿着 iPad 打游戏的和尚，千万不要惊讶。

当然，北京又是个鱼龙混杂之地，西贝货也很常见。我曾见过好些个自称是某某名寺的和尚，胡吹海聊一通，最后却想拉个活动赞助，或者是骗点零花钱，这些都不靠谱，不是真正的出家人。至于起卦、算命、测字、抽签的，更是对中国宗教缺乏基本了解。这些都是落第书生流落街头干的事情，跟早年邮局门口代写书信的人一样。

有一次在东直门一个素斋馆子吃饭，这个地方是清代一个状元府，只要是穿袈裟的师父，都免单。有个二十岁出头的"喇嘛"过来给了我一个很小的观音像，说是结缘。我一看这种造像不是藏传佛教的风格，就很奇怪。此人说，他某年某月在西藏看到小班禅，天空出现祥云和彩虹，觉得很殊胜云云。我心想，这个时候班禅还在北京念书呢。过了几天，他给我打电话，说是他现在康区修个什么寺庙，让我捐个两三千块。手机号是山西的，人不是藏人模样，口音是东北葫芦岛一带的，人又在康区，就觉得不靠谱。后来他又催了几次，我也没在意。随后有个朋友电话来跟我说，有个"喇嘛"在清华附近一家素斋馆子给了他一个小观音像，说自己在西藏见过小班禅云云。我哑然失笑。

还有个道士模样的人，在我家门口耍了几招意念移物、隔空认字的魔术，说自己是某某道观的道人，要破解我的血光之灾。我想无非就是晚上被蚊子叮几下，能有什么血光之灾，就拒绝了。他还说他的宝剑有保健品的功效。走的时候还一本正经地说，那你可要保重啊，唉，苍天无眼。他要再不走，我真要忍不住笑出来了。

还有传得神乎其神的，说是在房山有个道士，是中央领导的高级顾问。比如平安大街、祈年大街的设想，就是他提出的。你看这个台基厂大街，南边没有路，往北是王府井，就掉井里了。往南是天坛，如果开条路出来，就是登天之道。这就是祈年大街的由来。我们排了三小时的队见到真人，他一边在那里扶乩，一边胡言乱语。此后开始谈养生之道和天人合一。我们听了一会儿，觉得内容都没有超出《洞仙外传》和《封神榜》的范围，忽悠的成分居多。

大家一致觉得科普学者任重而道远。赛先生的诞生地红楼，后来变成国家文物局的大楼，这说明赛先生基本就是个文物。利用宗教搞迷信的，基本可以划入神棍的范围。

北京这种人实在太多了。

（原刊《南方都市报》，2010 年 8 月 22 日）

丐帮欢迎你

　　常年坐北京地铁的人，能把车厢广播里的提示语背得滚瓜烂熟，其中有这么一句：抵制乞讨、卖艺等不文明行为。有一阵子，大概是奥运前后，还有城管和警察在车厢里巡逻，见到这样的所谓流窜人员，直接叉出去。不过有一种说法认为，乞讨卖艺也是三百六十行里的，谋生手段而已，不必太过认真。

　　早年卖艺的都在天桥，什么胸口碎大石、长枪探喉、口吞宝剑之类的，我没有亲见，因为早就绝迹了，只在电视剧里见过，看上去很是危险。老辈子的人，在书里也回忆过当年的热闹。不过我总有个疑问，为什么那么多年前被视为街头一景的卖艺，如今却成了不文明行为？难道非得在豪华剧院里唱美声，动辄收观众七八百块就算文明？以前的门票还是自愿给的呢。

现在的天桥是卖衣服的地方，每次经过都会遥想一下当年的盛况。与当年类似的是，乞丐倒是没有绝迹，天天都能看到。对于乞讨，很多人都说，见到要饭的给钱，见到要钱的给饭，管保错不了。现在自家都很少做饭，只能给钱。有一次我把打包的饭盒给一个乞丐，还被人家白眼。

如今乞丐的手段也是五花八门，总之除了要上学就是要看病，你能想象的所有世间的悲惨境地，他们都经历过。不过，根据最近几年的新闻来看，有时候真的难以判断真假，因为事件太过离奇太过悲惨太出乎意料，你反而容易觉得这是真的，让人十分纠结，只好根据目测结果酌情给钱。不过好像大部分人都不太乐意把钱给不劳而获的人。

于是就有唱歌的、玩杂耍的乞丐出现。他们身背音响，在地铁里一遍又一遍唱"流浪的人在外想念你"，大家只好转过头去不看他。即便这样的低效率，到晚上仍然收入可观。有一次下班在地铁里，有个小女孩过来要钱，我看着她说，我早上上班的时候给过你了。她小手一挥，满不在乎地说，是吗？你们下班可真晚呐！明天见！边上的人都笑。

还有一些人装作卖报的，拿着一整摞《法治生活》或者《警法传真》之类的，一看就不是新闻纸，进来就喊："刘德华今天早上自杀了！大家赶紧看刚出笼热乎的新闻啊！"常坐地铁的上班族们都低头暗笑。因为昨天早上，成龙已经"死"了一回。有时候成龙只在二号线卖，一号线就卖刘德华。有时候就卖混了。

这还不算搞笑的，还有一次，他们说宋祖英移民塞内加尔了，惊得大家恨不能立刻买来看，但又觉得两块钱买一份明显不靠谱的"报纸"有些不划算。我买了一份，津津有味地读完，觉得水平还不错。如果这些写手老老实实去参加媒体集团招聘，至少《知音》杂志里的特稿还是能写得来，跟这帮人攒一些假新闻，也可惜了。有时候乞丐和卖报的会互相打招呼，看起来也很熟稔。

这两类人在地铁里，其实也没有多么不文明，我觉得抵制也没什么用。最多你说他们是骗子，但是这种骗子的危害好像又不是很大，刘德华和成龙没有打算起诉他们，似乎也没有让乘客感到非常不方便。一概斥之为骗子，好心人又担心冤枉了真的乞丐。而且广播里一说"乞讨、卖艺"，我首先想到的是银枪探喉和胸口碎大石，不过现在若真的有，是过不了安检口的。

江湖上传说的丐帮集团，也可能确有其事。我见过一份传单，标题是"丐帮欢迎你，为你开天辟地"，上面大意是说乞讨策划公司招年轻、有素质、气质佳的无业人员，底薪加提成八千以上，工作方式简单安全，还留了个电子邮件地址。我想起贾平凹当年说的一个段子，收破烂的老奶奶腰间的中文呼机显示：某处有废纸，速打的来。

（原刊《南方都市报》，2010 年 8 月 29 日）

人人都是时评家

很多人都曾津津乐道北京出租车司机能侃。其实这几年，北京出租车司机逐渐沉默寡言起来。自视为"老北京"的师傅们，据说受不了这个苦，慢慢退出不干了，如今操方向盘的，大多是来自郊县的师傅们。他们脚不生根，埋头赚钱，除了公司领导和交通广播，就没什么特别权威的信息来源，故而即便是侃，多数也是道听途说而来。

这跟前些年很不相同。那时候的师傅们，一上车就开聊，也不管你爱听不爱听。这还不算，要命的是话题特别高端主流，你想插个嘴或者接个话儿，都显得非常力不从心。比如我见过的一个师傅，上车就给我普及两税制的弊端："嗯，央地矛盾已经到了非解决不可的时候了。"他叹一口气，好像是在开国务会议。

他们看到你的时候，似乎刚刚从中央会议的会场下来。比如哪位部长要调任了，谁谁要去做地方大员了，为什么调任，有什么依据，说得头头是道，貌似组织部干部局给他打过招呼。即便是媒体做的解读报道，恐怕也不过如此。有时候你显露出不太相信的样子，他会非常得意地说："我有哥们儿在海里，绝对靠谱。"这就是权威消息了。

不仅有权威消息，还有独家消息。比如说，这事儿全天下只有三个人知道，一个在海里，一个已经不在人世，嗯，剩下的这个人，没错，就是你面前的这位师傅。假如你不知道为什么长安街是十车道，那可就遇见专家了。如果碰巧遇到交通管制，他瞥一眼车牌，就会转头对你说，刚才是哪位国家领导人的车队，而且他还会神秘兮兮地透露，领导坐在第几辆车里。"西山到大会堂，14分钟就到了。什么概念？得开一百八！"

他们的见多识广、博闻强识在一切人群里是那么的出类拔萃，即便经历丰富如沈从文那样的人，大概也会汗颜。他们轻易不问乘客的身份，因为他们总会认为自己已经毫无疑义地猜了出来。他总会拥有你所属的那个行业的核心机密。见了编辑，他会谈审稿的流程，并且以十分肯定的口吻说，这段儿你们肯定发不出来。

见了女主播，他对电视台的绯闻如数家珍，只有对三围信息不如台长那样准确。

此外，他们对国际事务的参与程度也很高，因为据说北京是一个国际化大都市。语言并不能妨碍他们和国际友人抑或是国际敌人的交流。在面对老外之时，他们的使命感可以强到以为自己代表了十四亿人民。有个师傅愤愤地说，有个日本鬼子居然告诉我，北京地铁他们也出了钱的，我怒斥丫一小时，丫无话可说！丫无话可说！

你问他，您都这么牛了，为嘛还要开车呢？他会非常敬业地说，这您就不懂了，咱乐意！只要有时间，他会用二十分钟时间来给你解释，为什么他会这么低调，为什么不能高调，注意，这还是两个概念。他会非常鄙视你，提出这么弱智的问题。那种优越感在他的身体周围散发出来，形成极为强大的气场。你会怀疑，为什么自己花了钱，反而让别人爽了一把。

据他们说，开车不是为了赚钱，就是图一个好玩儿，有趣儿。你无法断定他们是否非常真诚地如此认为。通常这种司机也很大方，甚至聊了一路忘记开计价器。他大手一挥，算了，您随便给点儿吧。如今的新司机，除了问路之外，几乎不跟乘客说话，车里气氛也会很闷。有时候他们面前会放一张地图，一脸委屈地说自己连长安街都找不到，并且为了一块两块的小事跟你闹脾气。
这个时候，我会非常怀念那些伤害我自尊心的老司机们。

（原刊《南方都市报》，2010 年 9 月 5 日）

亲爱的大妈

　　秋高气爽的时节又到了，这大概是北京一年里难得的美好时光。郁达夫笔下，故都的秋，如今完全看不到，因为高墙深院基本都拆了，普通人很难体会在四合院的枣树底下抬头望天的感觉。一般来说，秋季被称为北京的"会议季"（夏季是北戴河的"会议季"），除了年底的总结大会之外，剩下的会议大部分在秋天开。

　　这个时候，就可以看到街道边、厂房里、广场上、胡同深处，到处都是拎着小马扎和暖水瓶的大妈们。她们个个戴着红袖箍，斗志昂扬、意气风发地一边扯闲淡，一边警惕地盯着过往的人群和车辆，目光锐利得好比安检仪，基本能把别人包里的东西猜个八九不离十。这是长年的战斗经验练就的火眼金睛。

　　作为一个遵纪守法的良民，我都能感到她们目光的不可欺骗和震慑力量，对坏人那就更有效了。每年在10月份开会后，媒体会公布说，因为首都治安志愿者的积极热情参与，首都刑事案件在本月下降了多少多少，侦破治安案件多少多少起，有效地保障了某某大会的顺利进行，云云。看到这里，我都会感激涕零地从内心感谢这些大妈们。因为按照媒体的渲染，假如没有她们，必然会有人家破人亡、妻离子散。

她们的正式名称叫"治安志愿者"，我不晓得有多少是志愿的，但我亲耳听到一个大妈对另一个大妈说：今年的外勤补贴比奥运还高啊。无利不起早嘛，退休人员偶尔挣个外快，同时又维护了社会治安，这一来一去，都是GDP，是个多赢的局面。这部分钱据说是从维稳预算里走，想来大家都交了一笔。

交钱倒也没什么，我只希望她们的良民标准别那么高，好像只有坐在黑色奥迪车里呼啸而过的人，才对政府没有威胁。我刚刚来北京时跟几个同事租住在国家计委的一个老旧小区里。每晚下班回家，都能看见十几个大妈围坐在院子里，我从她们的小马扎中间穿过时，她们毫不顾忌地死盯着你看，仿佛你没有穿衣服或者多穿了衣服。

尤其是，碰巧你有个女同事或者女性朋友来家里玩，经过这些小马扎之时，能听到背后窸窸窣窣的议论声，你猛地回头看她们，又像电视按了静音键，寂静非常。这个时候，我和那位女生会觉得被人剥光了放在砧板上就要切了下锅，或者感觉背上爬了一排蚂蚁，咬得你想死的心都有了。

北京好像从来不缺人，电梯里也坐着这样的大妈。她会在电梯里放一把高脚凳，一个床头柜，上面摆着各种小报和暖水瓶及台式电话，茶叶已经泡得不成形。如果是冬天，她还会接一个电暖气机在电梯里。本来限额十三个人的电梯，经这么一折腾，站五个人就算不错了。进了电梯，她眼皮不抬地问你：几层？声音恰巧到达你的耳朵后消失，不会因此多费一丝力气。

我曾经有个同事，因为值夜班，通常后半夜一两点回家。由于伊穿着比较考究，又是东北口音，因此被大妈鄙视了良久。大妈说：丫头，干你们这行可真不容易啊！你不能确定她说的是媒体这行还是天上人间这行，总之那种怜悯的口气听上去特别像讽刺。她只好回答：大妈您老也不容易啊！

这位同事忍了很久之后，有一次假装不小心，把新闻出版总署颁发的记者证故意掉在地板上，大妈从此对伊肃然起敬。由此也可以推知大妈之前说的"这行"是哪行了。不仅如此，所有人的信件和快递都是大妈来接收，她知道你买过什么干过什么，谁来看过你，如果她愿意，也可以从你的垃圾袋推测你今天吃了什么。

假如人口普查交给她们来做，计生委应该会很放心。大妈的存在，有时候让人觉得安全，有时候却让人极度不安全。不过，只要她们以及她们的头头觉得安全，那么这个社会就是安全的，就是稳定的。我的情绪当然也就很稳定了。

（原刊《南方都市报》，2010 年 9 月 12 日）

天大地大，房东最大

一个外省来京青年，一定会在某个孤寂的夜晚仰望星空时说，我要是只蜗牛就好了。我们在北京西客站见到的来京打工者，最大的行李就是一床被褥。他们被逼急了，可以随时找个取款机下的水泥地躺着。青年们就不行了，他们不仅怀揣真假难辨的学历和一戳就破的梦想，可能还背了两箱书和一箱衣服，甚至还挽着一个女青年，不找个房子是不成的。

于是这个地方就出现了一种叫做"房东"的职业。房东整天遛鸟打牌整幺蛾子，到了月底打一通电话，钱就来了。以至于很多想买房的朋友都咬牙切齿地说，假如我有两套房子，一定拿一套租出去，月底我可以装一回大爷，逼丫们还债。前几天有人在微博上说，中国人的所有努力，都是为了获得特权。如果做房东也是特权的话，那么我同意。或者这句话可以这么说，努力成为压迫别人的人。

房东通常是中老年妇女，据说这个年龄段的人，由于常年在菜市场锻炼口才，故而谈判能力高强。她们会准确地记得每一个该收租的日子。如果是中年妇女，会要求你把钱打到银行卡里，她在取款机的那一端查询。如果不幸是老年房东，她们会不远万里穿过四五个市辖区过来数现金。她们似乎不太相信所有现代化的机器。只有厚厚的一摞钞票，才有手感和快感。

有一些朋友非常想不通，一套房子动辄两三百万，为什么有人会有三四套房子拿来出租？这个念头一闪而过后，钱还是要交的。许多人在算计到底是买房划算还是租房划算。假如三百万七十年产权，四万多块一年可以租非常好的房子了。问题在于，租的房子不能带来安全感，而这个虚幻的玩意儿很重要。

很多人讨厌租房，就是因为房东可以随时涨价或者随时赶人或者借涨价而赶人。这是一个缺乏契约精神的社会。涨价的话，你可以选择不租，因为外面排了几十号人等着租。赶人的话，最多付一笔违约金，她完全可以从下一个租户身上赚回来，"失之东隅，收之桑榆"。假如你不幸用坏了什么东西，违约金也是拿不到的。租户完全没戏，因为你绝无可能在短期内迅速找到房子安置自己。

通常来说，租户需要跟房东维持良好的互动关系。比如按时交租，帮她修个灯泡或者换个煤气灶配件她就更高兴了。她或许在赶人之前愿意提前告诉你，也不会介意墙壁上多了几个钉子或者桌子磕坏了一个角。如果她愿意的话，一定会让你后悔当初为什么要挂"闻鸡起舞"的立轴在客厅，或者失手碰坏了早已干涸的鱼缸。

这样的一对一的房东已经算好的了。最担心的是二房东。好比房东的寄生虫，他会在中关村这样 IT 民工和学生集中的地方租好几套房子，然后用 PVC 板隔成七八间分租出去。房租他分给真正的房东一半就可以了。有一个光棍曾经跟我说，他非常苦闷半夜从隔壁发出的声音。后来室友很关心他，每次办事之前都愿意把自己的袖珍 DVD 借给他看毛片儿。

最可怕的人就是传说中的中介，属于吃了原告吃被告的主儿。我听过一个故事——不算普遍现象——中介雇打手拿着铁棍逼着租户搬家。报警后，警察指着中介的鼻子说：丫这行有好人吗？中介回了一句：你们不也是。于是，中介被暴打。租户在边上极为开心，觉得警察终于替群众撑了一回腰。经过一番指点，送了面锦旗去派出所。

　　所以很多人都说，天大地大，房东最大。在人屋檐下，哪能不低头。来京之前许下的宏大愿望，这个时候已经被消磨得一干二净了。文艺青年编剧本，IT民工干私活，无非是挣个房钱。有道是，买房后，我就成了你。最好就是自己变成房东，才不遭罪。反正来京青年前赴后继，总有人能被自己剥削一回吧。

　　　　　　　　　　　　（原刊《南方都市报》，2010年9月19日）

发自肺腑的歌唱

　　我以前住在北京玉渊潭边上，小区旁有个叫"世纪园"的小广场，周围绿茵如织、草木繁盛，往北便是静静的昆玉河，小气候在北京算是不错。广场东侧是玉渊潭南路九号院的高级小区。说它高级，是因为有几个单元门口有武警站岗，警卫级别无疑是部长以上级的。以前我还经常去这个院儿买冰激凌，去年开始管严了，住户出入都需要出示证件。

　　回到这个小广场，这里早晚均有上了年纪的大爷大妈们（主要还是大妈）载歌载舞。她们会携来一个20世纪80年代常见的那种卡式录音机，装八节一号电池的黑色机器，音量放到最大，然后甩着扇子或者袖子开始跳舞。我对歌舞不太懂，但很明显，如果她们年轻三四十岁，这样的歌舞绝对是可以上春晚的，甚至还可以压轴。

歌曲都是耳熟能详的。我在小学和中学时代唱过太多这样的歌了，瞬间会让我小怀念一下小时候脸蛋被搞成猴屁股色，在各种献礼上的学生大合唱。词作者和曲作者在当年都是声乐界的大拿，比如饶余燕、唐诃这样生僻的姓名，现在我都还记得。甚至，如今我还能用口琴或者电子琴演奏《四渡赤水出奇兵》。

大妈们脸上都洋溢着幸福的微笑，声音洪亮有力，举手投足都有板有眼。她们的老公：有的戴着老花镜，拿着报纸或者杂志，坐在边上的石凳上严肃地学习中央精神或者浏览新闻，就是缺一支批文件的笔；有的则提笼架鸟，遛狗熬鹰，一身笔挺的中山装，一望而知曾经是尊人物。我大体了解他们的幸福感从何而来，那种真实的、踏实的、可以计量的幸福感。

其实，我对这样的歌曲并不讨厌，对这些人也不讨厌。在KTV包房暴露年龄，是很常见的事情。我这个年纪的人去K歌，张口就是张学友、罗大佑、谭咏麟、梅艳芳，卧听他们的卡带度过了青春期，同时在学校合唱长征组歌。这些大爷大妈自小就是唱长征组歌的，唱了一辈子，他们只知道《东方红》，绝不会知道"东方神起"。

所以他们的娱乐就是唱这样的歌，他们的表达方式只有这一种。也许歌词什么意思他们都不必再了解，这几乎是一种本能技艺，融入血液的。就像我在刹那间会想到小时候的学生大合唱，也许他们这样的歌舞也是一种寻找记忆的行为。通过这样的仪式，或许也能找到一种归属感——我们才是这个国家的主人——当然，这是我瞎猜的。

但是，如果我的同龄人还要这么唱的话，我会怀疑他的真诚，因为找不到任何经得住推敲的理由，除非是人在庙堂身不由己。不过，眼见唱老歌已经成为一种政治正确的话，这就说明是不得不唱了。

前几天到香港，不小心住到了北角民建联的选区，晚上楼下突然传来阵阵嘹亮红歌。我不由大惊，以为瞬间从北角穿越到了北碚。循声望去，又见到一些上了年纪的大妈们在唱那些我熟悉的歌曲，而且是字正腔圆的标准国语，我彻底无语了，默默关上了窗户。

（原刊《南方都市报》，2011年6月19日）

中介猛于虎

在北京生活，有个亘古不变的"两个凡是"，凡是租房子（不论出租还是求租）必然要遇上中介，凡是遇上中介必然要吃亏。这条铁律，每天不停地在首善之区的各个角落被验证。打开各个房地产网站，对于大量充斥其间的房产中介信息，非得经过披沙拣金的程序，一般被骗个几次，就能练出火眼金睛，这对每个外地来京的青年来说，好比打疫苗，用观堂先生的话说，就是"经此世变，义无再辱"。

若是在古代，中介就是牙客，从中渔利是要犯禁条的。如今房产中介虽然是合法行业，但泥沙俱下、良莠不齐——问题是"良"的实在太少了。我有个朋友，曾经和中介做了不屈不挠的卓绝斗争，最终报警才解决问题，至今仍心悸不已。以前只是听说，没有亲见。

这次我要出租一个房子，充分领教了北京房产中介的巨大力量。

千不该万不该我在网上发布了出租信息，更大的错误在于我把手机号码贴上去了。两分钟之后，我以平均每分钟接三个电话的频率，以最快的语速与其交谈，却发现对方全部是房产中介。他们全然不顾我在帖子中千叮咛万嘱咐的"中介勿扰"，以孜孜不倦、苦心孤诣的最大诚意想要我允许他们带人来看房子。

我不想让别人受骗，就委婉拒绝了。他们每带一个人来看房子，就要收人家三百块钱，我觉得对那个人太不公平了。我发的信息在网站上被放进付费信息一栏，如果看得付一元钱信息费——连我自己也不能例外。三天下来，手机快被打爆了，全是中介。

我还不是最惨的，有个朋友因为受不了中介的骚扰，对中介大人们稍有微词，最后他的手机号码被贴在全国各地的租房版上，而且过不了多久，这些信息还会重新出现一遍，都是地段好价格低的房子。他最终换了号码才算了结此事，为此，他甚至发下重誓，在今后的人生历程中，坚决不和任何中介打任何交道。

俗话说，买的没有卖的精。如今是买的卖的都不精了，最精的就是中间人。从媒婆到捎客，无一例外，中介尤甚。他们霸占了很多信息发布渠道，使之成为自己的摇钱树。在信息开放的今天，居然这样天理难容、罄竹难书的事情发生在光天化日之下。也许这么说有些刻薄，但是从网络上对中介的反映来看，仿佛有过之而无不及。

在房价高企的今天，租房成为很多人的唯一选择，于是，他们就出现了。以前女作家苏青有一句描写黑发的话："她的头发很黑，是闭上眼睛那种黑。"中介之黑，相差仿佛吧。

（原刊《世界新闻报》，2006 年 6 月 13 日）

拿钱买罪受

　　话说北京是首善之区,集若干中心为一体,每天有近两千万人吃饭,但是饭店的服务业水平着实平平。每有南方朋友来京,他们都要在饭局上声讨服务员。我们做东道的人只好赔笑说:"北京就这样儿。"对方当然很鄙夷地说:"这样就对吗?"这几年情况好了一些,但跟一些南方城市比起来,还是有着天壤之别。往往你饭还没吃,就跟店家吵一架,被气饱了。这是一个特别容易跟店家吵架的神奇地方。

　　来北京的那年夏天,我慕名去南横街吃老字号"小肠陈"。店面不大,极为拥挤,坐满了人,都在"吸溜吸溜"喝汤。在柜台交了钱,发现没地儿坐,就问墙角站着的一个服务员,还有地儿坐吗?那个姑娘大约二十岁上下,目光呆滞地看着对面的墙。

嘴角轻轻地动了一下，吐出几个字：自己找。声音大小控制得极为合适，到达你的耳朵就消失了。

我只好等一个人吃完，赶紧占了位子。桌子杯盘狼藉，也无人来收。这时一个服务员手上端了一只碗冲我过来了，似乎都闻着香了。他在距离我大约有一米多的位置突然停下来，右手做了一个往外抛的动作，手中的碗顺着桌子"嗖"一下滑过来，碗恰好停到胸口前面的桌面上，香味扑鼻的时候，差点被波澜壮阔的汤淋到。

我吃了一惊，抬头看他，已杳无踪影。莫非这就是传说中的移形换影大法？韦小宝的"神行百变"恐怕也不过如此吧。我又叫刚才那个女服务员拿点辣椒来。她依然用着只有我能听到的声音说：自己找。彼时我拼命告诉自己，她不是机器人，但的确是个摆设。这顿饭吃得相当自助，调料、餐巾纸都是自己找到的。

从此心里就有底了，遇到再差的服务，我都劝说自己淡定。建国门一家东北馆子，饭菜质量与服务成反比。有一次我们叫服务员过来点一瓶大可乐，他居然一拍桌子：你们不是有汤吗？当时鸦雀无声。一个同事显然被镇住了，怯怯地小声说：大哥，我们想喝点儿凉的。大家笑成一团。

还有一次吃饭，有个广州来的朋友，把茶壶盖斜扣在喝空的茶壶上。服务员过来,直接给扣正了,转身飘然而去。那位朋友错愕不已。我们只好劝他,北京服务员看不懂你这么高级的指示。有一天晚上一群朋友在香山饭店吃饭,服务员居然劝他们说:你们随便点几个菜吃完,到边上找个咖啡店再聊天吧。大家怒骂:这就是四星级的水平吗?

这类段子不胜枚举。北京的服务水平早年低下,是拜国营之赐,吃个饭就跟上香似的,求着人家。服务员的脸色很难看,见谁都跟欠他钱似的,一副爱吃不吃的样子。他总觉得给你服务你就欠了他的。按说开放这么多年,亚运奥运先后办了,就是服务上不了档次。一句话,硬件特别硬,软件特别软。

北京早年是个消费城市,看看梁实秋文章里,那时的店小二热情得让你觉得对不起他。这几十年下来,老百姓都被迫习惯仰视了,包括仰视服务员。只要对方手上稍微有点权力,哪怕是端茶倒水的权力,都要被迫膜拜一下。流毒至今,尚未有明显改观。人与人之间呈现一种紧张和敌对的关系,这种状态当然很不正常。假如有一天服务员与食客能够平等相待,那真是北京的一大幸事。

(原刊《南方都市报》,2010 年 11 月 7 日)

出租车都在京密路

打车时，师傅们最喜欢听的广播是北京交通台。这个频道最著名也最招骂的栏目是《一路畅通》。因为你听到主持人在说"一路畅通"的时候，现实情境往往是"此路不通"。《一路畅通》之所以这么火，是因为其最大的功能是告诉你，哪些道路现在非常不通。听起来挺别扭的，但事实的确如此，每次听到这四个字时，我仿佛都觉得师傅们的牙根儿响了一下。

在此时，上帝、真主、佛祖通通不管用，党委书记就更没辙了。有的师傅慢慢悠悠拿出一个画板——没错，是练素描的那种——开始一板一眼继续画画儿。有的师傅则开始下车，打开后备箱泡茶，看报纸，玩车载对讲机，跟老乡们瞎聊，用手机拍骑车走光的美眉，跟乘客发牢骚——如果你不介意，他也愿意跟你探讨一下中国向何处去的问题，不一而足。

十年前的出租车不是这样的——那会儿的司机只会跟你探讨中国向何处去的大问题——都是皇城根儿心忧天下的侃爷。我在另一篇专栏文章里专门写过他们。如今的师傅，据说城外城里六四开，一多半是怀柔、延庆、平谷的，经常沉默寡言，也不大爱笑。可能是因为工作压力太大，有时候还绷着脸，搞得车内空气不是很和谐，好像你上车就欠他钱。

这么说完全没有任何贬义，我理解他们的辛苦，一个月刨去份子钱，每天有八九个小时白干，剩下的刨去油钱才是自己的。尤其是一堵车，活儿就少，挣得就更少了。乘客这边，一堵车就跳字儿，五分钟两块，打车这事儿，换句话说，就是一边听广播一边撕着人民币玩儿。要是您不嫌闷，堵车的时候还能补个觉写篇稿子。总之，乘客、司机都不高兴。

如今出租车可真是难打。早晚高峰，不装成病人或者孕妇，你都不好意思跟人抢车。我听说有女白领经常在下班时伪装成孕妇跟人抢车，或者家长请孩子站路边等车，都是为了好打一点儿。大家都把脖子伸成长颈鹿那样等远方的来车，同时做好各种准备。抢到了，师傅愿意不愿意拉你还另说。师傅不拉的原因很简单：交班儿。永远在交班儿，越是堵车，越在早晚高峰，越要交班儿。

选择北京最堵的时刻交班，就是为了避开早晚高峰。想想看，这个时候全北京有六分之一的出租车都停在京密路上，排成一排，绵延数公里，司机抽烟打牌泡方便面扯闲淡，这就是在交班儿了。为什么要这个时候交班儿？因为不想拉。为什么不想拉？因为不赚钱。路上的车子更少，各个写字楼下排队的人越来越多，大家都窝着一肚子火。

城郊师傅中，单班儿的一拉就是二十四小时不休息。我见过最绝的，就是见了红灯就放平座椅靠背，开始睡觉，然后打呼噜，然后绿灯了醒来起步走——他已经练就了一分钟长度的浅度睡眠。有的师傅一边开一边不停地头往下顿，会车或者拐弯不带减速的，看得人惊心动魄，手忙脚乱地开始系安全带。我都恨不能对他说：您去后座儿躺会儿，我来开。

我跟他们探讨过疲劳驾驶的问题，他们的回答非常一致：不疲劳驾驶，赚不到钱，甚至疲劳驾驶，也赚不到多少钱。油价又涨了，菜价又涨了，孩子要上学，一肚子苦水倒出来，你全然是知心大姐的角色，只能跟着他对出租车垄断和份子钱表示极大的不满，认为垄断严重地伤害了中国人民的感情。市区的老北京师傅们早已不堪忍受盘剥，纷纷不干了，但郊区的师傅排着队等着被盘剥。

京密路上的车队就是这么来的。别看只是一千多辆，其实跟我们每个人都有关系。我已经多次劝师傅们靠边儿停车稍作休息，因为我不想跟这些师傅一起过奈何桥或者是住天价医院。但问题是，你知道这个东西不对，也需要改变，但你却无法也无力改变。只好垂头丧气地继续等车，哪怕被拒载，但等着，就有希望。

（原刊《看天下》，2011 年第 31 期）

缓慢的城市

前两年在杭州的时候，我常说杭州样样都好，就是打不着车。尤其是景区周围，在高峰时段看到一两台出租车都挺困难的。好在景区有出租的自行车，只要不是离开景区很远，两轮车基本上也能解决个人的交通问题，不算是个灾难性的缺陷。但是这种情况要是出现在北京，那就是致命的缺陷了。

我见过的对交通最极端最匪夷所思的指控都发生在北京。打车难这件事，本来是杭州的专利，后来北京勇夺头牌，平均三百人一辆出租车，你要是不化妆成大腹便便的孕妇或者蹒跚挪步的老人，都不好意思招手。各大写字楼下长年累月排成长龙，不知道的还以为是银行挤兑。大太阳底下站半个小时拦不到车是司空见惯的事情。

出租车师傅现在是最不敢得罪、最能装大爷但其实还是孙子的劳动人民。好不容易停下来一辆，你正在谢天谢地谢世间一切神佛的时候，他缓慢摇下玻璃问你去哪里。这个时候好比在听法官的终审裁决，一个字儿说错便会坠入十八层地狱。通常司机用爱理不理、差不多只有他自己能听到的声音说，就去西（东、南、北）边儿。只要你去的方向在他的方向左右十五度之外，他都懒得理你，直接摇上玻璃闪了。就算你想投诉，也未必能看清牌号。

退一万步说，即便你有幸耗尽人品被允许上了车，但还是要赔着小心说，我去哪儿哪儿。师傅会说，那您想怎么走？然后他就说，这地儿忒堵了云云。一脸的不愿意，好像你住在这里就是天然违法犯罪一样，然后一路抱怨。你就得这样安慰他：过了这段儿就好了。一会儿我到了您到边上的八一剧场溜达一下，正好赶上散场。要不然就灰溜溜地说：咱绕北三环一段儿，您也开得痛快点儿（适用于半夜）。或者你就配合他怒骂边上抢道的司机，要非常咬牙切齿才行。

然后路上是照例地堵，白天不分高峰低峰、上班下班、时间地点、路段人物事件，前几年还分。如今上车就只剩绝望地待着，满目都是路面上车尾的红灯。我有一阵子在华贸中心上班，每天在朝西的窗口看建国路，只有密密麻麻六条红线像蜗牛一样缓慢蠕动。如果哪天我在大望路桥下看见卖开水泡面的，一点儿都不会惊讶。早就该有这样的生意了。

整个城市的速度就这样在车流中慢下来。大家在室外的时间被延长，时间被划分为等车时间和堵车时间，同时还要赔小心装孙子。你都不知道为什么要这样莫名其妙地跟司机和路面上的一切生物进入一种微妙的敌对状态，空气中的氢含量严重超标，好像随时会因为一句不合适的话而被点燃。

之前有人常说，中国最慢的城市是成都，但成都的那种缓慢，是心态上的放松，是闲适，是享受，不紧张也不着急。城市的节奏与人的节奏基本在一个调子上，相互之间有一种共振的默契。北京的缓慢，则是技术上的缓慢与心态上的着急严重对立，很容易立即把人带入一种非常焦躁不安的状态，从而有种巨大的无力感和绝望感，并且，毫无尊严感。

全市人民每天花在路上的时间，早就超过三个半小时。每天出门能办成一件事情那都算菩萨保佑大吉大利的结果。从这点来说，北京早就是敝国最缓慢的城市，没有之一。这种缓慢，我单纯是指其效率上的缓慢。如果说城市是一个有机体，那么在某种程度上说，这个有机体正逐渐衰亡败落，机能一天不如一天，并让这个城市渐渐丧失它曾经有过的活力，而我们的生命，也随着这样的丧失，被撕成一片一片，扔在拥挤的车流之中。

（原刊《看天下》，2012 年第 19 期）

● 满城尽是潜水艇

Chapter 4

满城尽是潜水艇

正常情况下，作为一名读者，很难对林林总总目不暇接的新闻有参与感。比如宜黄的事情，只能远远看着，暗中加油。遇到全首都人民都非常有参与感的新闻事件，相当不容易，奥运那得多少年才来一次？人口普查也才十年一次。话说回来，中国的新闻其实都差不多，就是悲剧喜剧的不断重复。唯独有一件经常发生的事情能够经常上报纸头版头条，且让全首都人民都有深重感受。

想必诸君已经猜出来了，这就是堵车。在这片神奇的土地上，不管你是一个多么靠谱多么守时多么在乎信誉的人，也会被全城堵塞这样的常态事件搞得颜面尽失如痴如狂。假如约会赴宴晚到，只要一句"堵车了"，对方立刻闭嘴。堵车是跟战争、地震、瘟疫那些"不可抗力"一样，未来可能会被写入保险条款的。但是熟人也会当面戳穿:"你丫在北京这么多年了,难道不知道要提前出门吗?"

提前出门是唯一的办法。李海鹏同学在一篇稿子里曾经说:北京任意两点之间,坐车耗费的时间是两个小时。两个小时。两个小时。这种"同义重复"的修辞手法,会让读者立即产生倦怠感和不耐烦,把读者带入堵车时的心理状态。曾经有报道说,堵车时人容易情绪暴躁,几年前有个"公交司机掐死少女"的案子,据说就是这样发生的。

2010年9月的一个星期日因为"节前、下雨、不限号"等几个因素,被称为"史上最堵的一天"。报纸照例给予头条待遇。全城都在抱怨,大家见面问候不是"吃了没有",而是"走(开)了多久"。据说中关村有辆公司班车到楼下后,有员工居然直接去吃中饭。我估计他在路上可能还睡了三个小时。精明的老板也许会给他们配置无线办公硬件。

玩笑归玩笑,这三个因素却是值得分析的。据说节前在路上跑的车,有一半在送礼,快递公司的小面包里堆满了月饼和茶叶盒,挂着外地牌照的驻京办车辆照例频繁出动。剩下的外地牌照车辆,那一定是千里迢迢上京进献的。这年头公务车和私家车太好区别了。节前车流量大是应该的,谁叫这儿是北京呢。

　　下雨也很可怕。2003 年 7 月 10 日——我记得这么清楚是因为印象实在太深了——那场大雨，我眼睁睁在复兴门看到出租车的顶灯被淹没，一众司机仓皇弃车游泳逃生。后来报纸说，以后驾校将增加汽车涉水训练。我看了特别不解，涉水训练有什么用？驾校应该教大家游泳，用安全带绑在教练车上一起沉到水池里。

　　限号据说是个笑话，后来真的实施了。每天限行两成车辆，特种车不在此列。后来很多人又买了一辆，限行真的就成笑话了。想想看，每天有两千人买车，四车道的路，可以摆三公里。路网上每天"吧唧"来这么三公里，那比修路快多了。修的路也值得一说，大家听说过吧，世界第九大奇迹就是北京的西直门立交桥，其繁复深奥令人叹为观止。网友特地制作的过桥攻略和手册，请自行搜索，兹不赘述。

　　还有一个原因，新闻里面不好意思说。假如有一条路临时不让走，那么一定是遭遇了"临时交通管理措施"。这就好比把电梯司机称为"垂直交通管理人员"一样有趣。不过也正常，貌似咱们这儿的管理一向就是禁止。大家待在车里抽烟看报纸打扑克的同时，会看到一溜儿黑色大排量轿车呼啸而过，终于看到了《新闻联播》前十分钟里的人。

　　这时候交通台传来一个声音：今日行车晚高峰将于下午 1 点

开始，由于西四环采取临时交通管理措施，从五棵松到中关村的司机朋友，请您绕行张家口。

（原刊《南方都市报》，2010 年 9 月 26 日）

人在北京漂，哪能不挨刀

有一家著名报纸，早年曾有一句风靡一时的致辞："阳光打在你脸上，温暖留在我心里。"后来被网友恶搞，在跟帖时改为："板砖拍在你脸上，欢乐留在我心里。"板砖用北京话读是"板儿砖"，透着亲切。这最早是在王朔和王小波的小说里看到的。在"文革"年代，板砖是青年们的武器，即便到了80年代，据闻中学男生的帆布包里也会有这个。在北京打架，板砖是离不开的。

我就亲眼见过几次。2002年底，因为我和同事合租的房子暖气不足，要求提前退租，中介居然带了数人登门，威逼我们继续住到期满，除非愿意赔偿违约金。他们就带了钢管和板砖，一看就是那种从地上刚捡起来的，还沾着土和其他不明物质。在一通恐吓之后，还没打起来，板砖就扬了好几次。我特别想问他：您这么举着累吗？

　　一触即发的时刻我们不敢打电话报警，发了一个短信委托朋友报警。警察迅速到场，那个家伙立刻把板砖扔在地上，假装是装修垃圾。我第一次对警察有了好感，他们的气场的确很强大，中介在被训斥之后灰溜溜走掉。我想起来《动物凶猛》里面，公安对拿着板砖的胡同串子说：什么镇东单镇西单，告诉你，公安局全镇！

　　话说祸不单行，躲过初一躲不过十五。几天后的圣诞夜，我们单位几个年轻人去北京一个颇负盛名的舞厅玩，有几个小伙子排队在我们前面，因为排队的椅子不够用，双方就争执起来了。舞厅也不管这鸡毛蒜皮的事情，大家从门厅退到院子当中，各自低头在地上找板砖。这是北京打架前的"路径依赖"，谁都没想到贴身肉搏。还没找到，就被警察喝止：都别找了！这地儿没板砖。围观的人都笑了。我们特别不好意思地跟对方握手。看来板砖跟核武器一样，属于恐吓型而非作战型武器，心虚的人通常需要拿在手上壮胆，仿佛猫打架前要把毛都竖起来。而且板砖拿在手上，要继续吵架，保持"君子动口"的传统。一旦有一方骂不过对方，恼羞成怒之时，板砖才会被付诸使用。一种是当作暗器直接投掷，命中率很低，另一种是拍天灵盖或者后脑勺，王朔他们就是这么用的。

不过我还是被拍过一次。2003 年夏天，我去西客站托运行李，被穿着铁路制服的黑托运带到站外的一个仓库，当交钱的时候，我才发现他们的报价比我查询到的官方价贵八倍。我立刻就不干了，要求取出行李。吵了半天，后来吵不过他，我只好孜孜不倦地向门外即将上当的旅客们倾诉我的遭遇。大约这个行为惹恼了他们，于是就有人抄起板砖向我扑过来。

所幸躲得快，只砸到背部，不算很重。我特别不厚道地依据女子防身术的招数还击了几下。围观群众以及刚才险些上当的群众强烈要求对方退货给我。对方要求我留下手机号码，说从医院回来再找我。我当晚把这段遭遇发在网上，被《中国经济时报》头版原文发表。据说被一位国家领导人批示，北京市方面雷厉风行，西客站周围的黑托运次日就被公安端掉七十多家。

后来我才知道，我们打架的那个地方，属于三不管地区。海淀公安、丰台公安以及铁路公安先后来找我核实案情，海淀公安还要求去辨认一下抓到的嫌犯。他们认真地说：作案的那块板砖，没有找到。我当时深刻体会到"公安局全镇"的意思，对付黑社会，只能找比他们还牛的机构才行。然后暗自庆幸，板砖没有拍到脸上。

（原刊《南方都市报》，2010 年 10 月 24 日）

蓝天亦浮云

连着几天，北京的天气颇不安分。秋高气爽的美好时光已然不再，遮天蔽日的浮尘随着西北风再次袭来。每次看到这样的天空，立即想起白居易《长恨歌》里的两句诗，"黄埃散漫风萧索"和"旌旗无光日色薄"。真赞叹古人能把汉语用得这么好！北京现在就是这个样子，总是令人梦回唐朝最颓废的时代。

前几天，《新京报》作了一个颇有意思的报道：有个白领卢小姐花了一年时间，用照相机记录北京的蓝天。她在各个不同的位置拍摄天空，近景还有老人、孩子、路牌等。说实话，照片拍得不算太好，但其价值在于，这是对于真相的记载。这么多年来，记忆中的蓝天实在不算多。每年这个时候总有人出来宣布，今年的蓝天计划已经提前完成，北京市民今年享受到了 N 个蓝天。

　　这种表述，在蓝天匮乏的当下看来，有鼓舞人心兼评功摆好的双重效果。在农业时代，天是蓝的，水是清的，人们对蓝天的多少没有特别迫切的需要，相反倒是经常有求雨的举动。现在蓝天是个稀罕物件儿，几天不见，就万分想念。以至于发明"蓝天指数"这样的标准，每见到一个蓝天，好似天公开眼只差没有敲锣打鼓庆祝一番，仿佛在古代求到了雨。

　　当然也有人说蓝天减少是现代化的直接后果。从发达国家的经验看来，治理环境虽然费神费力，但持之以恒，也能有些效果。中国当然不甘也不能落后，甚至以节能减排之名拉闸限电。就拿北京来说，首钢迁出去了，八宝山焚化炉迁出去了，北化迁出去了，媒体上也经常强调环保的各种丰功伟绩，至少在信息表达层面，环境似乎比南极还好。

　　每年年底，北京蓝天指数像脱线的风筝一样节节上升，从感觉上说，似乎蓝天确实增加了。普通民众平时顾不得去统计这些，数蓝天这个活儿不比数绿豆，二十四小时才数一个数字，一般人没这份耐心，因此大家也很难说得清楚，宣布的蓝天天数跟实际享受的天数是否一致。凡事就怕认真二字，一旦有人认真了，另一些人就坐不住了。这个白领拍摄到的蓝天天数比官方的少了一百零五天。

这个数字当然很触目惊心。假如你有幸在白天乘飞机且在伟大首都降落，在飞机刺云后，能够看到北京上空悬了一张黄色的、厚实的、温暖的大饼。是的，方圆一千多平方公里的大饼。你看过电影《第九区》的话，就会明白原来编剧的想象力都来自现实生活，那个大饼像个大飞碟，偶尔还会左右飘移。假如有摄影师愿意在热气球上拍摄这个胜景，是可以拿摄影大奖的。

在我看来，这个大饼稍微左偏或者右偏一点，那就是北京的蓝天。假如外地人看到湛蓝的天空下有人在天安门广场上放风筝，那一定是二十年前的照片。首先，如果不是 PS 的话，天根本不会这么蓝。其次，广场上早就不让放风筝了。假如你在广场上遇到卖风筝的，一定是身份可疑的人员。这种蓝天，在香格里拉或者日喀则或许很常见，但在北京，恭喜，你简直可以去买彩票了。

蓝天指数已经是个很虚幻的想象。这位卢为薇小姐拍出的照片显示，全年蓝天率只有 49%。也就是说，首都这片天空，已经被这张黄色大饼绝对控股了。蓝天是相对的，大饼是绝对的。蓝天是弱势的，大饼是强势的。蓝天是口头宣布的，大饼是切身体会的。

再说一句，即便天是蓝的，也不代表空气质量就是好的。含有不明细菌的微尘，我们根本看不见。某国驻华大使馆每天公布一个空气质量报告，天天都警告说 unhealthy（不健康），跟手机接到的报告相去甚远。每次我都暗示自己：介，是个阴谋。

（原刊《南方都市报》，2010 年 11 月 21 日）

空城记

最近给人打电话，头一句不是"吃了吗"，而是"丫还在北京吗"。每到旧历年底，人心惶惶，都思量着回乡过年。北京各圈儿的人群状态颇不稳定，约饭局搞活动，往往都凑不齐人。有不坐班的记者同志，元旦后就闪回老家，非得逼着公司把年会放在腊月底召开。及至领到年终奖，立刻平地蒸发，也不晓得是如何买到票的。

不过年底的饭局总是要吃，活动总是要搞。盖因一年都没联系，全指望此时能联络一下感情换个把名片之类的。因此各色人等都显得很忙，忙着寄明信片忙着给父母弟兄准备礼物忙着给领导安排行程忙着排队买票忙着参加各种颁奖各类年会各类饭局。出席和不出席的理由是一样的：年底了。

此时交通状况是有规律可循的，在腊月二十八之前照例堵得水泄不通，挂着外地牌照的车子塞得鼓鼓囊囊四处奔波。各部委的大院里堆满了驻京办送来的瓜果蔬菜、各式土产，场面就像《红楼梦》里黑山村的庄头乌进孝赶着马车进宁国府。一到年三十那天上午，交通立刻好转，畅通得好像又来了一次"非典"。

　　快递公司则在腊月二十三前后停止工作，淘宝和当当的客服一遍又一遍重复他们的工作时间，请买家下单谨慎。以成都小吃和杭州小笼包为代表的一批小规模饭店也都停止营业，早餐开始成为问题。早市上的蔬菜品类也少了很多，价格持续上涨。水站也打来电话主动请求多送一桶水，小时工则表示如果再不打扫房间她们就要回乡过年了。垃圾桶的清空频率在下降，小区门口的保安也少了起来，黑车司机也不见了。

　　这些给生活带来的不便是立竿见影的。这些外地人一回家过年，大家才会觉得生活极度不便。虽然伟大领袖告诉我们说，钱能办到的问题通常就不是问题，即便如此，还是有人认为这些人本来就不应该进北京。每年北京市的"两会"就在腊月中召开，照例会有一些脑子搭错筋的政协委员提出排外提案。据说今年还要把地下室的人赶出北京云云，网络上也立刻掀起新旧北京人之争，连网管都小心翼翼地提示不要搞地域歧视。

　　说到这里，又不得不提起户口这个话题。我敢说那些排外的委员们，往上数一代，铁定都不是北京人。理论上说，也早就没有什么所谓的北京人。远的不说，蒙古大军来杀一批，李自成来杀一批，多尔衮来杀一批，英法联军来杀一批，八国联军来杀一批，日本人来杀一批。早就没什么正经北京人了。

话说这些搭错筋的人，从来不去想北京如果没有这些外地人，会成为怎样不堪入目的状态，他们似乎也从来不去想，一座消费城市的第三产业是如何形成的。总之春节期间的北京，瞬间人烟稀少街市冷清。假如一定要让委员们满意的话，那么按照他们的规划，北京就可以长年一直过春节了。

搁在前清，像康有为、梁启超这些出类拔萃不世出的外地人，铁定不会被戴上黑头套扔到荒郊野外去。如果当年北京要暂住证的话，李大钊、瞿秋白等人早就去昌平筛沙子了。那些高高在上锦衣玉食的委员们，只是一味指责外地人如何给北京带来多少麻烦。我的一个朋友说，一个民族的落后首先是其精英的落后，而精英的落后最显著的标志就是他们经常指责人民的落后。

（原刊《南方都市报》，2011 年 2 月 13 日）

有啥别有病

　　最近在"两会"上，有个北京的政协委员抱怨，北京的儿童医院还太少，孩子们看病太难了，北京市民对此极有共鸣。可以这么说，你在任何时间从复兴门往北步行，都能看到儿童医院门口的长龙，队尾排到了二环辅路上。再走到门口一看，这条队伍在院子里已经绕了好几圈在缓缓蠕动，不知道的还以为在练八卦阵形呢。

　　作为一个丁克青年，我对此也深有体会。某天晚上我正在看电影，接到林楚方从外地打来的电话，说他在出差，孩子发高烧要去看急诊，希望我能和他老婆一起带孩子去医院。我颇为不解，难道一个人还看不了病吗？他苦笑着说，你去了就知道了。于是我扔下冯小刚，先赶到他家里接他老婆。她抱着一个大棉被，孩子裹在里面，手上提着保温奶瓶，站在寒风之中。

我们赶到医院已经是深夜了，匆匆进了急诊室，眼前的情况蔚为壮观，熙熙攘攘的人群挥汗成雨，人多得好像在西单逛街，我简直要怀疑自己走错了地方。她很有经验，让我先去挂号，她抱着孩子去排队测体温。挂号也要排队，前面排了两圈人，大家木然地随着队伍蠕动。我们立刻觉得，来两个人还是人手不够。我只好打电话又把另一个附近的朋友也叫了过来。

室内空气很热，弥漫着药水、牛奶和二氧化碳过剩的味道。虽然是寒冬，但头顶的大风扇还在吹着。孩子们的哭声伴随着家长的抱怨，此起彼伏。急诊室外面还有卖烤肠和开水泡面的。人们来去匆匆，在各个科室和收费处之间来回奔波。每个人脸上都写满了焦虑不安和不耐烦的神情。虽然空气里氧气不足，但似乎随时可以点燃。无论如何，我都不能相信，这是凌晨 2 点的医院。

成人看病就更恐怖了。协和医院门口的人行道上，常年有老人坐在马扎上盯着医院大门，不是排队，是为了等床位，只要看到有人出院，立刻冲进去要床位。他们还算幸运的，因为挂号这个环节已经过了。在北京看到排队，只可能有三种情况：一是排楼花，二是医院挂号，三是孩子入学报名。如果你凌晨见到有人扛着马扎或者行军床，千万不要奇怪。

　　挂号一般是这样，正常二十元以内的专家号，至少要六个小时以后才能轮到，而医生接见你的时间不会超过十分钟。在这十分钟里，他会给你开出很多检查的单子，交了钱再去排队做各种检查。如果你愿意出二百元挂专家号，那就很快了。所以挂号一般要半夜去排。如果去迟了，也可以高价从号贩子那里买。淘宝上已经推出"北京医院代排队代挂号"的服务，二百六十元一次。

　　我有一次胃疼，是胃溃疡的老毛病，到了医院，好容易轮到了，我说胃溃疡犯了，开点药就行。医生充耳不闻，开单子让查了心肝脾肺肾除胃之外的所有脏器。几个小时过后，我拿着一堆结果单子去找他。他非常严肃地说，看来，你的确是胃的问题——你去做个胃镜吧。我非常疑惑地问他：请问，我们是在拍摄《走近科学》吗？

　　　　　　　　　　　　（原刊《南方都市报》，2011 年 3 月 13 日）

有暖气是幸福的

北京的暖气刚刚停掉，套句李清照老师的话来说，现在的情况就是"乍暖还寒时候，最难将息"。这个地方有大半年的时间跟暖气相关，这好比计时器。比如秋天的党代会开完，那就表示暖气和冬天都要来了。全国的"两会"开完，暖气就要停了，春天也来了。这两个会议中间，就是圣诞节、元旦、春节、元宵节、情人节，快乐得很。

每年3月15日，全国人民都在翘首以待有关部门宣布有毒食品的时候，北京人民在抱怨暖气要停了。街面上已经遍地是丝袜美眉，但大部分正常人类还穿着羽绒服。头年冬天的电暖气再次派上用场。通常暖气结束，出门就要戴防尘面罩了——北京是个四季分明的地方，依次称为沙尘季、桑拿季、会议季、暖气季。

南京的冬天阴冷潮湿，冰寒彻骨，所以到北京的第一个冬天，对暖气极为好奇。物业通知暖气试水，我还以为是试水温，就拧开下方的螺丝，发现水流得绵延不绝。幸亏后来反应过来，没被物业痛骂。等汩汩的水声传来的时候，房间温度就上来了。对于南方人来说，冬天来北京第一件事是买加湿器，一则防止被静电打死，二则防止鼻孔干燥出血致死。

暖气真是个好东西。在呵气成冰的三九寒天，进门就春风扑面。去别人家访问，先用手摸暖气，"还是您家暖和，我那儿才十六度"。通常来说，大院里的暖气要比商业楼盘足，一不小心就会被烫到。房间热得要脱两层衣服。你要不小心在冬天跟北京的男网友视频，或许就会看到传说中的"膀爷"。这样也好，方便京城各大名媛搞"派对"，就是那种把人派成一对一对的活动。

许多人家在厨房暖气上套个木头箱子，这就是保温柜。打麻将的时候，一杯茶搁在暖气上，是最惬意的事情。家里养猫的话，就会发现猫猫最喜欢趴在暖气上，好像那是一异性。尤其是雪天里的袜子——嗯，用处太大了。如果你乐意，暖气片也可以换成那种 Hello Kitty 或者泰迪熊的形象，小孩子喜欢。如果你觉得楼上晚上的嘿咻声有点非礼勿听而不得不听，最好的办法是，在同样结构的房间里轻敲暖气。

　　如果你单单以为暖气只有这些功能，那就大错特错了。暖气在冬天以外的使用也是很频繁的——这是维护社会稳定的一大功臣。暖气片不仅是暖气片，对私人来说暖气还是烘干机、保温柜；对公家来说，那就是烽火台、布告牌。小脚委员会的大妈们，一般手上会提着一把大扳手——注意，她们不是修暖气的，是敲暖气的。

　　出现特殊情况，比如楼下有不明人员到访，就到一楼敲两下，声音可以顺着管子传到顶楼；如果有偷自行车的，三下，偷摩托车，四下。如果你在家里听到暖气传来有规律的响声，不要害怕，楼下管保在捉贼呢——否则就是你在房间的响动太大。这真是北京的一大景观。

（原刊《南方都市报》，2011 年 3 月 20 日）

眼前突兀见此屋

我认识一个 2004 年开始就在北京看房的广州人，到现在还没有出手。我开始还以为他每次都踏错了。因为按照任志强老师的说法，北京的房子可以"随时买"，永远都在涨。照这个说法，只要你买了，就不会错。这位仁兄却不是因为踏错步点，而是从审美的高度来看这个问题。

照他的说法，北京的房子基本上是水泥盒子，没有任何美感，舒适度也谈不上。这两点我深有体会。我住的小区，听说过的人，都认为那是京西最靠谱的楼盘，价格比周围高出一大截。但不论从任何角度看去，却都是一片灰色的水泥森林，线条和颜色都是最简单的那种。假如非要形容的话，就像一排形容枯槁、身体羸弱、穿灰色旧中山装的村干部。

我无法理解，为何一个在21世纪头十年开发的楼盘，设计者却似乎从20世纪60年代穿越而来。他们似乎不敢使用靓丽的色彩和有质感的材料，仿佛那样就会被扣上"小资产阶级情调"的帽子，于是通通刷上灰漆，再以白色勾边。楼体形状也很单一，基本是规则的立方体。这在房屋设计上，是最偷懒、最不用心的一种。

从户型上看也如此。除去京郊的别墅不谈，市内的商品房基本都是一个德性。首先是通透户型很少，多数是板塔结合的房型，通风和采光都大成问题。有的为了照顾一下采光，只好把房子修成"卐"形。从Google卫星地图上看，还以为这里是白莲教的总部。这样，每个房子在一天内的某几分钟，总能有一点点阳光洒过来，像是施舍一般冷淡。

我们小区有个SOHO（家居办公）的小伙子，每天中午之后，就抱着两只猫在楼下晒太阳看书。问之，说是家里晒不到太阳，阴冷得猫看着外面的阳光阴影直挠墙，忧伤得想死。冬天早上10点过后，小区里的老太太和小保姆们，推着婴儿车，裹得像棉球一样在小区有阳光的草坪上举行"宝宝秀"，不是他们愿意冒着寒风来做这不着调的事情，而是家里见不着太阳。

就是这样的房子，还要抢着买才能买到。北京的开发商几乎不用动任何脑子，把个水泥壳子竖在地上，围上栅栏就可以收钱了。多数情况下，挖个大坑就可以收钱。等收房的时候，你才发现这跟当初的想象简直是云泥之别。你对于家庭的所有美好想象，在打开房间的那一刻会瞬间崩塌。

譬如院子里挖个汽车底盘大小的水坑，他会告诉你这是"临湖亲水"，种几棵马尾草，就称为"城市氧吧"。挖水坑的土垒成一个小土坡，这就是"观山览景"。而且，这些还都是你掏了钱购买的。我一度怀疑他们的文案专员是从主流大报挖过来的。

我去过一次广州的雅乐居，立刻被广州人民的幸福生活震惊了。这样明厨明卫南北通透的房子，在北京可说是凤毛麟角。我立刻理解了为什么那位仁兄不愿意买北京的房子。在一座没有美感的城市，租住着没有美感的房子，着实是件沮丧的事。

（原刊《南方都市报》，2011 年 4 月 3 日）

黄埃散漫风萧索

北京这几天空气不大好，可吸入颗粒物的指标节节攀升。如果不愿意戴个防毒面具出门的话，那脸上一定要忍受沙尘的反复磨砺，与某种砂质洗面奶的效果类似。其实这些年来，据说"三北防护林"颇有效果，北京春天的风沙已不若往年严重，但总体说来，仍与期待目标相去甚远。

沙尘严重时，可用"遮天蔽日"来形容。我记得2002年的愚人节那天早上，我刚刚出北京火车站，面前的一切都泛着土气——土的气味。暗黄色的天低低地垂压在建筑物的上空，鳞次栉比的大楼像要被缓缓压垮。巨大的城市被包裹在一个不透明的气囊里，让人很有好奇心去戳破它。风迎面吹来，脸被割得生疼。这是我第一次领略沙尘暴的威力。

　　春寒料峭，路上的行人行色匆匆，骑着自行车的女士通通用纱巾把自己的头脸包起来，你会以为自己不小心穿越到了黎巴嫩或巴格达。纱巾的边角随黄风飘起，脑后像插了一面小旗子，那种场景极为怪异，好像在电视剧《西游记》里见过。至于男士，则纷纷戴起墨镜，满大街你分不清楚哪个是真正的盲人。

　　北京的沙尘由来已久，倒不是自今朝始。据说北魏景明元年（公元 500 年）的春天，幽州的沙尘暴致一百六十一人死。历朝历代都有类似记载。北京这个地方往西是太行山脉，往北是蒙古高原的边缘地带，处在下风口，离毛乌素沙漠极近，再加上最近数十年的水土流失，不死人已经谢天谢地了。

　　南方人一般对这种天气颇为抱怨。最常见的症状是，人一下飞机还没到市区，嘴唇就开始皲裂出血。这种抱怨古已有之。浙江鄞县人屠隆，是个著名剧作家，人称"风流才子"。有多风流？他大约是中国第一个死于梅毒的作家。他对沙尘暴的描述是："燕市带面衣，骑黄马，风起飞尘满衢陌。归来下马，两鼻孔黑如烟突。人马矢和沙土。"

　　我很佩服这位"中兴五子"之一的观察。戴纱巾防尘的习惯，看来在明朝就有了。两个鼻孔黑如烟囱，这个比喻太调皮了。在北京待过的人都知道，春天晚上回家，抠抠鼻孔，那真是惨不忍睹。

屠隆所在的明朝更恐怖，矢就是"屎"，其境况之糟可想而知了。屠隆后来大概受不了这种气候，就回江南去了。

上个周末夜间，北京上空突降黄沙。次日起来，触目皆黄，物业组织人员戴着口罩在"扫黄"，扫出一大堆黄土。据估算，全市有三十四万吨，要是都捏成兵马俑，应该能再整出四十个秦陵出来，可以堆满整个天安门广场和西长安街。

大家都知道在前清的时候，北京的顽主们喜欢玩鼻烟壶，这种习惯到现在早就改了。我不晓得其他地方有没有北京专用的一种个人卫生用具：洗鼻壶。这种东西大小跟鼻烟壶差不多，里面装了药水（一般是 0.9% 的淡盐水），专门在沙尘天冲鼻子。大家见面，把玩着洗鼻壶：您这个是塑胶的？瞧我的，景泰蓝！

（原刊《南方都市报》，2011 年 4 月 24 日）

马无夜草不肥

　　广州的朋友半夜下飞机大喊肚饿，要找地方宵夜。嗯，北京欢迎你丫的，这点儿你只能去簋街吃小龙虾了。当然，在"肌溶解"之后，小龙虾等一干内湖内河生物也不敢吃。如果去得早，勉强能吃到牛蛙或者可疑肉串，否则就剩下传统的本地疙瘩汤以及烤馒头片——后者大概是北京最安全的食品了。

　　如果在北京提起宵夜，一定首先想到簋街。这里馆子最多最全，且营业到天亮，整条街高挂红灯，第一次去以为要拍《大红灯笼高高挂》的续集。大家就在路边热火朝天兴高采烈地给嘴里塞着不明物体，一直持续到后半夜，本来色泽不怎么鲜艳的食品被各种灯光照出来诱人光泽。等最后一批涂脂抹粉衣着撩人的女客人吃过之后，天也快亮了。

　　这位广州朋友后来要求我在家给他下碗云吞面——因为簋街实在找不到他看得上的馆子——我在这个问题上其实特别理解广州人。在凌晨2点的广州，想找一家靠谱的饭馆，不论是吃海鲜还是吃家常菜，有如探囊取物一般。我因而也为北京的夜生活向他感到万分抱歉。北京让您受苦了，我们北京人民就是这么过来的，不要老拿岭南的标准来看。

　　很多人抱怨北京生活的不便，除了交通太堵、物价太贵、美眉太胖、马路太宽之外，没有宵夜吃，绝对是一大重要理由，尤其是一干早年北上创业的新闻民工们。俗话说，马无夜草不肥，尤其是凌晨2点钟编完版面的编辑们，那肯定是要吃一顿的。放眼所及，大概只有簋街可去。还经常在饭馆遇到熟人：哟，贵报今儿的头条是？——嗨，甭提了，给毙了。于是大呼小叫叫上一堆酒来。

　　半夜不在东直门一带活动的话，你简直要怀疑北京是不是宵禁了。马路上人烟稀少，冷冷清清。偶尔会看到警察同志的小轿车枭然而过。许多出租车司机都爱晚上拉活儿，一个是不堵，二是好拉。堵住簋街和几个KTV、洗浴中心、酒吧街，就不愁人不来。而其他的街道，尤其是三环外的，早就进入了梦乡。

　　在岭南诸城，半夜在大街上能见到熙熙攘攘的人群，喝着酒唱着歌，门店里无比忙碌，空中氤氲环绕着各种味道，各式活鱼在水箱里游来游去，甚至连乞丐也没有下班。我记得有次凌晨2点上海内环大堵车，上海人民在网上说，半夜堵车说明上海繁华啊，夜生活丰富啊。北京人民无言以对。因为北京半夜从不堵车。北京每天只堵车一次，一次十小时。

　　更让人心酸的还有，香港旺角的书店甚至营业到凌晨一两点钟。店主在那里悠闲地翻书听音乐，咖啡冒着热气。窗外则是一排排的大排档，人们汗流浃背地吃完东西，还过来买书。有种晨昏倒转的错觉。最夸张的是，南京珠江路还有一家彻夜营业的中国移动营业厅——中国移动啊！简直叫人泪流满面了。

（原刊《南方都市报》，2011 年 5 月 29 日）

北京湾欢迎你

俗话说：一下雪，北京就变成了北平。一下雨，北京就变成了北洋。前一句出自尹丽川，她说下了雪到后海，就穿越到了明清。如果北京夏天的一场大雨后，她一定会觉得是穿越到了威尼斯。2011年6月23日的那场大雨后，再说苏州是水乡，北京人民一定会笑：甭管您有户口没户口，一律北漂。

如果《未来水世界》还想拍续集，直接来这儿，连棚都不用搭，直接开拍。网友上传的各处照片，看得人目不暇接胆战心惊。街道早已变成河道，用主席的话说，那真是"漫江碧透，百舸争流"。立交桥上飞流直下，老远看以为三峡开闸泄洪，挂个匾可以写上"水帘洞"。一片汪洋之中，持伞的路人在马路牙子上面面相觑，似乎在码头等远方的船。有一张照片是几架大飞机在水上漂着，粗看以为在海上迫降，仔细一看这是首都机场停机坪。

　　北京人民不用去青岛、大连买海景房了——推窗就是白茫茫的水。有的网友居然在窗台上发现了一条鱼，是的，是鱼，不是螃蟹。大家在微博和豆瓣上狂贴照片，展现自己的独特体验、各种欢乐。北京终于提前启动了 2012 的海洋模式。前几天被淹的武汉人民看得不以为然，拿旧照出来攀比，被北京网友嘲笑：你们那儿皇宫能看海吗？

　　往常北京的交通即时示意图，最堵的地方是红线，表示时速在五公里以下。那天变成了黑线，堵到凝固，或者是传感器已经失灵而爆表。这河道里恐怕只有骑马靠谱，汽车全搁水里泡着，露出车顶。车主都坐在路边或者树上叹气，有的人在唱"让我们荡起双桨"。还有些车主一脸悔意，图省钱没加天窗，险些淹死在里面。有些地铁也停了，因为每一站都叫"积水潭"，这还是在下班时间，所有的交通设施都在添堵。

　　这样的情况在 2004 年 7 月 10 日发生过一起，满城尽是潜水艇。不过显然，这次更为严重。这七年来，北京平地而起的高楼大厦可谓无数，唯独这下水道什么样子，到底是能过去坦克还是能过去老鼠，却无人见过。赵丽华说西交民巷的路面未曾积水，因为下水道用的是清朝的。事实上二环里的胡同的确很少积水。我要严厉谴责腐败无能的清政府，多年之前就开始给我们添堵埋钉子。

下水不畅的唯一原因就是管道设施有问题，不是因为遇到了百年一遇或者千年一遇的大雨，而实在是因为我们遇到了百年一遇或者千年一遇的市政设施。网上有个帖子一到下雨的时候就被顶出来，说是青岛现在还能收到德国方面关于下水道设施的产品维护材料——咱就不跟万恶的资本主义社会比了，免得被人说别有用心。

其实我挺想论证下水不畅水淹七年的历史合理性、现实必然性以及思想先进性的。我也很渴望某环球大报能够告诉我纽约、巴黎、伦敦、波恩、惠灵顿、奥斯陆都被水淹过，这样在他们宣布这些原因之时，我不会过于吃惊。不过话说回来，万年一遇的东西，这几年来见太多了，朋友们，请淡定吧，淡定吧。

（原刊《南方都市报》，2011 年 6 月 26 日）

电梯惊魂

　　我有两年租住在冶金部大院的一幢家属楼上，楼里有几个古怪精灵的中学生，经常有出人意表之举。他们曾给一个充气娃娃（也不知道哪里来的）穿上衣服，挂在楼下的栏杆外沿，半夜经过的人吓了一跳，险些报警。我也被黑过一次。

　　某天夜班后回家，进电梯按了十五层，就我一个人，于是瘫坐在电梯管理员（这是北京版权所有）的椅子上，升至四层，电梯停下，门口一个毛头小伙子，认真地探头进来张望了一下，一副想进来又不愿进来的样子，但还是转身离去了。就在电梯门关上的一刹那间，我听到了咕哝了一句：大半夜还这么多人⋯⋯

　　我当时根根寒毛竖直，仿佛被判了死刑，眼睛死死盯着不停闪烁的楼层数字，感觉电梯不是上升，而是下降到地狱。背脊一阵发凉，也不敢回头看。首先反思自己不应该打死都不入党，这是错的，至少还能学个唯物论啥的，不怕鬼。随后想起小时候看的话本小说里十殿阎君的名字，再念念叨叨各路神佛的尊号，又想起卫斯理的小说里，电梯一直往上升了几个小时，直到另一维世界……

从四层升到十五层真是一段漫长而煎熬的过程，我只痛恨这不是空难，没有给人写遗书的时间。电梯门开，一个箭步蹿了出去，这动作搁高中的话，可以考体育特长生了。关上防盗门的那一刻，还在回想电梯里那些冤魂们的可怕样子。不久前，报纸上还说某小区电梯下坠，造成死伤事件云云。等我反应过来这是个恶作剧的时候，估计那个吓唬我的学生都愉快地睡着了。

我躺在床上浮想联翩，想起常年占据天涯高楼的神帖："电梯突然下坠时往上跳能否保命？"；还有人说摔死的还不如被按钮电死的多，诸如此类。后来我就劝买房的朋友们买一层，被人当场堵了回去：您这是要养鱼吗？如果结合6月北京的那场大雨来看，这样的质疑的确也是有道理的，可是住高层的确会有电梯的困扰。在网络搜索"电梯事故"，满屏都是悲剧。这样的疑问持续了很久。

然而，历史和新闻总在人的意料之外。正当我们每天担心直梯会突坠的时候，谁料扶梯也会倒行呢。2011 年 7 月北京动物园那起电梯事故发生后，热心网友找出了全国各大城市电梯出事的记录，看得人触目惊心，有些地方甚至我还去过。记得有一次武汉人才中心因为招聘，扶梯的钢板居然都被完全挤歪了。

　　按照官方的说法，除了扶梯本身的质量问题外，人多也是个原因。有朋友问我，为什么香港的地铁通道里银行超市服装店应有尽有，而北京连个报摊都不让摆？答案是，北京的人实在太多了，现有的通道加宽一倍，也不够用。再往大了设计的话，这成本就上来了。

　　比如说，北京地铁换乘恨不能让人步行一公里，完全无法实现香港那样的对面换乘，就是为了舒缓人流。即便是这样的设计，仍然不能保证安全。以普通人正常的大脑，完全无法想到站在扶梯上会出现这样的事情。而危险往往就潜伏在最日常的生活之中，我就被突然落下的吊灯砸过。除了烧香拜佛，大概也没有什么更好的办法了。

　　　　　　　　　　　　　（原刊《南方都市报》，2011 年 7 月 10 日）

有报天天读

很抱歉，偷懒借来这样一个标题，并无插入广告之意。这十多年来，换了三个城市住，每次都要选择并适应一份新报纸。报纸的性格跟城市的性格关系很大，在某种程度上，会形成一种互动关系并互相影响——嗯，这个话题开始显得严肃了，好吧，我尽量不显得那么正襟危坐。

十多年前的《扬子晚报》只卖四毛，厚厚一大沓，最好看的四版是彩印的，经常有些看上去荒诞不经的新闻。比如谁家的母鸡长了四条腿，谁家的鸭蛋里孵出来一只鹅之类的，同时配上彩图，看的人都饶有兴趣，也不管真假。在南京新街口的夜晚，经常被报童拦着，不买不让走，我只好咧咧嘴：我也是卖《扬子晚报》的。

同城的《金陵晚报》和《江苏商报》最便宜的都卖两毛，翻翻标题就拿来垫饭盒了。还有的报童喊出"买扬子，送商报"的口号，以至于许多中文系的学生，毕业都不好意思跟人说去了商报做记者。后来又来了《现代快报》，因为尺度稍大一些，大家都转而看《现代快报》了。有一阵子他们打价格战，五毛钱能买三份报纸，等全部看完了，卖给收废品的，还能赚一毛回来。

后来到了北京，当时年轻人流行看《北京青年报》，年纪大的看《北京晚报》。《北京青年报》的纸张不是很好，看完一手油墨，需要跟香皂搭着卖，穿白衬衣千万不要买这个。《北京晚报》就显得很主流，副刊《五色土》的作者年龄一概在五十岁以上，几乎都在回忆让他们荡起双桨的红色幸福年代。后来有了《京华时报》，前两家的新闻才多起来了。

不过，看报仍然是随机的，很可能早上在地铁里买报童手里最上面那一份，随便拿过来就是了。现在地铁里已经很少有那种让刘德华或者赵忠祥死十回八回的骗人小报了，前两年着实算一大景观。再后来，《新京报》出来了，一看就是那种给"新北京人"看的报纸，价值观和立场十分明确，立刻订阅了，送金龙鱼食用油。转年其他报纸也都开始送礼了，有市场竞争就是好啊。

我在台北看《苹果日报》，里面有个栏目叫《今日我最靓》，在地铁里拍漂亮美眉然后发整版照片，还留邮箱，难怪卖十六元，而《联合报》只卖八元还没人看。回来就发现,《新京报》新增《北京宝贝》栏目,清凉得很。对年轻人尤其是白领来说,当然愿意看这个,纸张和印刷也不错。尤其是一系列的周刊,很有民国报纸的范儿。

具体的新闻方面就不好谈了,涉及专业,咱也不是专家,作为市民来说,看个热闹。以前有个传媒界前辈,天天在网上对比北京这几份报纸的当日头条,说得头头是道,我更笃定自己的选择没错。最近听说这份报纸做了一点调整,不由觉得有些可惜。

香港现在有两三份免费报纸,广告都占六成以上,新闻也多是娱乐新闻及马经,着实无趣。好看的还是《苹果日报》,专栏文章质量颇高,你会发现有很多把汉字用得出神入化的作家。当然,一分钱一分货,这报纸也是最贵的。我猜最便宜的那几种收费报纸,恐怕都是公费订阅的吧。

（原刊《南方都市报》,2011 年 9 月 4 日）

就是这个味儿

中秋节前一天的晚上，约了三五好友前往西三环一家颇负盛名的四川火锅店庆祝节日。谁料到了店前，却见一通告示，说是因为成本上涨，入不敷出，故而关门大吉，正是昨天贴的。我们唉声叹气但都颇为疑惑，这家店往常顾客盈门，是要排队吃的，怎么可能入不敷出？

一位记者朋友很权威地说，最近有好多家川渝火锅店都关张，说是上面食品检查越来越严格了，实在赚不到钱。我就奇怪了，那为什么老北京涮锅没事儿？大家都是涮的嘛！另一人则恍然大悟地喊，我明白了！川渝火锅是要用油的！呃，我们一阵沉默，莫非之前赚钱都是从油上赚的？

想起去年夏天，成都查出十三家著名火锅店用料不规范（当然也包括用油），并且破天荒公布了店名。我看了之后慌里慌张地跟成都时评家宋石男老师说，这十三家馆子，我倒吃过有十家。宋老师不以为然且咬牙切齿地说，这十三家馆子，每家馆子我至少吃过十三遍以上！我笑说，贵蓉城人民对此早有抗体，只是坑了我们这些过路客。

话说回来，北京人吃川渝火锅，倒真不能算过路客。北京流行吃川菜，那要从邓小平算起，据说朱德、邓小平都是四川酒家的常客。真正大规模流行，还是从 2001 年开始，以新开的好几家连锁川菜馆子为标志，比如麻辣诱惑、渝信川菜、蜀国传说、巴国演义等，基本人满为患。相信北京食客们都有过在麻辣诱惑门口打牌下棋的经历，而原本就人满为患的川办餐厅则继续人满为患。

以前很多食评家认为，川菜口味儿重，油、盐、辣椒用量最大，适合下饭，而且食材的原味易被油盐辣椒遮住，这样就很难分辨食材优劣，所以属于比较蓝领的菜系，大意是不登大雅之堂云云。后来的一些川菜馆子，先不说味道如何，在装修上花的工夫最多。比如俏江南这样装十三的川菜馆子，最大功能是供食客考察装修及建材。

川渝火锅，那自然以简阳海底捞为首。最近微博上关于这家店的段子已经让网友不胜其烦。其他的火锅店，也有非常不错的。只是火锅这种一锅煮的吃法，食材和锅底却实在不敢深究。《每周质量报告》这样的节目，曝光火锅店也不是一两回了。从豆腐皮到牛百叶到石灰锅底，很能证明敝国化学食品工业的水平俨然已经炉火纯青睥睨世界了。

一个移民在外的四川朋友，好容易在美国西海岸某地找到了国内一家知名火锅店的连锁店，打了牙祭之后却抱怨说，为什么味道不如国内的香，而且是远远不如？该人上下而求索未果。去年第一次回北京，刚下飞机就去吃火锅，一边大快朵颐一边模仿电视广告说：就是这个味儿！然后兴奋地说，真是一方水土养一方火锅啊。

当晚他离开后不久，就上吐下泻不止。除他之外的众人却安然无恙，连忙将其送院治疗，诊断结果当然是火锅吃坏了肚子。我们都严肃地对他说：不仅您的心跟祖国离心离德，您的胃也跟祖国离心离德了。

（原刊《南方都市报》，2011 年 9 月 18 日）

年年岁岁饼相似

通常来说，每年9月，经月与月饼为伍，且不得不与月饼为伍。四面八方寄过来形状各异五光十色的纸盒子摞了一地，只恨不能在小区支个摊儿给卖了。原想送人，转念一想，己所不欲，勿施于人，乃作罢。但又惜乎粮食，于是从早到晚索性不做饭了。对于一个资深宅男来说，最大的幸福就是吃现成的。于是直至吃吐为止，等过了保质期，才依依不舍地扔了。

今年节前，一个移民在外的朋友在网上说，怀念老北京的月饼，有日子没吃了。老北京买月饼膜拜稻香村，都是青红丝或者五仁的那种，现在很少见了。千辛万苦挑了两盒去邮局，谁料工作人员一看地址，说是不能寄。我深异之，问何故。答曰，这些国家不让从中国寄月饼，因为有蛋黄和莲蓉。我连忙解释说，这是稻香村京式月饼，不是粤式的，依然被拒绝。回家一搜新闻，原来有三十多个国家都禁止流入中国月饼。

顿时心里油然而生一种愤怒。放眼全世界，月饼是大中华区独有的东西，你们想吃还不会做呢——这些不识抬举的蛮夷小邦。谁料，一个香港朋友说他可以寄，因为这些国家禁令中所谓的"中国月饼"，不包括港澳台生产的；但香港又很难买到稻香村的月饼，于是又托人带过去，折腾了许久。

转念一想，这也太欺负人了。难道这些禁令就不管不顾中国海外游子的思乡之情么？连吃个饼都要限制。难道那些爱国青年们就不认为这是严重歧视吗？隔天就有新闻传出来说，某地某人吃月饼中毒如何如何。我就琢磨这人，要么是海外归国华侨，要么是吃特供长大的公子哥儿，像我这种一日身中数种毒素而不自知的淡定型普通群众，断乎不会因为一块月饼被送院治疗。

看了几篇报纸上的扯淡文章，才知道月饼这种东西，早在明代的北京城，就是"吃的人不买，买的人不吃"的礼品型食品，而且质量不佳。清朝诗人李静山《增补都门杂咏·月饼》云："红白翻毛制造精，中秋送礼遍都城。论斤成套多低货，馅少皮干大半生。"由此可见，京式月饼硌牙原来并非传说。

吃月饼，大家无非都是抱着应个景、意思意思的初衷剁下来四分之一，从此不会再看一眼。像我这样不怕被毒倒拿月饼当饭吃的宅男，绝对是少数。至于月饼的种种美好意涵，也是人们自作多情主观赋予的，真拿这个当软实力，这，实在有点太软了。

此外，可见至少在 17 世纪的时候，北京城就因为送月饼堵车了。这个想必京城人民都深有体会。满城送快递的车、挂着外地牌照朝贡的车，各种添堵。假如没有月饼这种东西，中秋节的车流至少减少一半。但是，这个难吃的玩意又不能没有，而且还得大送特送。无限遐思一下，假如编辑愿意罚交不出稿的专栏作家吃月饼，这世上还有电话催稿这种不着调的事情吗？

（原刊《南方都市报》，2011 年 9 月 25 日）

床笫之欢

　　新租的房子巨贵，在一掷万金的那刻，撕心裂肺般地疼痛。彼时一只蜗牛正在地板上休闲，我不禁对它满怀嫉妒。房东数银子的时候顺便让那只幸福的蜗牛结束了生命，然后奸笑着对我说，年付好。我知道他是看中了年付，他不知道我是看中了卧室内的这张大床。

　　这张两米二乘两米的原木床是我租这房子的重要原因。看房的时候，床头柜和床垫上宜家的标志还没撕掉，我喜欢这种素净的米黄色。房东郑重交代这是给儿子结婚用的，要不是"非典"我都没福消受。我立刻去买了两套四件套来配。上大学之前，在家里睡的是双人床，虽然没有现在这张床大，也足够我进行一切合法活动。在大学极不习惯只有一米宽的学生铺，结果不是被子就是枕头滚到地上，要么是我滚到地上，心有余悸，还好是下铺。我每次均在家书末行注明：某年月日于残榻。

现在躺在这张大床上思接千载。人生在床上死在床上，假如我能活到七十岁（这几乎是毋庸置疑的），那么有三十五年在床上翻来覆去辗转反侧，所以我和床的关系是最密切最暧昧的。假如我立即结婚，这位未知 MM 和我睡在一起的时间永远不会比我和床睡在一起的时间长。除了炒菜和如厕之外，我的任何活动都在床上进行：读书、写作、戒烟、煲电话、修手表、仰卧起坐，等等。

它洞悉我灵魂深处的一切丑恶和善良，不论是猥琐而淫荡的春梦还是高尚而纯粹的理想。我的一切道德或不道德的行为都与床息息相关但它毫无怨言，比如我把鲜橙多或是别的液体弄到床上。我每天就在这张床上摸爬滚打肆无忌惮为所欲为，我认为一个人睡双人床的快感绝不亚于两个人睡单人床，虽然英语里面有"two heads are better than one on the bed"的说法。两个人的床上除了做爱真想不出还能有其他什么活动，而一个人的床上如上所述的诸项都可以随心所欲地进行。难怪李渔这老家伙在《闲情偶寄》里一针见血地写道："以妻妾为人中之榻，而床笫乃榻中之人也。"

　　由于卧室小，这张床占据了房间绝大部分空间。一次，一个清华美眉来玩，执意要参观我的卧室。在开房门之前，我很严肃地说道，进门先上床。该美眉似乎懵了，搞不清楚我是什么意思，眼睛里写满了怀疑和悲愤。我们同在南京上学的时候，去秦淮河上的画舫喝酒，船家打招呼说：阿要上床啊？众人皆惊，后来幸亏该美眉翻译过来：要上船吗？原来南京话前后鼻音不分。

　　她进来才发现如果不坐在床上的话，这个房间就根本没有落脚之地——因为剩余的位置都被书橱、写字台、电脑桌、暖气管、啤酒罐子挤占了。她眼神里满是惊讶地问我是不是就在这张床上为人民服务。还有一次在马甸打牌，凌晨快2点的时候，有个家伙"立正"了。大家都说散了吧，东道主体贴我，说你丫那么远就别回去了，今晚哥俩儿挤挤睡吧。我不屑地瞄了一眼他那张千疮百孔的单铺，然后笑着说，你丫这房子还没我床大呢。这哥们儿眼睛都绿了。

（原刊《三联生活周刊》，2003年6月4日）

｜ 恋恋马桶

北京希望来这里的人都是只蜗牛，随时背负着夜晚包裹身体的行囊，我在车站见到的来京务工人员，以背负被褥的居多。世上这东西恐怕只有地皮不能随身携带，所以凭空增加了许多麻烦。麻烦之一就是卫生间。我最喜欢的歌是刘德华的《马桶》——"每一个马桶都是朋友，可以真心相守，一辈子你都不能没有"。

用房东的马桶总有些不爽，感觉像是娶了二婚的老婆，同时还必须俯首帖耳仰人鼻息。我想把马桶换个方向都能招致房东的极度不满，我很是愤懑——按目前这个方向出恭极有走光的可能。狗仔队自然是不屑扛着各种武器进行偷拍，然而我胆战心惊地坐在马桶上看着窗外对面那幢楼的窗口，总怀疑在暗无天日的某处，有个龌龊的家伙正贼眉鼠眼地通过一架望远镜进行非军事化的窥探活动。我对自己这种怀疑坚信不疑——换了我住对面，十之八九也会买架望远镜回来，这玩意儿是军用设备中最具民用色彩的工具，获取途径也简单，不需要向人民政府备案的。

于是，拥有一套自己的房子竟然成了我内心深处最迫切的愿望，朝思暮想，日夜彷徨。这套并不存在的房子几乎是我最大的累赘，同时承载着我的一切希冀。后来我到了一家薪酬尚可的单位之后，便一直筹备着供一套房子。北京高入云端的房价众所周知，消费指数都排在纽约之前的。月底领到薪水时我便想，这些银子买一块放马桶的地面都不够，几乎要打消这个念头。

有一天从西单步行到西四，手上被售楼小姐足足塞了一摞花花绿绿的楼盘宣传单，她们的热情程度让我觉得如果拒绝接受这些垃圾的话不啻是罪大恶极。我明知道上面说得天花乱坠，还是细细地从头到尾认真阅读完毕，并和自己的期望户型进行比较。后来我开始跟着一些看来珠光宝气却俗不可耐的女人坐上开发商的免费班车实地考察。

在某楼盘参观样板房的时候，我特别注意卫生间的设计。总觉得这样的朝向在如厕时势必会影响正常发挥，便建议他们稍做改动，使人的目光所及范围尽量宽广。除非业主愿意在卫生间看报纸，否则在这漫长而无聊的时间里，会逼得人记住墙面上的每一道花纹。

我一直认为欧阳修大人发明的"读书三上"之说非常之有道理。即如毛泽东、郭沫若也身体力行之，无数军国大计焉知不是运筹于此？厕上读书的话，这硬件设施就必须配备好，要有清风徐来、水波不兴的感觉。我于是絮絮叨叨地向售楼小姐抱怨这点，我的大意是，应该在卫生间配备一个防水的杂志架。

小姐巨愤怒，拉开马桶旁边墙壁上的一个拉环说，这里是要装液晶电视屏的呀，谁要看杂志，真土。我狠狠地咽了口唾沫恨不能说，你这头发怎么烫得跟腋毛似的？然后跌跌撞撞下了楼。

（原刊《中国新闻周刊》，2004 年 6 月 20 日）

| 战台风

　　我所知道的风有两种：一是漠北的朔风，像个破门而入的彪形大汉，丝毫不留情面，冷酷到底；一种则为东南沿海的台风。在中文简化之前，这个"台"写作"颱"，为《说文解字》所不收，可见是个后起的名词，专指太平洋西岸的海上来风，通常伴有大量降雨。我待过的最东最南的城市是南京，其实还属于北方，故而未曾和台风打过照面。

　　由于对台风的认识严重不足，一直是心向往之。一位长期在沿海城市居住的美眉曾经给俺绘声绘色地描绘过亲历台风的感受，有身临其境之感，依然觉得有些遥远。听说台风要驾临北京，俺的状态和政府处于高度对立中，几乎被人斥为幸灾乐祸。物以稀为贵，长期被朔风蹂躏的北京居然能被太平洋的远道来客垂青，真是数十年未有之大事啊。

　　那一天俺的行为简直可以用"上蹿下跳"来形容。一大早开始，就盼着台风的光临，只差没有举着小彩旗去京津唐高速上迎接。下午坐着车子从北五环跑到南二环，交通畅通得简直不像是北京，一打听，新手和老手都待在家里躲台风，司机不断问俺什么时候能办完事情，他急着回家拔电源开关。交通台的广播请了气象台的专家在直播台风的行进状况，据说台风登陆北京的时间从早上到下午修正了五次，天气预报像是粉笔写的，擦了就能改。

　　到晚上7点的时候，阴云密布，像是有了山雨欲来风满楼的前兆。陈律师的饭局时间到了，俺觉得趁台风没来，还能撮一顿，打个牙祭啥的，谁料这厮居然声称台风已至，业已到达木樨地一带，饭局取消。其时俺正在西三环一带活动，虽然万里长空飘着朵朵阴云，但是丝毫没下雨。俺便让司机直接去木樨地看看到底下了没有。事实证明，陈律师放了俺的鸽子，也违背了他的职业道德，正欲电话过去重开饭局，突然想到今天是俺买单，便作罢了。

　　到家之后，网上说气象专家又把登陆时间修正了两次，他们委婉地向公众解释，鉴于目前的预报水平，出现此种情况是非常正常的，在俺的记忆里，好像他们从没准确地预报过北京的天气。《中国新闻周刊》的朱记者来电，打算开个牌局，被俺同样以台风为由拒绝了。俺不断走到阳台上，出神地仰望着东方遥远的天际，等到晚上 10 点，台风还是没有来。眼巴巴地等到凌晨 2 点，便在极度失望中睡着了。

次日俺睡得七荤八素的时候，陈律师来电，说台风在凌晨 3 点半大驾幸临北京，润物细无声啊！俺看着尚未被打湿的地皮，方知台风"强弩之末，势不能穿鲁缟"。用韩昌黎的一句诗就可以写个总结报告了：天街小雨润如酥。后来有传言说，台风来京上访，被国家用科技手段拦截了，俺知道那不过是个段子而已，但还是失望了一下下。

（原刊《中国新闻周刊》，2005 年 8 月 10 日）

北京之北

被称为西方医学之父的希波克拉底，是个非常了不起的人物。在一篇后人评价他的文章里，有句这样的话："公元前400年，他曾很明确地辨别出阴道北方的阴蒂。"这是何等高妙的文字。因为，在这里，作者已经忽略了传统的位置描述，代之以具备感情色彩的方向。

作为一个北方人，提到北方，大约是"燕山雪花大如席"的印象要丰富些。最近，气候转寒，前两日，城里飘了几滴雨，到夜间便听说北京以北的怀柔下雪了。再想到遥远的东三省，想到荒无人烟的西伯利亚，那该是何等的寒冷。不知不觉间，房间居然来了暖气。说实话，在到北京之前，我从不知道"试水"是何意。

北京老城的道路横平竖直，和西安类似，大约都是国都做久了的缘故，整个城市规划得四四方方，若是在几百年前，从空中俯瞰，那一定很像切开的豆腐。因此这两个地方的人方向感都极强，给别人指道的时候都以东西南北而论。我记得在上海的时候，是要讲前后左右的。因为上海的道路从地图上看，宛如被拆了线的渔网，杂乱无章，很难让人有方向感，走着走着或许就变了方向。

在北京生活久了，找不着北是件很糗的事情。前一阵子，有南京的朋友来京游玩，暂借蜗居。父母在另一个房间，因此他只好和我共枕。说实在话，我从来还没和男人睡过一张床，不免有些惴惴。盖因床太小，半夜我快被挤下去了，便叫醒该人，语之曰：往北边去一点。该人做忿忿然状，怒曰：北边是哪边？我思之良久，无言以对。事后我很惊讶，自己居然能在半睡半醒之间找准方向，就好像北斗星挂在我家的天花板上。

在地图上，标准的说法是上北下南，这个放之四海而皆准的道理唯独不能放到床上，我让他往北睡一点，总不成睡在我上边。出现这种表达困难，还是因为在北京，方向感好得有点过分，以致当面孔朝天的时候仍然能找到方向，且不分场合与时间。这对南方的朋友来说，未免有些残酷和不合情理，难怪古人打架输了叫"败北"。

在南京的时候，老师讲文学史，提到南北之别："胡马秋风塞北，杏花春雨江南。"这两种截然不同的意象带给我的刺激是如此之深，于是对北京向来无甚好感。后来在毕业的时候曾经为要不要来北京这个鬼地方伤透了脑筋。

现在，这个具备豆腐与大饼形状的城市给人带来的记忆果然是不堪回首。好不容易拿到了车本，逮到机会上四环溜达。谁知道复杂的立交桥兼备东南西北与上下左右之精妙，一握着方向盘，什么都忘了。眼瞅着找不着出口。于是给家里打电话，让父亲摊开地图来遥控指挥。我报告具体的位置，他告诉我何时左右转。那时候，我提心吊胆，生怕他在电话那头告诉我，往北。

（原刊《中国新闻周刊》，2004 年 11 月 11 日）

饭局事故

把吃饭当成一个严肃的问题来讨论，已经变得极为必要。每天中饭和晚饭前，我绞尽脑汁地去想三个问题：吃不吃？和谁吃？在哪儿吃？这是一个令人遐想无限却又痛苦无限的过程。倘若这三个问题不想清楚，恐怕到晚上也解决不了温饱问题。于是非常怀念 20 世纪 80 年代的街道食堂，一条街就一家，一说吃饭，就有不二之门，无法选择才能选择。

在北京攒个局，非得需要莫大的勇气和决心不可。众所周知，北京的交通是全世界最无效率的公用系统，吃一次饭，很可能就变成北京一日游。北京的饭局，如果迟到，只要说声堵车，主宾一概闭嘴，天大的理由都大不过堵车。更有甚者说过一句"地铁堵车"，被等待的食客们一顿狂扁。

　　如是时间长了，约饭就变成一个程序。在电脑中输入地点、价格、菜系等关键词，然后闭上眼睛用鼠标随便点一家完事。随后再忍受堵车之苦后，才能苦尽甘来。等到上菜之际，已然饥肠辘辘了。饭后回家，照例就是深夜了。这还不算闹心的，最近俺因为用手机短信约饭，闹了一桩奇事。

　　周四下午无事，约一个许久未曾见面的李姓朋友吃饭。下午5点，我就短信他，我们将在建国门附近择地吃饭。过一会儿，短信复曰："俏江南如何？"我复曰："那就恒基中心俏江南。"对方又复："东方广场吧，你订位子。"我赶紧订了座位，看时间不早，即刻赶往东方广场的俏江南。

　　落座许久，李同学迟迟不曾出现。于是把座位号以短信告之。李同学愤而来电，问我何意。俺有如丈二金刚摸不到头脑，说，不是你订的东方广场俏江南么，我发的是座位号。李同学答曰，我还在单位，一直等你电话。我还以为不吃了呢。

　　我连忙把那两条短信调出来，才发现是一个陌生号码。很是愤怒，就打过去问。结果让我极为沮丧。原来那个美眉也在约饭局，她把短信错发到我的手机上。碰巧我也在约饭局，两个人的短信一来一去，都严丝合缝，貌似很对卯，实则谬以千里。

　　于是两个人都在短信里抱怨某型号的手机，短信来了直接显示内容，不显示号码，由是造成这么重大的饭局事故。她长吁短叹地说，自己正打算为迟到抱歉呢，没想到根本就没约到。

这次事故充分显示了数字生活是多么不靠谱，一条短信毁了四个人的晚饭。同时也表明了大家吃饭的选择实在有限，就那么几家川菜馆子，吃来吃去吃不出什么新意来。在这个庞大的城市，这样的事故相信不止这么一起，吃不到饭的也绝不止我们四个人。

（原刊《中国新闻周刊》，2006 年 7 月 10 日）

登东有术

　　堵车的时候，司机拿出一根香蕉，回头问我吃否。我感觉有些怪异，便问他为什么会在车上放香蕉。彼答曰，这玩意儿好，顶饱不尿。然后就大倒苦水，说干他们这行，最考验前列腺，一天开车十多个小时，只能在饭后小解，然后就一直在车上，能少喝水，尽量少喝水。我说，北京这么干，不喝水怎么成呢？司机怒道，我倒是想喝啊，没地儿上厕所啊。

　　听到此处我才恍然大悟。在北京户外，上公厕的确是一大麻烦。就拿长安街来说，我唯一知道的公厕就是天安门西边那家，24小时营业的，缺点就是离地铁口太远了。当然其他地方可能也有，只不过要么不显眼，要么距离马路太远。我的个人经验是，在繁华闹市区遇到老外问路，都是憋不住了然后憋出一脸痛苦，十有八九是问公厕在哪里，还有，他们真的不知道，WC 就是公厕。

上厕所是个庞大的系统工程。如果正在开车途中，要考虑能不能停车，停了车是否会被罚款；坐公交，又要考虑步行距离，到车站有多远。到了公厕，收费的还好，至少能买到纸巾，免费公厕一律没有纸。撕过报纸，拆过烟盒，甚至打电话求救，那种叫天不应叫地不灵的感觉就出来了。

最近有一款名叫"陌陌"的 LBS（Location Based Services）类的 APP（第三方应用程序）很火，可以寻找附近都有谁，按男女分类，按距离排序。好多人说这个是搞"419"的，但我一下子就觉得它的巨大作用在于可以就近搭讪求厕纸。

比较靠谱的公厕是饭店大堂的公厕，星级越高越好，基本都有纸用。缺陷是你必须理直气壮地进去，再理直气壮地出来。在饭店没开放厕所之前，还要假装住在这里才行。商场的厕所缺陷是要绕好多路，男厕基本都在三层以上，乘直梯要等，乘扶梯要一圈一圈地绕上去，如果特别急的话，真不建议去商场。

当然，在中国人民的拉撒问题上贡献最大的要算肯德基和麦当劳。在许多市民的感觉中，这种快餐店几乎就是公厕的代名词了。进门二话不说，仰头先看厕所的指示牌，店员早已见怪不怪。出来后还可以用洗手液慢条斯理地洗手，而且你丝毫不会有做错事占人家便宜的惶恐。在快餐厅上厕所几乎是大家的共识了。如果有人问你附近有没有麦当劳，他多半不是要吃，而是要拉。

Google Map 有一个非常好用的功能，就是搜索公厕。从地图上看，二环里的厕所要明显少于二环外。我猜想，大概是老城旧房改造，都把卫生间放房间里了。以前每条胡同都会有公厕，虽说条件较差，一进门的气息仿佛有阻力，但毕竟还能将就一下。在南锣鼓巷这样的小资圣地，上个厕所基本要走街串巷，不排队算是幸运的了。至于后海，那就更痛苦了。

前几天，看新闻说北京又要新增及改进一批公厕，市民可望在八分钟内就近找到一家公厕，还可以发短信获知最近的厕所位置。我对这种以人为本的高科技很欢迎。公厕有多少，干不干净，往大了说，是一个城市宜居不宜居的标准之一。据说 1993 年北京申奥失败，跟公厕少关系很大，很多老外找不到厕所，那时候麦当劳也很少。据说今年一季度的市民对环境评测中最不满意的就是如厕问题。

可见，吃喝是大事，拉撒也是大事。对于某些官员说的吃饱饭就是人权的调调，我一直不能苟同。人民吃饭是人权，人民拉屎也是人权。有媒体说起这次公厕改造，用了"公厕革命"做标题，真算是一次革命性的认识，伺候好人民的前列腺，跟伺候好人民的嘴同样重要。

（原刊《看天下》，2011 年第 33 期）

家住台湾街

　　我现在住的地方，多年以前还是农村，周围是大片的菜地和树林子。后来这村里整条街都是露着大腿的发廊和洗浴中心，据说当年很多人都从东边慕名而来，只为采风。前几年，这里建了一个公园，里面摆着妇孺皆知的科学家的塑像，例如牛顿和瓦特等人。我搞不清楚这些科学家和这条街有什么关系，但自从发廊被取缔之后，这街就颇为冷清了。

　　或许色情场所的数量确实能够反映一个地方的发展状况——历史学家曾经考证过，曾国荃烧掉南京城后，为恢复经济，先沿着秦淮河建了一排发廊。我住的这条街如今有了个新名字：北京台湾街。当然，这街以前跟台湾也没有关系，就是修了几排青砖的房子，引进了一些台湾的名店。他们原样复制了台湾的五桂楼，看上去很气派。

对于周围居民而言，最大的意义是房子贬值的可能性变小。至于这条街，叫台湾街或者香港街，其实并无多大区别。东西的价格要比台湾贵两倍，假如它在 CBD（中央商务区）营业，状况或许会好一些。像"邓丽君餐厅"这样的店面，我估计很多年轻人都不会对它有兴趣。唯一的好处是，这条街上买到的植物油和奶粉之类的东西，较为靠谱。

自从 2005 年两岸交流热络起来之后，台湾在大陆人的概念中变得具体起来。以前，我们只知道这个地方"是中国不可分割的一部分"，至于这个地方到底是什么样子，以何种方式存在并运行，基本很难在公开信息中寻觅到踪迹。大陆的年轻人，可以说出五十个台湾明星的名字，却未必能说出五个台湾的政治人物。最近几年，大家也开始慢慢熟悉台湾的状况了，这是个好事。

2008 年，我专门去台湾看选举，最大的感觉是，有种积极进取的海洋型性格，而且还有些孔孟之道的余绪。倘若台湾街也能够给人这种感觉，那当然不错，可惜这条街却只是掺杂着其他目的的一条商业街，空有其表，售货员都是大陆人，没有宣传的那种"原生态"的效果。一个住在附近搞投资的朋友，想在这里开个书店，却被开发商告知，这条街只能卖与台湾有关的东西。他立刻觉得被判了死刑。台版书固然不能卖，如果只卖大陆出版的涉台书籍，那显然卖不出去。想来想去，要么找美眉来卖槟榔，要么只能卖奶茶了。这种硬性规定，让很多投资客望而却步。

离天安门不远的地方，正在修一个台湾会馆，也是在卖台湾概念。还有一些味道极为可疑的台湾馆子，多数是漳州老乡们开的。有个叫"小城故事"的饭店，老板货真价实是台湾"海军仪仗队"的退役军官，长得高大帅气，见人就鞠躬，不说话你会当他是日本人。我一直怀疑他快要得腰椎间盘突出了。

整个北京城，最靠谱的台湾概念的商业单位要算新光天地，其他做得都不算成功。这让我想起多年前，珠三角遍地都是"香港城"，但里面只会卖假冒的劳力士和低端电子产品，跟香港也无甚关系。中国内地的商业似乎都要借助外来文化才能招徕顾客，而且还是跟风而上，本地的商业文化对于当地人毫无吸引之处。现在这股风潮又瞄上了台湾，听说上海也建了台湾小吃街。

当然在外人眼里，这种被赋予文化意义的街道并没多大意义，价格才是王道。外国人最爱去的秀水街，那是集山寨产品之大成的地方，很有代表意义。中非高峰论坛的时候，好多大腹便便的非洲国家领导人在那里买衣服，可见山寨过来的东西，也不乏魅力。如果这条台湾街能山寨过来一点点台湾的传统人文精神，倒不失为一件幸事了。

（原刊《南方都市报》，2010 年 6 月 20 日）

谁拂北京尘

北京的污染其实由来已久。如果大家有工夫去翻看元明两代的诗人集子，会发现诗人们对北京的空气污染早就不耐烦了，纷纷在各种场合吐槽，表示北京实在不适合生存。2010 年 11 月底，我在《南方都市报》专栏上写某国使馆天天发布空气污染报告，看得人惊心动魄。这才一年过去，大使馆早就江郎才尽，找不出合适的英文单词来形容日日爆表的盛况，我也找不出合适的汉语词汇，来描述京城人民的悲愤心情。

入冬之后北京开始刮西北风，从草原（如果那还算草原的话）掀起的尘土自然要算污染源之一。这种情况在明、清、民国的时候尤甚。那时候北京城还是土路，空气又干燥，马粪与尘土混为一体，鼻孔在冬天都是黑的。各位诗人又喜穿白衣，自然叫苦连天。

现在的情况又有所不同。想当年，伟大领袖站在天安门城楼上，要让北京崛起一片烟囱，后来真的办到了——因为北京冬天要供暖，住在北京的群众应该知道，过了 11 月这些烟囱就开始冒烟。长安街沿线的供暖系统从首钢一直延伸到四惠，基本各大部委办局机关就够用了。为什么北京的蓝天入冬后就特别脆弱，这些烟囱也是原因之一。

以上原因当然还不够。老辈子人就说了，20 世纪八九十年代就不这样儿啊。何况，首钢、北化、八宝山焚化炉早就迁出去了，为什么污染更严重了？大使馆公布的数据我不太懂，但"可吸入颗粒物"这个概念不难理解。从气象台的分析看，粉尘污染是北京现在的主要污染源——这可比明清两朝糟糕多了。

最新的统计数据说，北京的机动车保有量是五百万左右，大家又知道，一到白天，一半以上的人要在三环里活动——这也没法子，CBD（中央商务区）、COD（中央公务区）、CFD（中央金融区）等头面上的活动区域都在三环里，堵车是必然的。所以我个人倾向认为，阴霾的出现跟汽车尾气有莫大关系。当然这个未经证明，只是个体经验上的判断，因为空气里的汽车味道足以对人体形成阻力了。

戴口罩当然是最平民的做法，本来冬天也冷。SOHO（家居办公）的工作成为热门，避免出门是唯一不受污染的办法，再就是买各种空气净化机。有一次我看到一位胸肺科的大夫在抽烟，就很不解地问他，彼答曰，在北京抽不抽烟都没区别。我不知道群众有没有兴趣看看北京肺病的统计数据，到底最近几年的增长趋势如何——但愿这个不要成为国家机密。

抱怨不是办法。地上尾气、天上阴霾的北京，在自然环境上已经不是一个宜居城市了。如果我没记错，北京在 2005 年编列的 2020 年城市发展规划中，是把"宜居城市"作为第一位目标的。如今五年过去，情况反而愈加严重，显然需要检讨一下多年以来的机动车政策，以及多年来的城市功能规划与布局。

北京需要的不仅仅是停车场涨价、单双号行车以及限购，这些并不足以改变当下北京的空气状况，最大的可能就是一直这么糟糕下去，甚至更糟。如果没有结合整个城市的规划布局、产业分布做通盘考虑的话，对空气是否好转这个话题，我相信很多市民大概不抱任何希望。

（原刊《南方都市报》，2011 年 12 月 7 日）

● 宛在水中央

Chapter 5

胶囊与笼民

　　香港的年轻人，已经在中环汇丰银行楼下驻扎了半个多月。与媒体普遍的预计相反，他们居然坚持了下来，而且过得还不错。他们白天聊天、扯淡、开会，与学者们一起举办论坛，入夜后有音乐、啤酒、诗歌朗诵，在帐篷里疯狂做爱，看上去并无撤离的打算。那些在中环上班的银行和地产精英人士，则小心翼翼地绕过年轻人贴在地面上的反对他们的标语，若无其事地走过。

　　占领中环的年轻人并非无业游民，许多人是下班回家洗完澡再赶过来过夜的，带着笔挺的西装和洗漱用品。也许对一些人而言，住在汇丰广场上的帐篷里，比住在家里更舒服——如果那张铺位勉强可以称为"家"的话。我见过最小的居住空间就是一张床，面积不足两平方米，空间高度不足一米。

这样的铺位有的用铁丝围起来，有的则只用一张帘子与其他笼子分隔，就像过去的大学宿舍那样。住这样铺位的人被称为"笼民"（Cagemen），而这种分割的小铺位通常被叫做"胶囊"。最夸张的例子是一套房子被分为二十八个胶囊房。不仅是年轻人如此，许多中老年人也是如此。曾经有一幅漫画很精准地描述了这种胶囊房：一位老婆婆睡在床上，头枕电饭煲，怀中抱着电视机。

还有一种被称作"劏房"的房子，即一套房子被分成三四间甚至更多间，分别出租。这种房子我在北京海淀图书城附近见过，一个看上去非常高档的社区里，一套三室一厅的房子被塑胶板分成八间出租。住户要提前一个多小时起床，因为要排队等厕所。我当时还不知道"蚁族"这个概念，只觉得不可忍受，而身处其中的住户表示，这已经比住地下室好多了。在此次运动中，香港年轻人中的左翼人士，诉求目标就是反对地产及银行霸权。想想看，大学毕业生的起薪不过八九千元，如果想在港岛买一百平方米左右的普通房子，需要不吃不喝一百多年。在人们的印象里，银行业已经与地产业沆瀣一气，他们组合在一起的同盟，就是为了用房子骗取更多的钱。香港的资本主义一定是出现了某些问题，于是他们就选择资本主义的代表——汇丰银行——实施占领。

但是，这种诉求又无法在短期内达成。现有的结果都是现有秩序正常发展的必然。他们不知道什么是对的，或许他们只知道什么是不对的——即现存的一切都是不对的，但自己也不知如何改变。港府的施政报告里不得不提及未来数年内增加公屋规划，给年轻人适当的扶助。然而从经验上看，这类规划往往最后沦于表面化且实效不佳。

这让我想起前几年媒体热炒的"逃离北上广"运动，渲染"农妇、山泉、有点田"的田园生活。前几天，这些旧闻终于有了新进展：那些逃离北上广的年轻人，正在往城市回流。因为无法适应小地方的生活，比如需要关系、缺乏精神生活、远离信息中心等。对大多数人来说，如果在城市中生活过，显然是回不去的。在城市中，哪怕是住在胶囊里，大概也觉得比县乡的生活更充实些。

海淀的胶囊公寓如今已经成为一种产业，并且还有各类报道宣称这种房子的好处。那些从祖国各地奔赴首都发誓要闯下一番事业的各种普通及文艺青年们，将在这样的铺位上一边幻想着美好的明天一边入睡，能够占领这样的一张床或许已经满足了。偌大的北京城，根本找不到能够支一顶帐篷的地方。

（原刊《看天下》，2011 年第 30 期）

狭窄的广场

香港的城市空间之逼仄，人所共知。在港岛尤其如此，在一片水泥丛林中挤出一条条狭窄而可怜的街道，让人不由得产生强烈的紧张感。在铜锣湾和中环这样人烟稠密的地带，似乎都会觉得氧气不足。铜锣湾的轩尼诗道与百德新街路口，过红灯的人每几十秒都会填充满整个街道，直到深夜。

铜锣湾大概是港岛拥有最多平地的区域，因此才会有跑马地和维多利亚公园（以下简称"维园"）这样面积巨大的公共场所。拿维园来说，每年的维园聚会，常常不下十数万人。除此之外，很难在香港找到一块能够容纳这么多人的地方了。维园的主要球场开放，也不过才能容纳六七万人。这对一个有经常性诉求的市民社会而言，未免太小了。

　　也许是因为居民的房屋面积过小，因而才显得公共空间的重要。每个街区都有小型的体育馆、小公园、图书馆这样的公共活动场地。即便如此，每到周末，很多家庭也还是倾巢而出，要么上山，要么下海，要么血拼，总之很少在家里待着，实在太憋闷了。香港的许多集会活动都定在周末，这样比较容易号召群众。

　　但与中国别的大城市相比，香港缺少一个有象征性的城市广场。已知的所有地标性区域比如中环、铜锣湾，都是商业中心区域，不会承担政治性的广场职能，完全没有内地一些城市的大面积草坪、大理石砌就的中心广场、音乐喷泉、大型雕塑群，或是升旗的观礼台等承担教化的开阔地带。

　　很显然，官方并不乐见出现这样的广场。在回归之前，皇后像广场有这样的职能，看命名就知道。这个建于 1897 年的广场，是为了庆祝英皇维多利亚女王登基六十周年，其政治性意义不言而喻。广场边上是立法局大楼，前身为最高法院大楼。许多重要的政治集会都在此。但是容量极小，1897 年的香港，总人口不过三十万而已。这个广场站几千人就满了。广场上的皇后像在日据时代被搬走，没有恢复。现在只有一个银行家 Thomas Jackson 的塑像，这点颇能显示出香港金融中心的特质。

　　20 世纪 80 年代，每到周末，皇后像广场就被菲佣占据，作为周末度假休憩之所，许多专栏作家称之为"宾妹广场"，其政治意涵大打折扣。菲佣们如今钟爱的是汇丰银行底层广场。2011年10月香港一些"左派"青年号称"占领中环"的时候，也是占领的汇丰底层。许多人笑称，这个不用他们占领，要是这样，那菲佣算常年占领中环了。

回归前修建的金紫荆广场，象征了一个新的时代的来临。这个广场坐南面北，是在维港的海面上通过填海而成，广场上有金紫荆雕塑和回归纪念碑。整体的设计中，能够看出其中的政治含义。政府的许多活动，也都假广场南侧的香港会议展览中心举办。金紫荆广场的升国旗仪式，是香港的一大景观，可以成为爱国主义教育基地。

但是市民显然更喜欢去中环半山的政府总部广场，每次集会的目的地就是此处。散步的人群经过轩尼诗道、金钟道转到皇后大道，然后从汇丰大楼后面的小路沿斜坡直上政府山（Government Hill）。政府山历来是香港的政治中心，礼宾府和政府合署过去均在此处，2011年8月迁走。政府合署门前的广场也不大，两三万人就轻易塞满了。

而新落成的添马舰政府总部，门前的广场更是小得可怜。新政府广场只有两三个篮球场大小，位于一个"凹"字形缺口地带，

的双城记A drifter from Beijing to Hongkong

其他三面是高楼，缺口处是一座天桥，活像一个天井，仰头看到政府总部和立法会的高楼，会有压抑感。这个狭窄的广场距离主干道较远，中间还需要翻一座天桥。总之，大规模的人群去往这里集会难度颇大，需要克服很多不便之处。不论如何，这个广场的设计的确不便于更多的人群表达诉求。有专栏作家说，这绝对是故意的。

　　虽然添马舰新政府总部大楼像一扇敞开的门（设计理念就是"门常开"），但实际上，从广场被严重缩水来看，面对越来越多的群众集会，显然政府还没有准备好，而且也不打算面对这种群众活动。政府的门常开，何其难也。

（原刊《看天下》，2012 年第 25 期）

冷气永远开放

每次出罗湖口岸，从电梯下到东铁线站台时，就觉得一阵热风扑面而来，仿佛要把人推倒。虽然距离不过百米，但是温度明显比深圳河那边要高个几度。与此形成鲜明对比的是，同样在室内，香港入境大厅的温度要比深圳出境大厅低好几度。也就是说，香港的室内外温差要远远高于深圳。虽然只是几度之差，但这骤然一冷一热之间，身体却很难适应。

我刚到香港的时候，对香港室内的冷气之低颇有抱怨。一进写字楼，往往全身一哆嗦，像从火炉进了冰柜，办公时要穿一件外套才行。很多大楼温度都在20摄氏度以下，低的只有16摄氏度。饭店和影院也是如此，一场电影或者一顿饭下来，没感冒算身体好的。有时候一边吃饭一边打哆嗦，一个标准的香港饭局往往是这样结束的：某女生咬紧牙关抱紧双臂蜷缩着恨恨地说，我快冷死了。

这对中环那些西装革履的银行精英和政府公务员来说，却是最适宜的，可能领结人士们也习惯了。我也很奇怪，当年英国人把北纬 50 度以北的穿衣习惯拿到北纬 22 度，依旧保持着西装革履的作风，实在太难得太变态了。有人说香港的气候是"室外夏天，室内冬天"。我有几次在写字楼的大堂等人，看着每个西装男出门后眼镜上都是一层白雾，一排人全部站在门口擦眼镜，算是一大景观。

交通工具也是如此，我亲测的几次，地铁和巴士都出现过 18 摄氏度的低温，出门经常要带外套才可以。女生一般带一条棉围巾，在车上就当披肩用，既美观又实用。我一般就把包放在小腹位置挡着，或者习惯性地一上巴士就把头顶的冷气孔关掉，实在是太冷了。在香港的巴士上，经常是一边被冷气吹着，一边欣赏车载电视里治疗鼻敏感、鼻塞等"冷气病"的广告。

香港对冷气的依赖到了难以想象的程度。我一直觉得香港的酷热跟空调外机是有相当关系的。想想看，全城有上千万台空调几乎是日夜不停地在室外排放热气。如果你后半夜在中环游走，会感觉温度明显比前半夜要低几度，风也凉快了起来，那是因为那些密集的写字楼深夜就会关闭冷气。我也做过实验，不开空调只通风，会不会被热死，但左邻右舍的外机热气全都进自己家了。

住宅24小时不断开冷风，跟电费补贴也有关，大家反正用着电不心疼，用得越多补得越多。有一次我在台北待了一个月，有个北京朋友借住我香港房子一天，临走忘记关空调。等我回来，发现空调居然已经运转了二十多天。本以为下个月的电费会很高，收到电费单时，发现刨去补贴，居然还有几十块的盈余，也就不心疼了。

时间一长，回到内地就觉得不适。北京地铁里，除了港铁运营的四号线，其他线路冷气都是不足的。一号线的旧车，用的还是风扇。头顶呼呼地吹出包含着机油、方便面、人肉、臭汗等混合味道的热风，让人一上车就有强烈的绝望感。我在大望路地铁站里看到一拨又一拨的CBD（中央商务区）小白领们对旧车厢望而却步，宁可等五趟去坐（不，去挤）空调车厢。公共汽车就更不用说了，除了黏糊糊地挤着，什么都不能干。售票员大妈们还指鹿为马地命令：往里走，里边儿空！这句话大概是大家最耳熟能详的一句谎言。另外一句谎言是，北京的出租车，十停里有九停会告诉你空调坏了。司机一边流汗一边开着窗户吹热风，就这样还心疼油钱，同时各种吐槽。嗯，完全没有任何选择。

  香港是冷气过剩，有时候全无必要，北京却是严重不足。虽然香港近年有环保团体倡导 25 摄氏度冷气，依然收效不彰。至于北京，我万难相信冷气过低是基于环保的原因。以最低廉的成本来维持最差劲的公共服务，本来就是优越性之一。但同时，拿北京四毛的非空调公共汽车和港岛动辄六七块的空调巴士相比也的确不公平，这是市场化不充分的后果之一。至于乘客的感受，有谁真正关心过呢？

         （原刊《看天下》，2012 年第 20 期）

平静的台风

记得前几年，有两场台风特别引人关注，分别发生于北京和上海。起初各大媒体全力渲染台风的厉害，等真正到来，才觉得那不过是"天街小雨"。我事后特别失望地写了两篇小文，纪念人生中这难得一见的平静的台风。去年夏天在香港，第一次经历香港的八号风球，我还特别认真地按照媒体的提示做了若干准备，但这次台风到来后，好像风速和雨量依然很一般，我又失望了一次。后来，我对台风几乎免疫，觉得不过如此。

作为北方人，很少见到台风，有时候觉得香港人民太娇气了——就这点雨，你们就不上班了，全部回家看电视，连股市都停了，是不是损失太大了些？2012 年 7 月 23 日的那场十号风球过后，我才第一次对自然界的风雨产生了恐惧感，觉得生命时刻受到威胁，经过几个小时的艰难跋涉，滚回被窝后，才战战兢兢地对老天爷道歉说：我真的错了。

台风来的那天上午，电视台、广播、报纸全部都在说，下午晚些时候有可能悬挂八号风球。香港悬挂八号风球，意味着可以不上班。起初，我身边的人，一直在抱怨天文台不老实，这么大的风还不改八号。中午过后，我就看见好些清洁工在马路上检查下水道的窨井，食环署的人沿着马路两侧，检查店招和广告牌什么的，试试结实不结实，还有绿化部门开车检查沿路的大树，有可能被吹垮的，先做好防护。

我当时觉得他们过于认真。2011年的八号风球，根本没有什么嘛。下午4点，天文台说一个多小时后改八号风球。一转眼，香港的同事们瞬间就闪人不见了。我在办公室还有点事情，就继续忙自己的，还有几个内地来的同事，也不愿先走。后来，我们知道自己错了。5点40分，天文台改了八号风球，第一时间就通过手机发出警讯。建议市民迅速回家，不要出门。我当时还琢磨出去吃点东西呢，根本没在意。6点多，天昏地暗，办公室的铝窗开始被风吹得频频作响。外面的瓢泼大雨，居然顺着铝窗的缝隙钻进来。大楼的物业部门忙着加固窗子。我朝窗外看了下，马路上几乎空无一人，连车都很少见。我跟几个同事商量了一下，担心一会儿会没有车，就说走吧走吧。一出大堂，就觉得站立不稳，巨大的横风吹得人快飘起来了。伞根本就拿不住，地上全是被遗弃的各种伞的尸骨。一个女生在我后面叫了一声，好像是被风吹着退了几步，我转头去看她，突然，我的眼镜从脸上飞走了！

我眼睁睁看着眼镜在空中飞出十几米然后不见了。没有眼镜，我只好说，你们先走，我先找找。他们都劝我别找了，太危险了。当时已经天黑了，我弯着腰就在地上摸。也许是幸运，居然在百米开外的地方摸到了。这个时候我看见另一个同事也在不远的地上摸索，我非常感激地说：不用了，我找到了！他沮丧地回答：我的眼镜也飞了。我第一次见这么大的风。此前，我的眼镜在号称是"风城"的大理，也稳如泰山地压在鼻梁上呢。

我们随后手拉手走成一排，在路边一个加油站里，绝望地等的士。谁料四十分钟过去，并没有一辆车来。我只好提议说，干脆在加油站的超市买了食品上楼去吃，等雨小了再走。有一半人响应，于是我们又手拉手上楼。吃喝完毕，突然天文台说，风速在增加，有可能改十号。我们就坐不住了，除非睡在公司，否则就真回不去了。等再次下楼，我才发现，回来真是一个错误的决定。

路面上，大铁皮、路牌，还有大树枝，就在空中横着飞过去。我刚才捡眼镜的地方，完全不能站人了——极有可能被斩首啊。

雨点是横着一条线从眼前飞过。巴士已经停了，只有地铁。于是，请一个香港本地朋友开车来接我们到地铁，因为根本不敢在路面上走。巨大的呼啸声让人从心里觉得恐惧。到地铁上看到电视，发现全城像我们这样逃命的人并不多，大家安静地在地铁里看书看报。嗯，情绪非常稳定。

次日，传媒公布说，共有一千零三十三起倒树报告，一百三十八人受伤，七十一人留院治疗。许多人埋怨地铁 1 点多就停了。我心里想，这算好的了。香港政府在全港设置了二十七处临时避风处所，很早就利用传媒和通讯手段全面通知，几乎下午 5 点钟，大部分人就已经回家了。虽然风大雨大，但是基本上比较平静，没有慌乱不堪的情景出现。我不觉得政府有什么处置不当的地方，但是民众还是非常不满意。我想，如果这样大的风雨在北京，又会是什么样子？想到一半，自己坚决停止了这样可怕的假设。

（原刊《看天下》，2012 年第 21 期）

暗中作乐

2012 年的一个周末，在香港听了一场名为"暗中作乐"的演唱会。我 2011 年就听人赞不绝口地说过，说是在伸手不见五指的一个大厅里听演奏及歌唱，体会视障人士的失明感觉。我一直很好奇，等着他们今年的演出。我之前对盲人有着相当的好奇，比如周云蓬如何创作，比如曾在北京状告地铁公司的那个盲人律师，他们是如何认识这个世界的？

到了演唱大厅外面，手机和一切随身携带的东西都要寄存，我猜想他们肯定要保证不能让观众带任何光源进去，就主动把打火机也寄存了。在随行朋友的劝说下，我把眼镜也摘掉了，因为戴与不戴其实是一样的，丢了也不好找。随后，工作人员——都是视障人士——交给我以及排队的观众（其实是听众）一根长绳子，每人握住一个绳结，他们在前领路，感觉是绕了好几个弯，进入一个真正伸手不见五指的大厅里。

随后，在视障工作人员的安排下，缓慢地摸到一排椅子前坐了下来。其实这段路我猜想是不长的，却走了很久，慢慢地就进入全盲的状态。举目四望，上下左右没有一丝光，再闭上眼睛，感觉也没什么区别。我就这样一会儿睁眼一会儿闭眼，听到周围的听众熙熙攘攘地说话，远处，大概是我的右前方，传来主持人的声音。他让大家跟右边的听众打个招呼。我不知道我右边是谁，听声音是个年轻的女生。

随后，主持人又要求各个年龄段的听众发出不同的声音，来确认听众的年龄构成。这个时候，我已经开始习惯用耳朵来接受信息了。于是，耳朵就自动敏感起来，开始分辨周围的声音，比如谁的椅子动了，谁说了一句什么话，伴奏的都有什么乐器，扩音设备的位置，等等。随后，我还试图用脚去踢前方的椅子，确认我与前排听众的距离，用手摸椅子的表面，想知道是什么面料。一句话，我就当自己是个瞎子，努力地追寻着所有的声音，用有限的触觉去判断周遭的事物。

渐渐地，我习惯了这种目盲状态，开始安静地听舞台那侧传来的声音，只有歌手和乐器的声音在空中回荡，听众鸦雀无声。

我被声音带入一个没有光但却可以被感知和认识的世界。比如一些背景声音是香港市民游行和集会的现场录音，我立刻知道这是哪一次，大约是在哪一条街。现场还喷射爆米花和香水的味道，让听众自己用鼻子分辨。

我还拼命想象这个大厅是什么样子，是台阶式的凹入式场地，还是平面场地？这个大厅有多高，有多宽？可以容纳多少人？我周围都是些什么人？他们在干什么？慢慢地，恐惧和不安开始蔓延。我在黑暗中努力寻找哪怕一丝丝的光线，终于发现了一个移动的似乎是一团光的缥缈的东西。即便这只是一丝游弋的光线，我的内心却激动得一塌糊涂。这团光线似乎就变成了我的世界的唯一中心，我不断地回头去看它，仿佛那是生命唯一的期待与希望。可是直到散场，我都不知道它到底是什么。

视觉的消失，当然影响我们对这个世界的感知。我有幸在一个多小时里体会到长年累月直至生命终止的这种黑暗世界的感受。难得的是，视障人士有他们的方式与这个世界接触。我想，这个演唱会的目的也是如此，让常人知道视障人士的世界，体会他们最初的恐惧与无奈，体会他们感知世界的方式。我甚至开始想象，如果我不幸目盲，我能干什么？我还能够写作吗？我如何读书？我如何度过下半辈子？

　　我突然想起，在香港和台北，见到残障人士的概率极大。在香港，几乎每次坐地铁都能遇到残障人士。他们进车厢时由地铁工作人员把轮椅推进来，下车时这个车门边上就有工作人员在等着。巴士都有自动的升降板，到站后司机会协助轮椅人士下车。正因如此，他们敢于出门，能够自由地在这个城市移动。盲道也设置得比较合理，不会在盲道上出现坑爹的窨井或者自行车。

　　此外还有各种社会专业救助组织参与对残障人士的关怀行动，比如我眼前的这个看不见的演唱会，就是相关的社会组织和黄耀明的人山人海公司主办的。在离开那个黑暗大厅的一刻，我突然间觉得，刚刚过去的一个多小时里，这里的每个人都是平等的，大家看不见彼此，却共同享有一个空间。在这里面，如果你不发声，就等于不存在。黑暗不可怕，可怕的是，一片黑暗中却没有发出声音的人。

（原刊《看天下》，2012 年第 27 期）

夜行车

2002 年冬日的一个上半夜，我在北大西门等 332 路夜班车。那时候的 332 路车还是那种老的铰接式公共汽车，也叫"大通道"。车厢分两截，中间用可伸缩的帆布褶棚连接，像个大手风琴。车厢里面有个金属大圆盘（学名叫铰接盘），一拐弯就会出现一个一人宽的大洞，直接看到缓慢挪动的柏油地面。如果不小心，真的会掉下去。

车厢里非常冷，也没有开灯，影影绰绰的就两三个人，呼出的气团隐约可见。车子就这样在暗夜里吱呀吱呀地向前走，拐弯的时候，大手风琴就发出非常奇怪的声音。冷风扑面而来，每停一站，车门一开，所有人都会缩一下脖子。下车的人还没来得及迈下台阶，车门哐当一声就关了。

　　彼时白颐路上的灯光也很稀薄，玻璃窗上蒙了一层白白的雾，看不到外面。我就是在那个晚上的那辆车子上，想起一个关于公共汽车夜班车的鬼故事。大意是说车上坐的人除了我之外，其他人都是鬼。情景的确很可怕，因为包括司机在内的其他人都面无表情而且极为安静，我只能确认自己是活着的。为了表现自己乃是一个存在的活物，我还特意假装在听 walkman，偶尔发出巨大的声音，其他人也并不愿意奇怪地看我一眼，我就更害怕了。

　　332 路夜班车当时是一个小时一班，那天我等了五十六分钟，特别悲催地在寒风中，几乎快要冻僵了。为了取暖，双脚都快把路边的花坛踩碎了。上到车里，温度比车外还低。这是我第一次在北京坐夜班公共汽车，是一次非常不愉快的体验，后来再也没坐过夜班车。今年有一次，我晚上从北大出来，去看了一眼 332 路夜车的时间，发现好多年过去，频次由一个小时改为四十分钟，至于车子，好像还是以前那种。

　　晚上在城市里，交通工具似乎只有出租车。我遇到的司机都特别开心，说他们性子急，在白天开不了车。有个以前开军车的司机说，只有晚上可以开到以前那么快。北京的半夜很少堵车，《一路畅通》那个广播节目只有在半夜才名副其实。记得有一次，上海延安高架在凌晨 2 点堵车，许多人都在嘲笑说，上海的交通怎么跟北京一样差。只有上海人民自豪地说，半夜堵车说明我们有夜生活啊。

北京的夜班车路线几乎都是去火车站的，公共汽车公司似乎从来不会管乘客的感受，好像人民群众晚上出门只会去火车站而不是逛街或者地坛。这种车会在路上绕很多地方，尽可能多地带上各个区域的乘客，就这样似乎漫无目的地游荡。下半夜在路上，偶尔会看到夜班车，但是你会觉得这个东西在城市里完全是稀有物品，就像我们小时候看飞机一样。

车子的多少大概跟城市的夜生活丰富程度呈正比。上半夜在旺角吃完宵夜，大概就是凌晨两三点，走在西洋菜南街上，三三两两的人接踵摩肩，还不时会被醉酒的人撞到。转到弥敦道上，就会看到夜班巴士一辆接一辆地过来，方向遍布港九新界的每一块区域。一上车，会发现座位都是满的，看报纸的看报纸，玩游戏的玩游戏，聊天的聊天，灯火通明，人气十足。

每次坐香港的夜车，我都在想，香港有多少人晚上像我一样四处游荡？他们不上班吗？不需要早起吗？巴士公司为什么还能在夜车上赚钱呢？然后就回想起，我在北京那个冬日晚上的"撞鬼"经历，进而就会想到，如果资本主义社会晚上不怕"撞鬼"，其实大陆的公司也没什么可怕的呀。如果哪一天北京夜班车也变成了香港的这个样子，我想我对北京的抱怨就会少很多了吧。

（原刊《看天下》，2012 年第 17 期）

没有 wifi 的婚礼是不道德的

前几天《京华时报》说，北京的公用电话将提供 wifi 热点服务，不由得让人精神一振。在我以为，随时随地自由上网，其实应该列为全人类的基本人权之一，就像吃饭一样。按照我国一些官员的说法，只有挨过饿，才懂人权。我只有在想上网而上不了的时候，才懂人权。就现代城市的生活来说，不上网跟不吃饭的差别不会太大。有一项不知真假的研究说，苹果手机发明后，痔疮的发病率大增，我觉得可能性太大了。

北京在室外上网从来很不方便。有一次一个朋友办婚礼，在东三环的一个室外草坪上，来宾们都懒得听双方领导及父母讲话，各种拍照，然后发微博，再"爱特"给在场其他发微博的人。老实说，这样的行为很是无聊，我随即把手机推送关了。可是，那些没有 3G 手机的来宾那叫一个急啊，像当年的小灵通四处找信号一样寻找 wifi 信号，失望之余请求旁边的人开 3G 热点给他。后来一个来宾用红绸子写了一幅字挂在饭桌上：不提供 wifi 的婚礼是不道德的。

我很赞同这样的主张，这的确是他们的普通需要。同样，不提供 wifi 的城市也并非一个宜居城市。北京在奥运前说是普及城市无线服务，后来发现能上网的只有建国门、东直门、三里屯、奥运村一带，而且还贵得要死要活，你要不是金发碧眼的老外都不好意思连这个网。像我这样住在西四环乡下的外省青年，一看到要收费的网就避而远之。后来这样的 wifi 热点就多了起来，联通和移动都有，但信号稀薄得像大学食堂的粥。

去年，北京还不许酒吧茶馆随意提供无线热点，除非安装一款有关部门研发的监控软件，据说很贵，有些酒吧茶馆干脆就不提供无线了，想在街边蹭网，只有去星巴克或者太平洋咖啡这样罪恶累累的资本主义企业，他们的密码都是公开的。久而久之就觉得资本主义还是有一些优越性的。至于其他的公共场所，比如公园、体育场馆、博物馆等，网络一概付诸阙如，好像人民群众随时上网是一件非常可怕的事情。

香港的公共 wifi 不知道何时建立的。反正打开手机，随时有十几个 wifi 信号。大部分是电信运营商的，收费上网按天算的按月算的都有，总有一款适合您。免费的网络恰恰就是政府部门提供的 govwifi，不需密码，速度还可以。在码头、公园、政府大楼、小广场都有，基本能够保证正常的使用需求。甚至在政府部门开新闻发布会的时候，记者随时可以用政府提供的网络进行直播，如果没有是要被骂的。

交通工具也一样。大部分的巴士上都有 wifi，上车就可以搜到信号。地铁里，大家都拿着手机看视频，好像很不心疼流量的样子。后来我知道，手机运营商在地铁里提供的 wifi 服务是不限流量的。有一次坐船，居然在船上也有轮渡公司的 wifi 信号。这个对游客和外地人来说非常方便，如果使用 skype 在线号码的话，几乎不需要当地的临时手机号码就可以保持与外界的联系，尤其是对微博控来说，空气里的 wifi 信号几乎比空气重要。

香港的一些新闻媒体，都有自己的爆料热线，但现在用电话爆料似乎太缺乏现场感。有线电视有一个视频爆料的方式，观众可以直接把视频上载到媒体的网站，然后播出。或者用 whatsapp 传给媒体的官方账户。这样的话，电视台就可以拿到很多来不及拍的现场画面。每个市民都可以成为临时记者现场记录。在香港许多集会或者重大活动的时候，也能看到很多市民用手机在推特上直播，有时候比媒体的报道要准确或者全面。

　　所以在这样的时代背景下，满足公众的网络信息需求显然也是公共服务的项目之一。在信息化的当下，传播的方式变得多样和便捷。

　　而有些地方不仅不提供公众上网服务，甚至在必要时刻还断掉手机网络，实在是太逆天了。说到这里，不由得想起最近香港人关于维护一国两制的种种举动。要说优越性，这才是最珍贵的优越性之一。

（原刊《看天下》，2012 年第 22 期）

中介的饭局

在北京租过房子的看官们，大概永远不会忘记跟中介打交道时的痛苦经历。我在北京的前两年间，因为中介报警就有两次。我以前曾经在专栏里说，中介猛于虎而弱于城管。在我的认知中，好像这个世界里天然就有些职业是为了给别人找不痛快的。后来不跟中介打交道之后，真是觉得人生又美好了一些。

到香港之前，我本来委托当地朋友代为找房子。朋友说，香港的中介非常发达而且靠谱，可以放心交给他们。我有些狐疑地说，一朝被蛇咬，十年怕井绳啊。朋友就说，在资本主义世界，市场以及钱能搞定的东西，你为什么要欠人情呢？何况，不要事事处处都跟北京比啊。嗯，我觉得她在我没到之前，先给我了一个非常重要的提醒。

　　她给了我一个中介的电话，我知道这个忙算是帮到了。在北京的时候，我大概跟中介讲了我的要求和价格范围，听声音是个青年小伙子，当然态度很热情，只是说到了再说，然后问我何时到埠。我无法想象那边的情况是什么，也不好细问。

　　落地之后，我去找他，是个白净苗条的小伙子，西装革履，倍儿精神，准时等在地铁口，说先帮我把行李搁在他们公司，然后去看房。我不放心地问了一句，放你们公司安全吗？他非常笃定地说，那当然。然后对我说，接下来的一个小时之内，我们要看四套房子，都在这附近。我心下一惊：效率这么高？

　　他看了看表说，我约了四个业主，每十五分钟我们要到达一个房子。果然，他每到一处房子，业主也都是刚刚到，十分钟看完，就赶去下一家，业主也迅速撤了。他在路上跟我说，如果对哪里不满意，可以直接说，不必吞吞吐吐或者是不好意思。他的国语说得不算太好，有时候，不得不用一些英语单词来表达。这不妨碍我对这个职业在印象上的完全改观。

　　港岛的房子都非常小，而且挨得很紧，推窗就看见对面晒的衣服。他抱歉地说，您（他迅速学会了用这个字）不能跟北京比，我们地方小。到第四个房子，是临海的，三面推窗出去都是维多利亚港，我立刻喜欢上了，并且要定下来。但是他却说了一堆这个房子的缺点，并且说他不建议租这套，请我再考虑。

香港的中介收取中介费是月租的一半。这套房子是四套房子里最贵的，他却建议我不要租。我当时都想问他，你是替业主服务还是替租客服务？不过后来贪恋海景，我还是定了这套。签约后，他再次找业主把钥匙给我，告诉我当天就可以入住，前十天都不用算租金，十天后起算。

吃惊的不仅仅是他的效率。在住进去第二天，信箱里就收到水、电、煤气公司的各类信件，大意是欢迎您来香港，这是您的各种账户。我就去问中介，他说，签约当天就把我的资料输入电脑提交给了政府公用部门。我吃惊于这种政府工作效率。要是这样的政府收我四分之一的税，那我也认了。

后来，他到我的房子里聊天，并说要请我吃饭。他很礼貌地说，能否抽一支烟，因为在公司不能抽，在街上不好意思抽。我说你随便，就当这儿是北京吧。吃饭的时候他打开话匣子，说自己当初没好好读书，做了中介云云。但是又表示自己做得很开心，同时又问我，北京的中介是什么情况。我立刻知趣地避开了这个话题。

那次是我唯一一次跟一个房产中介在一张桌子上吃饭，我才知道中介也可以做得这么专业和贴心。有一次热水器坏了，正巧我要离港几天，就问他怎么办。他说你把钥匙给我，保证回来洗上热水澡。我稍作犹豫，就给他了。果然回来之后，不仅热水器修好了，别的电器他也找人检查了一下。我也经常去找他聊天，似乎很享受这种互相之间的信任感，这真是难得的体悟。

（原刊《看天下》，2012 年第 11 期）

我反对

　　两个月前，我收到了香港酒牌局发来的一封公函。大意是说，我住的大厦楼下的临街门面房要开一个酒吧，店主已经向酒牌局申请营业执照，现在酒牌局要征询各位业主及租户的意见。我当时因为考虑到晚上可能会比较吵，就填了反对意见。谁料引起后来的一系列交涉或者说麻烦。之所以要不厌其烦记下来，实在因为"反对"这个行为太重要了。

　　当时酒牌局的公函很详细，先说这个门面房的地址与面积，然后申请人姓甚名谁，何时提出租用申请，营业范围是什么。随即说了四条可能发生的情况供业主与租户借鉴。这四条是：营业时间到凌晨 2 点，可能会影响休息；可能有噪音；可能有人喝醉闹事；可能因为酗酒发生人命案件。

　　我因为晚上睡觉晚，对时间倒无所谓，但是很担心有人喝醉了吵吵闹闹。于是就写了反对意见，投进了信箱。过不多久，酒牌局又发来公函称：因为您对此执照提出反对意见，故而暂时仍未批准这个申请。我们将在某年月日举行一个听证会，您必须当场阐释您具体的反对意见，供本局参考云云。底下是详细的地址时间以及行车路线等。

　　当时写反对意见时，我压根没把这个当回事，过后就忘了。在北京的时候，楼下的门面房开什么店跟业主都没关系，有些业主还巴不得在楼下开店，新建小区的配套实在太差。我也从未想过开店与业主有什么关系。随后我拿着公函问本地朋友，他说，因为房子是私有的，门面房的租金全体业主要分享的。我才怀疑是不是只有我一个人填了反对意见。

　　这封公函说，如果的确不能来，要说明原因。现场使用英语和粤语两种语言，如果不会的话，现场还会准备翻译。如果你还希望申请人提供更详细的资料，可以向该申请人提出要求。我正在考虑要不要去这个听证会。一个当地朋友说，当然要去。哪怕就是你一个人反对，申请人也必须搞定你才可以开张。你可以管他要优惠券，让他送你啤酒，或者让他让渡别的利益给你。

　　我暂时按兵不动，也不答复，想看看还有什么后续的动作。

过了两天，又收到公函。里面是厚厚一大沓资料，是申请人提供给酒牌局和反对者的。所有的资料都在承诺，他们的这个酒吧不会出现业主担心的情况，并且再次询问是否能够出席这个听证会。

在材料中申请人做的承诺包括：比如装修材料使用隔音的，保证凌晨 2 点之前打烊，如果这个时间之前没有客人，就会提前打烊。他们会保证不让客人喝醉，如果喝醉，他们会负责将客人送上车，且规劝客人不可高声喧哗。他们也提供了附近店面的酒牌情况，并列举了最近几年该地区的酗酒犯罪记录等。下面是印章、指纹等。酒牌局也表示，未来如果出现纠纷或者诉讼，这些材料可以作为呈堂证供。

看到这个东西，我觉得也没什么可以反对的了。我认真地回复了函件，并表示我同意这个申请，希望申请人能够履行自己的承诺。信发出去第三天，楼下就开始装修了。我才知道，如果不是全体业主同意的话，这个酒吧是决计开不成了。这个事情并不能用"少数服从多数"的原则，因为每个业主或者租户都是直接利益相关者。

我在北京住的这十年里，从未遇到这样的情况。甚至，我都不知道我有没有这样的权利，不论是作为业主还是作为租户。门面房基本就是开发商的小金库，想干嘛干嘛，而且这事儿似乎跟政府也没什么关系，审批执照，也不会考虑业主的意见。

　　酒牌局这几封公函，才让我明白原来业主还有这个权利。当地的朋友评点道：正是因为有你这样反对的人，他们才建立了这样一个程序，保证相关者的利益不受侵害。权利都是反对或者抗争而来，否则，没人会赐给你。

　　　　　　　　　　　　　　　　（原刊《看天下》，2012 年第 1 期）

左右之别

刚到香港的时候，我去申领香港驾照，本来以为要经过笔试、路考等一系列麻烦手续，谁料材料递上去一周，就拿到了本地驾照，而且有效期长达十年，顺便还申领了一本国际驾照，通行一百四十多个国家。我高兴之余还是很忐忑，毕竟内地驾车跟香港左右有别，他们就这么放心把驾照给我，不怕我出车祸吗？

陪我办事的本地朋友给我解释说，他们先假设你是一个遵纪守法的好人，先信任你，等你违规犯法之后再严惩。我说，如果真的撞了人，那不是太晚了吗？他回答我说，那也不能先假设你是坏人啊，政府怎么能不信任老百姓？我说，实在是因为之前太不被信任了吧。

刚开始上路，的确有些胆战心惊，觉得这种技术活还是挺难的。

首先就是不习惯变速器在左手，换挡方向就不一样，熄火了几次，还好后面没有车大喇叭嘀我。另外就是道路提示牌和出口都在左侧，转弯的时候不是大了就是小了，根本不习惯。后来就再也没开过，担心回了内地，得再倒回来一次。

后来我在深圳和广州看见粤港两地牌照的香港车子，就觉得司机挺牛的。在我看来，左舵车和右舵车的区别，其实不亚于汽车和轮船的区别。我也问过一些司机，他们说，这就是习惯问题，经常开开就好了。他们在内地开车，开始最担心是超车问题，后车从左侧上来，而司机座位在右侧，目光距左侧后视镜要更远一些，判断起来不大容易。

2012 年 2 月 19 日下午，有几百个市民去政府总部游行，反对内地车辆到香港自驾游。这本来是两地说好的，港府一宣布，反对声音就不绝如缕。有人说，内地人驾车在香港由于不熟悉路况，左舵的内地车在香港开会乱套。更有甚者，拿小悦悦做例子，说以后港人就惨了云云。这件事由于有春节后两地矛盾与争论的背景，因此被很多人认可，反对内地人在港自驾游。

香港的街道虽然窄——窄到你可以分辨出对面美眉是否化了妆——但是车速通常都很快。因为通常状况下大家都比较遵守秩序和规则，比如应急车道上肯定是没有车的，也很少看见抢红绿灯的，如果不是特殊情况，一般也不堵车。私家车都比较乖地礼让巴士和校车等，巴士的效率不输于地铁。但也不是说非常完美，电视上也经常能看到车祸的报道。

我无从判断内地司机是否能迅速适应这种左右之别，毕竟这跟个体的技术有关，但毫无疑问的是，既然广东已经向香港的车子开放，这种开放就不应有所偏向，应该是对等的。广东肯定也处理过香港车子在粤的一些技术问题，比如收费站两侧开口等，港府既然欢迎内地客驾车游，这种准备也要做好。唯一可以商榷的地方，是应该限制数量，否则就真乱了。

至于民间意见，我以为，确实不应戴有色眼镜看内地客。虽然内地客中的确有些害群之马，但开放自由行这么多年来，在地铁撒尿的极端例子，总共也没几起。一是不能拿极端例子当作普通的频发事件；二是不能给内地人统一贴个低等民族的标签，这太过分了。

当初中、英谈判的时候，香港人对内地的一些意识形态还比较恐惧，才有一国两制。保持现状是三方的最大共识，而且香港当时是全球都会，不跟内地竞争，是面向全球的。那时又有姓社姓资的区别，所以当时的假设是内地跟香港不大来往，至少来往不会很密切，完全没料到二三十年后，内地在全球竞争中迅速崛起，会跟香港发生这种难以割舍的紧密联系。

　　所以从源头上讲，当初的设计者们对于未来经济和政治缺乏想象力，没有在制度上给出两地亲密融合与交流的空间，以至于发生这样的事件后，特区政府应对就很困难。近年来的很多事情，可能都与这个有关系。双非孕妇、自由行、陆客扫货、奶粉事件，等等，都让港府措手不及，更不用说驾车的左右之别了。

　　　　　　　　　　　　（原刊《看天下》，2012 年第 5 期）

夜排档

中环的半山扶梯附近，有一家叫盛记的大排档，天天排队，稍微去晚一点，就只有看着别人吃自己流口水的份儿。这家排档并没有店面，只是半间铁皮棚子做厨房，夜幕降临后就在士丹利街上摆出来。老板动作娴熟地搬出折叠桌椅，沿街上摆开两排，食客们个个眼睛放光，像当年刚回城的知青。

再往西，沿士丹利街共有三家这样的大排档——没有店面的大排档。据说香港岛也就这几家了，其他的大排档在过去的几年内，被食环署以一些理由取缔了，唯独这几家的执照一直在。最早的一家，据说是 1948 年港英政府发的牌照，至今还是顾客盈门。至于为什么这几家能够在寸土寸金的中环闹市区保留下来，原因也不得而知。

香港的朋友经常会问我，北京有没有这样的大排档。我说像这样摆在闹市区的马路中央的排档显然是没有的。别说马路中央，就是马路边上，也是稀少见到的，就更不用说有快七十年历史的大排档了。除了故宫，在北京我连超过七十年的房子都没见过。有位朋友说，这几家大排档从小吃到大，味道一直没变。言下颇有得意之色。

比如，士丹利街上"陈泗记"的故事可以追溯到六十多年以前。老板就叫陈泗，1948 年从广东新会到港，开了这家排档。直至 1983 年，港府整顿大排档，宣布牌照不可世袭，只可传给配偶。1993 年，留学归来的陈家四子陈超华，人称四哥，子承父业，如今也二十多年了。目前这张牌照据说在陈家老太手上，所以未来这间排档能否开得下去，还是个问题。

类似这样的排档，目前在九龙还有很多，基本都是做正宗粤菜，很多都是传统做法，比如鲮鱼球，必须是要手打的才好吃。特区政府何以允许这种开在马路中央的食肆继续存在？这在内地显然就是"占道经营"啊。说可能家破人亡那是有些夸张，至少要罚款到破产才行吧。我们在网络上看到的城管和小贩的照片可谓不计其数。

我请教当地的朋友，他们的说法是，香港这个商业社会的总体原则是允许个人通过自身努力勤劳致富。比如说，这家人可以起初开一个排档，如果生意做大，有了一些积蓄，可以改为店面雇佣工人，店面做大了，可以升级换代，开成连锁公司，一代人的努力，就可以脱贫致富，云云。比如最有名的海鲜酒家"镛记"就是这么起家的，现在在内地有很多店。

这个说法听上去，很像美国梦的香港版本。李嘉诚等大富商，都是这么起家的。虽然未必每个人最后都会成为富豪，但基本上法律会给那些渴望致富的人留一个可以致富的上升通道。在香港，任何犄角旮旯的地方都会有铺面，遍地都是各种小食肆或者便利店，空间会得到最大运用，所以有时候，显得街道很乱，但是对于生活来说，又有莫大的方便。

此外，为何四哥愿意接手做大厨这样的体力活儿，也很让人费解。从他掂勺的快乐动作看来，他似乎从中能获得巨大乐趣。看菜单，就知道他的认真。像叉烧，别的地方都叫 barbecuepork，这里却叫 roastpork，老板说用炭烧才可叫 barbecue。又像煲仔菜，一般都叫 hotpot，这里译做 casseroles，这是意大利文的煲仔菜，跟火锅的区别很大。我想，他大概不会觉得做厨师是件非常没出息、难为情的事情，或者说，他大概觉得做厨师跟做一个艺术家差别不会太大。

　　这种心态其实很难得，也可能与食客们对他们的尊重和喜爱有关系。我想，内地可能只有大饭店的那些评上等级、纳入体制化管理的大厨师才会觉得做菜是艺术。街边排档的师傅们甚至连跳槽的机会都不会太多。由于整个社会的成见，可能这种职业上的尊严感很难获得。

　　说实话，以我的口味，不是特别中意这些香港本土菜，但我挺喜欢去这些大排档宵夜，经常会沉浸在这种欣赏和敬佩的情绪里，看着他们在火炉边欢快地边做菜边舞动身体，像在跳一支美妙的探戈。

（原刊《看天下》，2012 年第 6 期）

寸寸河山寸寸金

温家宝总理在 2012 年人大会议的记者会上提起香港，说他 2003 年在香港时，用了黄遵宪的一句诗来形容香港，"寸寸河山寸寸金"。的确如此，香港是全球华人首屈一指的国际都市，寸土寸金，可谓商机无限。这首诗全名《赠梁任父同年》，是黄遵宪赠给梁启超的，本身并不是说香港的。

关于这首诗还有另外一个段子，2005 年宋楚瑜访问清华大学时，清华向宋赠送了《赠梁任父同年》的小篆条幅，谁料校长大人居然不认识其中的字，结巴了半天。黄遵宪的时代，正逢中国面临数千年未有之大变局。这个变局有多大？恐怕至今天仍未结束，我们仍处于这个变局当中。

以拿香港为例，大约能说明这个问题。当年，英国人要求割香港岛的时候，道光皇帝问从广州还京的直隶总督琦善：英国人要香港，香港是哪里？琦善说：是南海边上的一个小渔村。道光又问：那能有多大啊？琦善说：小得很。好比咱大清国是个鸡蛋，香港就是鸡蛋上的一个点，拿袖子一抹就没了。

　　这条史料据说出自《清史编年》，我就偷懒不去核实了，但至少在我读中学时，教科书的辅导材料上是有这一条的。那时候清廷对香港的定位是个小渔村，而在英国人眼里，这里是南中国海不可多得的深水良港，有北控岭南、南达印度的地利之便。彼时的大清国，哪里有海洋国家的战略概念，岂能跟海上霸主英国的视野相较。

　　香港岛东西长不过十余公里，南北最宽处不过数公里，绝大部分是山。当时从北侧山脚到海滨，不超过百米，有的地方山脚下就是海，完全没有立足之地。到过香港的看官们知道，香港岛最主要的干道就是有轨电车道，从西到东分成金钟道、轩尼诗道、英皇道、筲箕湾道几段。在没有填海的时候，电车道是靠着海滨的。

　　由此可以看出，过去香港岛实际的可利用面积是非常少的。英国人和上等华人都是住在半山的。如果上到山顶下望，就会知道，这个城市其实跟重庆一样是个山城。以前还有个段子，说重庆的夜景是"小香港"，香港人则回应说，那可能是停电的香港。

如今电车道以北的地段，均系填海而来，新辟了不少建筑用地。我一直担心这么填下去，从港岛都可以看见尖沙咀星巴克的咖啡价牌了。

至于港岛的建筑，大部分则是依山而建，许多楼是在山脚斜打了水泥立柱，做出一个平台，在上面盖楼，很有山西悬空寺的感觉。新界也差不多，比如中文大学，就是完全修在山上。一座教学楼，正面看是一层，从背面看是八层。有的中学实在没有办法修操场，只好在教学楼顶上铺橡胶跑道。

说实话，这样的环境是非常恶劣的。连修房子都这么艰难，可想而知修地铁等大型公共建筑就更困难了。地铁港岛线往东到柴湾，经过杏花村特地在海边拐了一个弯，就是要避开柴湾和筲箕湾之间的这座大山。再比如承担港岛大部分车流量的快速通道东区走廊，大部分是架在海上的高架线路，因为地面实在没地儿了。

如今港岛的山都被辟为森林公园，可称水草丰茂，落英缤纷。最早的古迹有1888年的大潭水塘石桥，风景宜人。港岛的山上有一条供行人攀爬的山路叫"港岛径"，全程不到十公里，可以分段爬，每段都有路标，写明路程公里数，隔一段就有供人休憩的亭子，实在是健身的好去处。整个香港的面积，大约有75%都是这样的森林公园，还经常能看到猴子、野鸡之类的野生动物。

从幽静的森林公园到嘈杂的繁华闹市，短短几分钟的车程，就完成自然到人文的转换。这也是我十分佩服香港的地方，在如此恶劣的自然环境之下，依山建房，傍海修路，愣是成为一个国际化大都市。要说这样的地方"寸寸河山寸寸金"，当年的香港人和英国人会大摇其头。

如果没有维港，英国人不会来自然条件这么差劲的地方。我常常在想这样一个问题：如果没有一百五十年的殖民统治，那么香港现在是什么样子？是跟舟山、洞头一样的典型的中国海岛吗？当然，历史不能假设，但可以让我们好好思考，为什么在地理环境同样恶劣的地方，没有第二个香港。

（原刊《看天下》，2012 年第 8 期）

漂洋过海来看你

在我的幼年记忆中，对船的想象仅限于唐诗中的"轻舟已过万重山"，再不然就是"沉舟侧畔千帆过"，总之，就是那种可以拿来审美和遐想以及傻笑的一叶扁舟，停留在星夜烟渚之中。这种记忆延续了多年，后来我见过大大小小的船，有周身霓虹灯恨不能装修成豪华邮轮的军用航母，有阔仅一尺操控不易的单人皮划艇，还有在濛濛烟雨之中施然缓行的乌篷船。大多数时候，我仅仅只是船上的一名江湖过客而已。直到我坐小轮过维港的时候，才第一次对作为交通工具的船有了新的感知。穿行于维港之上的天星小轮，从中环、湾仔往返尖沙咀码头，上面一水儿的挂着单反四处乱拍大呼小叫的自由行旅客，客舱里弥漫着烤香肠以及可乐的那种甜甜的味道。船体很旧，沿着吃水线长满了墨绿色的水生藻类植物。汽笛声响起，远处的狮子山变成氤氲的黑白色，一下子把人拉回到 20 世纪 40 年代。

据说过海渡轮是 19 世纪 80 年代由一位明教教徒开办。在一百三十年前的香港，开通一条公共航线，显然是个伟大的创举。直到现在，最古老的还在服役的船也是 20 世纪 50 年代的。也许因为这种怀旧气氛，天星小轮以及破败的码头，被《国家地理》列为"人生必至的五十个景点"之一。我坐过几次，拥挤的廊桥每次都让我以为自己走在北京西客站的二楼走廊，连细细体会的心情都不曾有过，只盼着快快靠岸下船。

这种怀旧风景里的小轮，是香港以前最重要的跨海交通工具。在没有过海隧道的时候，人们依赖交织的小轮来往于九龙与港岛。如今的中环码头，渡轮可到各个离岛，极为方便。整个港岛，就有五六个渡轮码头，与九龙的尖沙咀、红磡、观塘等码头遥相呼应，航线密布整个维港。夜幕降临之际，在窗前看维港海面上交相辉映的星星点点的繁忙渡轮，着实让人惊艳。

我楼下的北角码头，往红磡每半点一班船，八分钟可以到红磡码头。这是我经常坐的一班渡轮，比走红磡隧道要省很多时间。码头候船的大厅里，昏暗的日光灯懒惰地闪着没精打采的光，呼呼作响的巨大风扇在头顶吱吱呀呀地转，光和影子投射到灰褐色的墙壁上。繁体的中文告示和英文告示使用的是早已不流行的古早字体，仿佛穿越到五十年前的香港。至少，涌入鼻子的水的腥味是不变的。

这班船通常乘客不多，一层都坐不满，二层人就更少了。船体照例破旧，甲板与码头衔接的闸门被踩得光可鉴人。乘客多数是本地人，他们都安详地坐在椅子上，眼光忧郁地看着港岛在水中一点一点后退。水波拍打在船身，发出有规律的哗哗声。早晨的阳光从船舷右侧射入，从水中反射上来的粼粼金色波光，在天花板上荡漾出游移而快乐的图案。

时间久了，我发现这种默默无闻的状态才是渡轮的常态，才是乘客们的最平淡无奇的生活。他们年复一年日复一日地漂泊在这个海港之上，坐船往来两岸也许是他们谋生的必需。他们也许记得岸边的每一幢楼的样子，也许记得码头斑驳墙面的每块污渍。晚上他们出了码头，就随便买两斤海鲜回家，顺手扔一条鱼给码头流浪的猫猫，同时亲切地跟每一个遛狗的街坊打招呼。

这样的场景与拥挤的景点截然不同。我想，承载市民记忆的应该是这样的码头与渡轮风景。记得 2006 年年底，政府要拆掉旧天星码头，引起公众一致反对，但天星钟楼终究被拆掉。后来引发文物保育中的"社会价值"与"群体回忆"的政策大讨论，但终究还是推土机的力量比较大。记忆中的码头与钟楼逐渐让位于崭新的广场。

可庆幸的是，这些六十多岁的渡轮还将继续服役，当政者还没有打算在维港上架几座威风凛凛的斜拉大桥——就像黄浦江那样，那就再也找不回原来的味道。

（原刊《看天下》，2012 年第 28 期）

面朝大海的遐想

当我还是一个小孩子的时候，就三五不时地听到当时的文艺青年们无病呻吟地经常引用"面朝大海，春暖花开"来表达某种奇怪的情绪。作为一个内陆城市长大的孩子，我向来对大海毫无感觉，很难理解"面朝大海"到底是一种什么样的感觉和情绪。等后来见的海多了，才体会到"面朝大海"的魅力所在。

大概住在一个面朝大海的房子，是很多人长久以来的梦想。鼓浪屿就有一种海滨公寓，纯玻璃的情侣房，建在沙滩上，晚上海浪拍打在玻璃墙体上，如玉的浪花在床前飞溅开来，惊悚而美丽，极富感觉。等到所谓"度假房产"这种概念流行开来的时候，我一直以为早年那些文艺青年们的理想快要实现了。

这当然是一种对海景房的温馨想象，通常这种想象与现实的距离要差个好几光年。我在北京经常接到这样推销的电话，在售楼小姐们如簧巧舌的描述下，这些在烟台、天津、秦皇岛的房子好像都建在塞舌尔的拉迪格岛，而我显然是那种一年可以拿出八个月时间满世界飞的高帅富。然后他们寄来的楼书往往都是效果图，在这幅地图上，去机场和游艇码头的时间差不多都一样了。

对于这种忽悠，一般既不相信又宁愿相信。我一个朋友早年在海口买了海景房，他担心朝海的一边会被新建的房子遮挡风景，遂买了号称离海岸线最近的那一幢，后来后悔得要死，风吹雨打破败极快倒不算什么，但架不住新的开发商填海——过了几年，他那幢楼距离海岸线已经好几公里了，能看见天就不错了，最糟糕的情况是，已经卖不掉了。

后来我偶然在天津滨海见过一次这样的海景房。房子的确不错，全是落地的大窗户，白色丝帘，虽不能称为完美，倒也不让人失望。然则推窗望去，一片汪洋，皆为黄汤。这里的海黏稠得有如一锅南瓜粥，水波不兴波澜不惊，浪头的白线涌到岸边，我不由得想起"黄白之物"这个词，大为扫兴。假如面朝大海是这样的海，再春暖花开都没心情。

去年春天，我在香港租房的时候，中介让我看了两套海景房，比周边的房子贵两成。我临窗下望，维港上星星点点的白帆倏忽而过，几艘邮轮鸣响巨大的汽笛声缓缓从窗口漂过去。最关键的是，海的颜色比较正常，就是那种正常的蓝色。我立刻开始遐想未来美好的时光，每天日落时分，泡一杯茶，坐在大窗台上看着维港上空的太阳渐渐变成橘红色，隐没在犬牙参差的天际线里。我的影子渐渐沉没在这个城市的暗夜里——我毫不犹豫地租了下来。

后来回想了一下，住在这套房子的一年半时间里，我没有一次像当初想象的那样坐在窗台上看过日落，我甚至很少走到窗前看一眼光怪陆离水波流转的维港。事实是，我每晚回家之后，不是看报纸就是看电视，再不然写稿子，再不然就是煲电话粥玩手机，等等，而且在很长的一段时间内，我连朝海的那几个窗户的窗帘都不曾打开。

我有几个朋友住在靠近机场的东涌，每个人家里都有四个以上的窗户对着大海。我曾经非常认真地问他们，是否认真而心无旁骛地坐在窗前看过海。他们都疑惑地摇摇头表示，那样不仅显得矫情而且有装十三之嫌。看海，什么时候变成一件有负面评价的焚琴煮鹤之举了？那当初买房或者租房的时候，为什么要执着于"面朝大海"这样的碎碎念呢？

我开始认真地回想，当初为什么会因为"面朝大海"而心念一动？那些我们曾经为之苦苦追求的海景房，为什么会在近在咫尺的时候它最重要的意义被忽略或者失去了？或者是我们以为可以随时接近理想所以并不在意自己有否努力？就像在一个城市里的朋友，以为可以随时见面，反而不常见面，结果真的就渐渐生分了。这个海景房也一样表明，是不是我们越在乎的，往往越不在乎？

（原刊《看天下》，2012 年第 29 期）

在台北看雨

"七零后"的同学们或许会记得孟庭苇的那首《冬季到台北来看雨》，这在 20 世纪 90 年代初期大概是妇孺皆知的大街小巷最佳背景曲之一。这首歌舒缓而忧郁，尤其是孟庭苇在 MTV 里清汤挂面的女学生扮相，很能引起一些想象。不过从歌中听不出来，到底为什么要去台北看雨。

以前每次到台北都是看选举，也没遇到过冬季的雨。这次选举恰巧是在三九天，于是我刚到台北的时候就挺希望下雨的，谁料还真的下了，就是选后公布结果的那一刻，却油然想起刘德华的歌："暖暖的眼泪跟寒雨混成一块。"当晚这雨就淅淅沥沥没有停过，不过街上的人大多不打伞，慢悠悠地走着，车灯射到漫天的细雨滴里，照出一片点点滴滴的水濛濛的光。

这晚的雨比较特殊，基本一半人的心情都受影响。对我这个外人来说，反倒是比较超脱，可以单纯看雨。从敦化南路往南的这一段，步行走到头，景致最佳。两排巨大魁梧的樟树在马路上方拱成一个林荫道，灯光从树叶的缝隙下射，在发着幽光的地面上照出一片片斑驳的影子来。雨滴的光就在这缝隙间晦明交替地从空中一直闪到地面。

随便转入一条胡同——台北也叫"弄"，听不到汽车的声音，立刻归于寂静。甚至可以听到雨滴打在树叶上的声音，会让你觉得古人留荷听雨的境界是多么的美。这让我想起上海冬天的雨也是这样的，高邮路上的梧桐树也是这样一幅景致。同样的，南京颐和路上的梧桐也是如此。尤其在夜间，让人不由得想起"梧桐更兼细雨，到黄昏，点点滴滴"。其实每次在台北都能想起上海，这是最像的一次。

远处的昏暗灯光下，一帘昏暗的酒旗上用颜体字写着"沪江小馆"的字样。在台北，大部分的店招都是正楷字，以颜、柳、欧居多。好多大陆朋友也跟我提到，他们对台北的亲切感也是由此而来。即便之前绿色执政时把"大中至正"牌坊上的字换成"自由广场"，却也是苏体字。

多年前第一次去台北，满脑子想的都是孟庭苇的歌和杨德昌的电影，谁料在桃园机场下机就被颜体字的"第一航厦"四个字惊到。八卦一下，朱学勤教授第一次去是被华航的梅花空姐惊到的，尤其是一开口说话的江南口音的国语腔，过于字正腔圆，是久违的感觉。类似还有很多，我想很多人都有同感。

那么我要说的是，敦化南路上的冬雨大概也是这种感觉，让你舍不得离去。虽只是几个小时的雨，却能让人思接千载，重头复习温飞卿、李后主、李清照，似乎千年前的那场雨一直下到现在。偶有三两个短裙美眉穿着靴子婷婷袅袅地走过，留下一阵轻盈的细语，那就更接近了。

我不得不矫情一下，这种"异乡里的故乡感"实在是很奇妙的东西。如果在这个角度上回头来看，孟庭苇的歌实在是小看了台北的雨。不过作为一个台湾人，大概很难体会大陆人的这种心情。他们自然而然以为本来就是这样。

礼失求诸野，在台北的雨里，我很难放下这种对比思维，而且比比皆是这种对比。当地的朋友对我说，不要过分美化敦南雨景，即便那是一些台湾油画家最常见的主题，因为敦南的下水道也被堵过，漫上了人行道，市政府被议员骂得臭死。我说，那只是人行道而已，您开车开着开着变成了潜水艇，这个实在就没法看雨了。

嗯，如果有机会，建议大家冬天都去台北看雨，没准儿还能看点儿别的。

（原刊《看天下》，2012 年第 3 期）

这不是你的台北

等我写下这个题目的时候，韩寒老师那篇《太平洋的风》，在新浪博客上的点击数已经超过八十八万。在他发表这篇文章以后，我在台北遇到的所有学者和媒体人，都会问我对韩寒的这篇文章怎么看。因为这是最近几天台湾的一个焦点话题。老实说，我对他的文章不能同意更多，但是同时，我又有一种深深的担忧。

对于台北和台湾的各种赞美，并不始于 2005 年的两岸恢复交流。

我在上一篇文章里提到，朱学勤教授初到台湾，在飞机上就被空姐惊到。这几年来，大陆人到台湾后，有很多类似的文字出现。甚至我本人，在 2008 年第一次到台湾后，也写过类似的文章。我曾经用两个句子表示这种感情：异乡的故乡感，陌生的熟悉感。

由于台湾浓浓的"中国味道",所以在大陆作家的笔下,台湾似乎是华人世界的世外桃源,而且还是个"和谐社会"。甚至不客气说,当前在大陆出现了一种"台湾想象"和"台湾期待",认为台湾是华人社会转型的一个样板和典范,学界也有"台湾模式"的提法。但台湾人就很奇怪,跟我聊天的学者和媒体人都这样问我:我们台湾真的有那么好吗?

是的,台湾确实没有这么好。就在韩寒的手机失而复得的那天,台湾一位专栏作家(他跟韩寒还认识)在的士上丢了一包 CD,到现在也还没找到。他向我抱怨说自己应该假装是大陆人就好了。《中国时报》的大陆新闻记者朱建陵问我:为什么你们大陆人这么喜欢在台湾掉东西?我说,关键不是掉东西,关键是都能找到。他就说,他从未遇到韩寒这样的情况。正如韩寒所说的,他很怀疑这是组织安排的。

前几天,我跟一位当地朋友去台北郊外的深坑吃臭豆腐。我们点了一份鲜笋,上来的是腌笋,老板娘跑过来鞠躬道歉说,真是不好意思,鲜笋没有了,这个菜算送的。她又说今天大厨不在,自己下厨做得不好,希望我们谅解,同时跟我们敬酒。这时,边上一桌有人送来一瓶啤酒,说他们喝不掉,别糟蹋了,给我们喝。台北的朋友惊诧地看着这一切,仿佛到了外国。他跟我讲,在台北生活四十多年，第一次遇到这样的状况。

于是我们自然又谈起韩寒，甚至觉得，我们今晚的遭遇，也是组织安排的。有时候真的会有一种感觉，这太像表演。然而，看着他们纯良的眼神，我又觉得不会。这样和谐的社会、充分的信任感、人与人之间的愉快交流，确实是每个大陆人的感受。我的观察是，在大陆崛起之后，台湾人的自信感逐渐流失，加上岛内长期的意识形态恶斗以及歹戏拖棚的政治烂戏，他们对这个地方的抱怨太多了，突然发现大陆人这么奋不顾身地赞美台湾，以至于他们自己都不能相信。

对于台湾期待，我并不是说这种期待有什么错，而是这种期待可能会让我们自己面临的真正问题变得模糊。所谓"台湾经验"有其非常特殊的原因，在人类的政治文明演进过程里找不到第二个这样的例子。在真正了解大陆之后，我发现所谓的"中国国情"的确存在，它绝对不是一个借口，台湾的经验或者模式，完全不可能适用于大陆。

这样说也许会被很多朋友批评，看上去似乎很让人泄气。然而的确如此，被我们寄予厚望的台湾不可能对大陆施加太多的影响。台湾的中国味道，只是一种外面的味道，如果细细品尝，还会发现其本质并不是儒家文化或者中国文化的传承，她有着另外的思想以及道德资源，成为一个多元并存的文化体系，只是我们去了只看到所谓传统的一面而已。

这不是你的台北，这是他们的台北。

（原刊《看天下》，2012 年第 14 期）

走出想象中的台湾

《这不是你的台北》发表后，被台湾《旺报》转载。后来，《我们台湾这些年》一书的作者廖信忠，也写了一篇大概同样意思的文章，于是这个话题就在台北引起了一些小小的讨论。恰好我还没有走，跟很多台湾的朋友继续聊这个事。那篇文章限于字数和其他原因，很多问题无法展开来谈，显得比较粗疏。许多读者也在微博上表示不能理解。

我的意思很简单，台湾处处透出的"中国味道"，只是"台湾味道"中的一种。在这个多元开放的文明体系里，中华文化固然是很重要的一支。但当今的台湾文化样貌却有另外的组成部分，其对台湾的重要性，远远超过儒家传统文化的重要性。许多台湾人认为，大陆游客所羡慕的那种和谐亲睦的人际关系，实在是台湾社会民主化的巨大成果之一。

　　国民党播迁台湾之后，针对大陆的"文化大革命"，确实搞过所谓"中华文化复兴运动"，同时也借此打击包括共产主义在内的异端思想，陈立夫等人曾给予高度评价。但是，是那个时候的台湾更和谐，还是现在？在那个白色恐怖的年代里，面对政治合法性的不断流失，蒋氏只有建构这种文化论述来巩固合法性。等到20世纪七八十年代本地意识崛起的时候，中华文化甚或成为一个被攻击的目标。

　　如今台湾的年轻人，提起中华文化都会觉得怪怪的——即便他们刚刚放下毛笔或是古琴，在他们的观念里，很少把一种文化形态定于一尊，有些年轻人，根本对中华传统文化不了解。我跟几个朋友在台北林森南路的"北平龙门客栈饺子馆"吃饭，一抬头，发现店招的匾额居然是孔德成写的，我连忙举起相机拍照。他们就问我，这有什么好拍的啊。我答曰：这可是孔德成写的耶！台北朋友就说，孔德成是谁啊？我当时差点吓得把相机扔了。

　　很难想象吧，他们居然不知道第三十二代衍圣公、大成至圣先师奉祀官。就算连这个也不知道，总该知道第七、八届"考试院院长"吧？说实话，我那一刻有点失望和不满。后来我跟他们讲了曲阜孔庙和衍圣公的故事，他们才表示第一次知道。这绝非极端的例子，现在年轻人普遍对大陆这块土地缺乏了解欲望，何况是这块土地上的历史和文化。

当然，他们也读唐诗宋词，但是很少有感觉。我就劝他们多去大陆看看。我说，当你走到庐山瀑布、西湖苏堤、黄山云海的时候，你才能明白这些诗词的意境，体会诗人当时的感觉。他们就回答说，可是太远了呀。对于中华文化，他们有相当的距离感和陌生感。即便是在使用汉字、说着国语，仍然不认为那是他们必须体认的东西。

前几天，我在宜兰参观了兰阳博物馆，那是一座以原住民文化为主要内容的博物馆。我自认此前对原住民有一些了解，但是仍然大感吃惊，觉得那是一片巨大的知识空白。迟至20世纪初，台湾原住民才与外界发生联系，语言、习俗俨然是外族。这样的民族在台湾有二十七个，其中的十四个获得官方承认。而一些年轻人非常热衷去保护这些原住民文化，认为这些是台湾文化中非常重要的部分。

此外，日本对台湾地区文化的影响也不可低估。《海角七号》上映的时候，许多台湾人看得泣涕涟涟，但大陆人毫无感觉，无法理解这种对日本的情感，甚至有作家认为这部电影是大毒草，导演是汉奸。去北投、宜兰泡温泉，也是日据时代留下的传统。

至于待人接物中的鞠躬、作揖等，恐怕在民国和前清的大陆都没这么过分吧？

我不得不在这里提到台湾人的本地意识。我记得过去几年，上海和广东曾在一些场合禁止说沪语和粤语，遭到网友很大程度的反弹，这就是本地意识。大家可以想象一下，与大陆分隔了六十多年的台湾，本地意识崛起到何种程度。可以说，本地意识已经是台湾的主流意识，他们已经建构起一种"台湾文化"的论述体系，并且容纳了各种不同的文化形态。

大陆人看到的，只是自己熟悉的那一种而已，并且会不断在意识上强化这种联系。这种视角当然是从自己出发，且认为台湾是跟福建、广东一样的地方，而没有感觉到这其中不同的地方。某种程度上，这是一种一厢情愿的想象，大概没有多少台湾人会这样看。台湾人为了彰显这种不同，在大陆人面前可能会表现得更好，又增加了这种误解，真不知将伊于胡底。

（原刊《看天下》，2012 年第 15 期）

南部走马一天

去过日本的朋友会交口称赞新干线多么牛，其实台湾的高铁一点也不输于新干线。从台北到高雄，不到四百公里，两小时就到了。车上人很少，大都在安静地看报纸，有的在埋头吃着一百二十块一份的高铁便当。马英九就职当天去高雄办晚宴，高铁上也吃的这种便当。第一次乘坐高铁，我这个车厢里只有两三个人。

往车厢两旁看，南台湾的特色极为明显，两旁都是一望无际的农田，远远能看到玉山山脉，跟秦岭的感觉类似，一道墙一样横亘过去。大概以前印象中的南台湾就是遍地农民，我在非耕种季节到南部，反而看不到那些开着拖拉机的南部老农。

高雄是个典型的热带城市。火车还未开进市区，就看到高大的棕榈树和我叫不出名字来的热带植物。车子停在左营，往市区垦丁或者鹅鸾鼻，都有免费接驳的城市巴士。鹅鸾鼻离高雄有八十多公里，免费巴士居然能免这么多里程，真是让人叹服。

这个城市跟台北的风格迥异。马路上人特别少，车子也很少。经常十多分钟见不到一辆车。我坐巴士到市府大楼，在门口驻留许久，也没看到几辆车。人就更少了，沿街的店铺关门的多，开张的少。有些临街的房子根本不作商用，完全是住宅，大门紧闭。

很多市民到中央公园乘凉观光，中央公园极小，约相当于天河公园面积的二分之一，就是绿地和水。公园有一尊郑成功的铜雕塑像，基座上写着"民族英雄郑成功"。大约是维护了统一，所以郑在两岸的评价较趋近。蒋介石当年迁了那么多外省人到高雄，不给一点精神鼓舞大约是不行的。像高雄市旁边的凤山市（此处"市"指市辖区），就是著名的眷村。很多蓝营名人都出自凤山。

市区几乎没什么好玩的地方，楼房几乎都是七八层的，也只有市中心才有摩天大楼。寥寥几幢，看着真不像"直辖市"。

高雄是民进党的大本营，高雄市民在 2008 年这场"大选"中抛弃了谢长廷，虽然被视为谢的主要政绩的"爱河整治"和"捷运"都还不错。爱河流经高雄市区，全长约十六公里，是高雄主要河川之一，曾是台湾南部商务及航运重镇，千帆穿梭。但因工业化与污水排放，前几年快赶上滇池了。谢长廷任内，整治下游河岸，绿化而成河滨公园，类似秦淮河或者外滩，成为观光景点，也是南部端午节划龙舟与元宵节灯会的舞台。

到了高雄不能不去垦丁。垦丁位于台湾最南端的屏东县恒春半岛南侧，三面环海。1877 年，清廷招抚局自广东潮州一带募集大批壮丁到此垦荒，故得此名。垦丁是台湾本岛唯一的热带区域，植物与海岸地形优美，野生动物繁多，周边海域活动很丰富。潜水更是垦丁最有名的项目了。各种肤色的人都在沙滩上晒日光浴，到处阳伞，活像夏威夷。垦丁的街道也因此别具异国风味与夜生活特色。垦丁是台湾所有景区里发展程度最高的。

此外值得一提的就是台南的小吃了。台湾小吃的开山鼻祖就在台南市，这些隐藏于大小巷弄之间的小吃店，卖的东西虽不相同，但共同的特色却是：没有什么装潢，全部手工制作，且每一步骤都遵循古法，卖完了就打烊，常让许多慕名而来的客人因为晚到不得不遗憾而归。

从清光绪年间一直开业至今的"度小月担仔面"，小小一碗，强调的是"吃巧不吃饱"，所以吃法也是有学问的。它正确的吃法是，面端上来后，先喝一口汤，品尝其清甜的虾头汤滋味，再把撒在上面的肉臊、蒜泥、香菜等用筷子与面汤拌一拌，才开始吃面。此时可以品尝浓郁的肉臊混合虾头汤的口感，让油面更惹味；

但切记，吃到后来要留一口汤，等到面全部吃完时，再喝最后这一口汤，你就会感受到最后的余韵在口舌尖慢慢散开。

南部的人，最大的感觉就是，看着每个人都似乎会给民进党投票。国语太标准，在南部是要受歧视的，尤其是去竞选的场子，有时候还会被认为是蓝营派来偷听的。据说以前因此打过架，所以不敢轻易张口说国语。我在高雄几乎是走马观花，实在觉得没有北部亲切。南台湾是本地意识的诞生地，有些语言只在极小的范围内使用，这些人根本融入不了大众的生活。

（原刊 2008 年 4 月《南方都市报》）

旧都的夜晚

　　我曾经接到很多网友发来的关于台湾的问题，问得最多的一个是：如何能移民台湾？我知道很多大陆人对台北的印象好到自由行的时候要长期滞留，但台北的朋友却对台北充满了各种抱怨。在我的台北朋友们心目中，台湾最好的城市其实是台南。直到我去了之后，才慢慢理解了他们对于台南的由衷热爱。

　　台南算是台湾的"旧都"，直至刘铭传迁首府于台北之前，都可称是台湾的中心，有点儿像西安或者南京之于北京的关系。但这真是大陆人的思维，台湾朋友是这么说的：台南就是台湾的京都或者奈良。从这短短一句话可以看出，他们不愿意拿大陆的城市来类比台南，他们即便去比附，也是想到用日本的城市，就像年轻人的毕业旅行地首选是日本一样。出生于台南的导演魏德圣拍出《海角七号》这样的电影，不是没有原因的。

　　当我站在高大巍峨的台湾文学馆里的时候，慢慢对"台南才是台湾的文化中心"这个判断有了赞同的倾向。这幢西式建筑是原台南州厅驻地，日据时期是驻台空军司令部，馆内陈列了台湾三百年以来文学类的文物。那些在现代文学史上熠熠生辉的名字一个个从眼前闪过，让我不由得对这个城市好奇起来。全台湾最大、最古老的孔庙就距此不远，规模和形制虽不能与曲阜相比，但比大多数大陆的孔庙要完整。

　　从荷兰东印度公司"热兰遮城"时代到如今的"直辖市"时代，台南的历史建筑分为三类：第一种当然是雕梁画栋的中式建筑，如赤崁楼；第二种是高大敦实的西式建筑，如神学院、台文馆等；第三种就是和式建筑，如台南武德殿。每个时代都留下了它的痕迹。台南就洋溢在这样一种近距离接触历史的气氛当中，触目即景，故事俯皆即是。当然，这种情感与我对这座城市的了解程度有关，那些经常从台北南下度周末的朋友就更不必说。

　　台南又是一个精致小巧的城市，目力所及，并没有太多的高楼大厦，街边基本上是两三层的小楼。很多地方有大面积的涂鸦，非常精美。即便是拆除一半的房子，也用涂鸦做成展览装置，在心理上满足了一个外来者对城市审美的需求。除了主要干道之外，历史街区均为七八尺阔的横平竖直的窄巷，保留了晚清时期、日据时期的大部分历史风貌，能看出多年的历次修饬，这些没有被列为古迹的建筑，仍在日常的使用之中。

那天晚上我站在神农巷里，看着眼前的鳞次栉比的木雕小楼和影影绰绰的灯光，真想到了奈良的夜晚。巷内游人如织，却没有丝毫的嘈杂声音。坐在临街的二楼，啜着小酒，清风拂面，灯影流光，我觉得，我也快喜欢上这个城市了。

走马观花的感觉当然是肤浅的，但我多少明白那些台北人的想法。台北在台湾被称为"天龙国"，指的就是台北多少脱离了台湾的氛围，几乎是一个独立的存在。而台南则不然，她是跟台湾过去的三百年紧密相关的。

等我从孔庙对面的"草祭"二手书店扛了两箱旧书出来的时候，我想明白了一个根本的问题：台南之所以被当下的年轻一辈认为是台湾的文化中心，就是因为台北不过是一个被仿造、被集权体制新建构的城市。从刘铭传到黄朝琴、吴三连，都是政治主导了那个城市的命运与新生。只有台南，才是与大众一起自然生长的，才是与这个海岛休戚与共的。

台北夜读书

母亲节那天晚上，和台北几个朋友出去吃饭，跑了好几家垂涎已久的名店，居然都不营业。我才发现台北的一些店面做生意真是闲适，周六日想做就做，母亲节不开，领导人就职日不开，游行日不开。平时下午2点到5点，也食客免进。总之好像非常随心所欲，完全不把挣钱当正经事情。

同行的香港朋友就抱怨台北的馆子不敬业也不方便。回头看香港的馆子，把营业时间划分为五段——早餐、中饭、下午茶、晚餐、宵夜，菜牌及价格都不一样，永远一副人满为患的样子，随时可以吃到东西。台北的朋友就解释说：许多店因为是老板自己的房子，没有房租，赚钱就没那么重要，很随性。我们异口同声地表示：私有制真是万恶之源啊！

对于一个吃货来说，也许台北并不是一个绝佳的吃货场地。宵夜一般也才到凌晨 2 点，完全看不到北京簋街或者油麻地庙街那种挥汗成雨的宵夜人群。有名的夜市宁夏街，凌晨 3 点就没什么档位营业了。这个时候，如果还想干点儿什么，那莫过于去逛书店了。运气好，还能碰到个把熟人，在门口抽烟聊天呢。

我没有确证过，在 2012 年，也许，诚品敦南店是大中华区唯一的二十四小时营业的书店，凌晨 3 点里面还人头攒动。上了二楼，窸窸窣窣的翻书声音，交头接耳的窃窃私语，让人不由得屏住呼吸。店员轻手轻脚地在整理书架，读者们则或坐或蹲或站，顿时就觉得这个世界非常美好。打开手机上的 Foursquare，还能看到好多人的 checkin。你完全不会觉得这是下半夜。

在核心市区有这么一家通宵书店，真是读书人的福分。有大学生跟我说，如果半夜写论文需要查找资料，到诚品来抄一段再回去，比图书馆管用。我记得 2008 年有一次也是半夜在诚品，有个小伙子在地上居然看书看睡着了，也没有人打搅他。还有一些"街友"（就是那些无家可归的城市流浪者），夜里不去麦当劳，就在诚品看书。

按理说，诚品不是台北最被知识分子认可的书店，但现在无疑是大陆客最爱去的书店，就是因为环境好、图书全、服务佳，如今好像已经成为自由行的一大景点。晚上在门口经常会被大陆口音的陌生人叫住：请帮忙拍张照片儿好吗？我在诚品两次偶遇来自北京的记者朋友，沉甸甸地拎着几大包书，连声说这地儿好。

其实台北书店最集中的地方在台大附近。沿着新生南路及温州街，有好多社科学术书店。张铁志带我去唐山书店，那是一个地下室书店，逼仄的楼梯不容两个人过。楼梯两侧贴满了各种学术讲座和签售的海报。一层又一层，看上去非常厚，很有年头的样子。他说，这是我们台湾的万圣书店。我说，这气派哪里比得上万圣！

不过这家拥挤、娇小的书店的确是台北的读书人心目中的圣地，从 20 世纪 70 年代开到现在。在"解严"之前，不仅出售被禁止的"左派"书籍，如马克思、鲁迅等，还有一些大陆流传过去的简体书籍。在整个政治禁忌年代，是台湾禁书的一大集散地。由于是书店、出版社一体经营，所以有很多青年学生的著作在此出版，跟台湾后来的学生运动、本土化运动有相当关系。

我去的几次，唐山书店的人都不多。不知道如今这些年轻的孩子们是否知道，当年的学长们是如何在这家书店犯罪一般地阅读那些禁书。我当时在想，在政治禁忌年代，这些书居然都可以卖，难怪蒋经国后来撑不住要政改。想想看，如果一个地区的政治进步跟一家书店密切相关，是不是非常牛的事情？

　　此外，台大附近的台湾书店，也是一个很有特色的书店，只出售台湾研究的书籍，非常齐全。还有一些本土特色的纪念品，值得一逛。如果自由行的话，这几家书店都值得一去，这才是台北的一大魅力所在。

　　　　　　　　　　　　（原刊《看天下》，2012 年第 16 期）

没有便利店的城市

前几天我和几个朋友驱车从高雄到美浓，那是一个非常漂亮
的乡下小镇，以生态农业享誉全台。晚上在一家7-11便利店买东西，
当地的一个朋友介绍说：大概只有在南台湾的便利店门外，有这
么大的停车场。我们对此表示严重不解。这位朋友说，在台北和
高雄，便利店到处都是，可是在乡下，便利店却不多。所以这些
便利店的店面都很大，有桌椅供顾客饮食休憩，有的甚至还有洗
手间。果不其然，有好多人在里面看报纸聊天。

看惯了城里见缝插针的便利店，这种占地面积有如超市的超
级便利店的确新鲜。朋友说：这些店对农民来讲非常重要，有了
7-11，他们几乎不用跟政府打什么交道。他说：现在哪里是国民
党在统治台湾，完全是7-11在统治台湾嘛。我们就更好奇了。他

连忙解释说，因为在便利店里，几乎可以办全所有的政府业务，比如缴所得税、交通罚款、事业性收费、申请政府援助等，基本不用去政府的办事部门。

这些店里，都有一台或者几台多功能的电子查询机，一张卡几乎可以完成所有业务。这个倒也不怎么稀奇，因为他们说的这些对政府业务，我在北京的银行 ATM 上也看到过，只是没有这么频繁地使用而已。还不如说，他们所谓"7-11 统治台湾"，其实不过是生活中对 7-11 的依赖过大。我不免觉得他有所夸大。

这位朋友又接着说，就在这个镇子里，有一家四口在网上卖番茄，然后通过 7-11 的快递系统发货到外地，一年的营业额可以到二百万台币。我还是觉得不稀奇，我们大陆不是还有淘宝嘛。真正让我吃惊的是，这种跟便利店的密切联系，已经是台湾农民生活中的常态，他们把"便利"发挥到了极致。一切能够在这里解决的事情，绝不会去政府机关办。

在高雄和台北的都会区，三步五步就看到一家便利店，长年无休，极其方便。就拿 7-11 来说，全台湾就有将近五千家店。当然这些店也不只是卖东西，除了一些政府部门和银行委托的业务，还有电信、邮局、火车票、飞机票等，有的还在搞基金会、社区联谊等，我甚至都觉得这些店面要代替街道办事处了，难道政府真的不怕公务员失业吗？

　　这让我想起在北京半夜找便利店的艰辛。相比而言，7-11 在北京的东城、朝阳和海淀三区较多，但也没有多到三五步就看到的频密程度。西城和通州各有一家，宣武和石景山完全没有。记得有一次半夜想买点吃的，大脑中的第一反应是去东直门那家便利店——是 7-11 在北京的第一家。那时候我还住在军博，有十多公里的路程，但还是不畏艰难险阻地去了。

　　相比北京的一千七百万人口，一百多家 7-11 显然是非常少的。我居住的社区，有三万多人，我经常在半夜看到孤魂野鬼一般的熬夜党出来觅食，大家彼此碰见后都会心领神会地腼腆一笑，同时抱怨生活的不便。上海和广州的情况就好很多。许多外地朋友到北京后，专门拣附近有便利店的酒店入住。他们不能忍受没有便利店的城市。

　　从这个意义上说，便利店的多寡，几乎是衡量生活质量的一个重要参照指标。在北京这样的一个交通极其费时费力的城市，便利店其实很能够缓解心中的焦虑感，因为不用走太远就可以办事。至于银行，那实在是另一个找不痛快的所在。

　　当然，我无法追究这个问题的原因，大概是我们这里还不太放心把政府的一些职能让渡给发源于美国又被日本控股的一家连锁商店。这可能又涉及其他的深层次问题，就不好细谈了。上海世博会的口号是："城市让生活更美好。"其实我觉得，在大多数情况下，是那些靠谱的企业才能让生活更美好。

（原刊《看天下》，2012 年第 13 期）

久别重逢的油条

　　说来惭愧，作为一个还算靠谱的吃货，我记忆中美好的事物通常都与舌头和味道有关。每到一个陌生的地方，先任凭鼻子的指引胡吃海塞一通。我记得 2008 年第一次到台湾的时候，在台北四处寻找永和豆浆的店面，想吃一根靠谱的油条。当年在南京读大学之时，我很多次在永和豆浆里通宵写稿，而且觉得味道也不差。如今到了台湾，总要一睹真容。谁料台北的朋友真诚地表示，他们没有见过而且也没有吃过永和。因为早餐店都不会太差，随便吃味道都很好。

　　2012 年台湾"大选"的时候，我在台北的办公室值夜班，每天都几乎是通宵达旦。有天早上困得不行，下楼散步，谁料在安和路的一条小胡同里闻到一阵扑面而来的油条的香味，是那种久违的只有童年才有的油条的味道。这是一家毫不起眼的小店，但看着门外数十米长的队伍，我咽了下口水离开了。当天就和广州的政论家张平先生约好，次日来这家吃早餐。

第二天清晨，天才蒙蒙亮，我们就到了这家店，所幸无人排队，但桌子已经快占满。人头攒动却又很安静，只有翻报纸和油锅里"嗤嗤"的声响。张先生跑去油锅那里低头闻了一下，连声说靠谱靠谱。第一根油条上来的时候，我们都不动筷子，先对着那根油条大发赞叹。这根油条通体金黄色，足有一尺长，手腕那么粗。张先生咬了一口，对着老板说，我还要四根。我当场就被震惊了。

他连忙解释说：有十多年没吃油条了，在广州不敢吃。既然遇到这么好吃的，索性就吃个够。我问他为什么，说是一吃油炸的东西胃就不舒服。我说，你的胃已经跟祖国离心离德了。眼前这根油条松脆而柔韧，能够唤起牙齿上咀嚼的快感。我想起小时候在路边摊吃的油条，也是这种味道，能够让人尝出面粉的味道，小麦的味道，从而联想到丰收的味道，土地的味道……不由得神游万里了。

除了我们一致夸赞的油条之外，还有鸡蛋饼和豆浆也堪称美味。鸡蛋饼是煎的，鸡蛋的个头很大，看上去是八个一斤的（北京鸡蛋大约是九个或者十个一斤）。豆浆，跟自己家现磨的几乎一样。张先生越吃越感动，开心而激动地点评着眼前的美味，认为这才是真正的原有的味道。我不禁叹道：您还是对地沟油没有免疫，像我这样天天在外头吃饭的，早就百毒不侵了。

最近在台北又发掘了一家极好吃的豆浆油条，在善导寺附近，叫作"阜杭豆浆"的，平均要排到一个小时，但是再浪费时间也都是心甘情愿的，我已经很多年不为食物排队，实在是身不由己。此外，我还在华阴街和太原路的交叉口发现一家油饼摊，现炸现卖，老板是个老爷爷，极其认真地揉面、磕蛋，娴熟的动作行云流水一般。虽然是个流动小摊，但还是有人在雨中排队。我还认真地去寻觅过伊能静老师推荐的一家早餐店，根本挤不进去。

总体说来，台北的油炸面食基本都非常靠谱，油的味道、面的味道都很正常。虽然只是非常普通的日常早餐，却能够勾起人对食物最原始的欲望，是对胃和舌头的双重满足，味美而充实。我在赞不绝口之余，台湾朋友总会很奇怪地问，这些东西都是从大陆过来的，难道你们平时吃不到吗？我只好腼腆地说，那你还是太不了解祖国了。

（原刊《看天下》杂志，2013 年第 2 期）

杭州到台北的距离

在国外旅游，的确能看到用简体中文写的"请不要大声喧哗"之类的警示语。国内有媒体挑拨说，这是种族歧视，跟早年的"华人与狗不得入内"的性质是一样的。我们崛起了，不能再这样恶心我们中国了。可是如果大家偶然出国走一遭，会发现差距还是有一些的，我们的海外形象跟海内差不多。

我几年前第一次到台北，颇有些惊讶。马路上干干净净，地铁里虽然拥挤，却悄然无声，显得秩序井然。接触的人都太斯文了，斯文到你都不好意思跟他们说话。就拿 7-11 的店员来说，双手奉上零钱，还不停地鞠躬说"谢谢"。我第一次见这阵仗，只好也对着他们鞠躬，一天下来，弄得腰疼。

我拖着两个箱子在台北车站的地下通道里，站着休息一下，过来一个中学生小妹妹，问要不要帮忙。我婉言谢绝，她还继续问："真的不要帮忙？"假如在北京，我一定会觉得她是个骗子。总之，让人感觉，和谐社会提前建成了。开放旅游之后，去台湾的媒体朋友比较多了，我看大家写的游记，对这点着墨尤多。

或许有人说，这是儒家文化在台湾香火不断的表现。后来我请教了台湾年长的朋友，他们印象中，在20世纪七八十年代的台湾，民众在公共场合的表现，跟大陆现在也差不多。公交车站不排队，十字路口一堵就死，还开黄腔骂骂咧咧，垃圾随地乱扔，说话能吵死人。90年代中期以后，才有明显改观。

香港也是如此，七八十年代没有今天这么有秩序。街道也是脏乱差，跟今天大相径庭。现在去过香港的人都有体会，比如在路口等红绿灯，即便没有车，也不会在人行道上闯红灯。在港岛尤为明显，到了九龙新界，这样的人还是有，越往北越多。大家开玩笑说，这跟内地客的分布比例有关。

最近香港本地有一些关于新移民的讨论，说是素质不高影响香港云云，其实不用担心，在这样的环境下，几天就改造好了。去香港工作的大陆朋友，最明显的变化就是戒烟了。他们说，在香港抽烟就跟做贼一样，只能在路边低着头，好像低人一等的样子。

这两个华人社区，文明程度有目共睹。所以我对中国人素质低之类的扯淡说法，从来不以为然。2011 年 9 月，林怀民在杭州的柳浪闻莺献演云门舞集，一万多观众，散场之后，好像什么都没发生过。表演过程中，不喧哗，不拍照，不摄影，不提前退场，互动良好。与后来的世博会相比，大家都说这是人类奇迹。这算什么奇迹？看看香港和台湾，中国人本来就是这样的嘛。

所以，素质这玩意儿是个忽悠人的东西。而且大家还应该注意到，说中国人素质低这种话最多的，就是一小撮不怀好意的中国人。这在国外必定会被视为歧视的语句，在我们这里居然大行其道，背后当然是有原因的。从杭州到台北的距离有多远？其实能有多远，就看你是否把这事儿当真了。

（原刊《南方都市报》，2012 年 6 月 5 日）

能不忆江南

Chapter 6

逐水而居

逐水而居，大概是从早期人类到现代人的共性之一。只不过早期的逐水而居，大抵是为了饮用水。我们知道，人类早期文明的起源地都与河流有关。进化了这么多年，逐水而居却成为今天一个不可多得的梦想。大江大河都被用来发电了，在城市中生活的人们，能看到一片浑浊的水面，已经算是万幸。

孙中山当年定都南京之时，曾有评语说："其地有高山，有深水，有平原，此三种天工，钟毓一处，在世界之大都市诚难觅此佳境也。"这当然算是过誉之词，至少杭州也是如此。定都南京，看中的还是长江天堑。若从战争史上看，北方部队南下，长江的确是最大困难。

如同杭州的西湖一样，被称为"内湖"的玄武湖，是南京城最大的一片水面，在早年人口不多时，甚至可以起到调节小气候的作用。早在2000年，中山门外的月牙湖别墅已经是当时的天价。彼时这些湖边的别墅，是好多人的梦想。看着大狼狗和穿得像女王警卫一样的保安，我们垂头丧气依依不舍地离去。

我记得当年有位女生曾在湖边深情地表示，要为了这套别墅奋斗终生。前几天我接到她的电话，说终于买了，装修了，住进去了，虫子太多。她疑惑地说：为了房间外的一片湖，付出十年的青春，值吗？我无语，只好告诫她小心拆迁，安享晚年。

就拿北京来说，明清两代的王府或者皇家宾馆，基本占据了北京城所有的水面。醇王府开门就是后海，恭王府靠着前海，康王府挨着中海，钓鱼台、玉泉山那就更毋庸多说，好多水面就这样被锁起来了。据说民国有一阵子还把中南海开放成公园。到后来，只剩下后海和玉渊潭两片水面可以供老百姓使用。不论春夏秋冬，一到晚上就人山人海了。

等到最近十年房地产成为支柱产业后，玉渊潭也被商业楼盘包围。据说现在北侧的钓鱼台七号已经卖到十多万一平。本来"临湖、亲水"这些基本都是骗人的广告，很可能只是屁股大的一个水坑，天旱几天就不见了。但玉渊潭、朝阳公园的湖面可是货真价实的湖，是那种不买票就无法进去的景观，和普通人也越来越远了。

杭州西湖太大，无法圈起来收门票，但南山路、北山路常年拥堵，普通市民一听说去湖边都头大，熙熙攘攘地都是外地人，本地人好几年才去一次。因为好多人都住到萧山或者余杭了。湖边的地盘，非官即富。金庸在湖边有别墅，李敖甚至死了都想埋在这里。虽然大家都愿意逐水而居，但这个代价实在是太高了。

每次看到这些湖边的房子，就想起农业社会的好来。绍兴兰亭边上有片水面，叫做"乐池"，边上有王羲之的四个字：信可乐也。翻译成现代汉语就是：真爽啊！

（原刊《南方都市报》，2011 年 5 月 22 日）

水下的历史

端午节的时候，朋友自内地带来五芳斋的粽子和青团，简直要泪流满面了。回想起十多年前第一次到嘉兴，专门跑去吃五芳斋的粽子。后来问当地人：这粽子总算是宝地第一特产吧？答曰：否也。他们说：第一特产该算是南湖上漂的那条船。我闻言大惊：这么多年过去了，这船——还好好的？

于是去湖边瞻仰了一番。毫无疑问，那是一条崭新的、红色的、漆得油光瓦亮的——船。我开始在脑海中重构当年那个"严肃而伟大的时刻"。过不多久，就觉得无聊了，于是打听烟雨楼在什么地方。我相信，必定也有不少人会去那条船旁边找当年杨康、郭靖比武的地方。

后来，我才遗憾地知道，我错过了朱彝尊、王国维、唐兰、沈曾植、丰子恺等诸多大家的故居。我是多么希望当地能把这些地方也都明显地标注在地图上，否则单看一条船，吃完粽子就没事儿干了。不过总体上这个城市留给我的印象还是非常不错，干净、有序，这在地级市里算是少见的。

晚上到了上海，在马当路上突然内急，老远望见一座颇似公共建筑的小楼，急奔而去。到了跟前才发现，这就是遐迩闻名的一大会址，只是关了门，不让参观。再后来我做了记者，全国各地到处跑，发现此类的地方数不胜数。比如在南京的梅园新村、西安的西五路、汉口的长春街，都有一个叫"八办"的地方。

假如拍相关的电影，这些地方都是绕不过去的。有一阵儿我一直挺好奇的，这些重要的会议地址或者办公地址，居然躲过了日本人的袭击、国民政府部队的围剿、"文革"的破坏而保存至今，实在难得。同时又想，如今的会议都在京西宾馆或者大会堂开了，否则还真能多出来好多旅游景点。

当年研发出红色旅游线路的人，一定是个策划高手。据说延安因为红色旅游，开通了 T 字头的特快列车，游客进去，石油出来，老区人民高兴得不得了。我也有幸去参观了一次，回来再跟一些少见的党史书做了下对比，深受教育。

有一次去河北的平山县西柏坡，先去看了当年接待领导吃饭的那位老婆婆，她本人已经成为这个地方的景点之一。一大堆人过来跟她握手拍照。导游绘声绘色地讲述了当年的故事，宛若亲见。又去参观了"七大"会址，感叹革命的不易。会址对面有一大片水库，几条柴油船在上面揽客。船夫说道：这水底下才是真正的会址，岸上那些，都是后来修的，泥巴墙、木栅栏，包括家具，都是做旧了的。

我们一点也没表现出任何惊讶的神色。船夫故作高深地说，真正的历史，就深埋在这水底下，谁也看不见。我们都开玩笑说，那确实不应该重修，该让大家潜水到这底下来好好瞻仰一下，门票再贵一些，学潜水外带受教育，齐活儿。当时龙应台的那本畅销书还没开始写，除了三峡的张飞庙和唐山的水下长城，我不知道中国还有什么水下景点。这样想来，这周的年度电影大作就特别值得期待，还有什么能够比看这样的历史更好玩的事情？

（原刊《南方都市报》，2011 年 6 月 12 日）

| 再战台风

　　作为一个北方人，对台风严重缺乏想象力。自南来以后，伞都被吹跑了三把。一个不注意，就扶摇直上了。后来发现当地人的伞都是长柄的阔伞，分量很足。有些人则挂在手上，让我想起电影里的方世玉、黄飞鸿和孙中山，不论到哪里，都是一柄长伞，防雨防风防暗杀，真是个好东西。

　　这个周末的上海就在台风"梅花"的袭击之下。从周五上午开始，就有人不断地在微博上发天空的阴霾照片，大家兴奋地在猜测风级和雨量。大约这周上海真的可以看海了，于是气氛非常欢乐，只差组团去浦东举着小旗子迎接了。还有人貌似要烧香祷告台风延续到周一，这样可以不用上班。根据气象台的预测，市区风力最大可达十一级。

"梅花"可能是有微博以来的上海第一次大型台风，无数个手机在写字楼举着拍。上海人民是有战台风的光荣传统的。1965年，二十岁的上海音乐学院学生王昌元，在上海港体验生活，见证了码头工人与台风搏斗的过程，谱写了一首古筝独奏曲《战台风》，后来成为古筝名曲，也是上海名曲。

我在中学音乐课上听过这首曲子。当时老师讲解说，因为工人们在台风中不顾牺牲奋勇保护了国家财产，所以如何如何。我彼时不能明白，不就是刮个风吗，至于拿命出来吗？疏散了不就行了？难道人不比东西更重要吗？老师说，那是国家的，当然比人重要。

这种风格也延续到现在。最近几年里，台风报道是沿海各电视台夏天的拿手节目。派出两个长发美眉，用绳子捆着，像放风筝一样牵着在风雨中摇曳同时对着镜头大喊。观众则在电视前揪心地看着，生怕一不留神就被吹上去了。从新闻角度，我实在想不出，如果把人员都安全疏散了，那么台风中心还有什么可以报道的新闻呢？

2005年的8月初，风闻北京要来台风了，我们也是如这周的上海人民一样欢乐。政府如临大敌地一遍遍用广播和手机短信提醒市民注意，而我的态度则与政府处于高度对立之中，万般期待台风的早日光降，好像要迎接中国人民的老朋友。那一天的北京交通顺畅得简直不像北京，似乎又来了一次"非典"，出租车、私家车都不敢上街。谁料几滴天街小雨如同微风拂面般就过去了，叫人好不丧气。

上个月的一次小型台风中，香港的一家小吃店店招被风刮下来，砸伤路人，店家被课以重罚，我记得这个新闻连着被追踪了几天。后来我才知道，每年台风季之前，香港都有专门的政府机构检查路牌、广告牌、店招之类的东西是否牢固，会敦促相关责任人检查加固，等等。所以有人被砸到，是很少见的事情，店家一不小心就是刑事罪名，自然要上新闻。

当时心里很不以为然：这个要算新闻的话，如果也允许刊登的话，那每年台风季，上海的报纸版面还够用吗？我们都敢把女记者放上天，还怕被店招砸吗？话虽如此，还是希望这个周末不要在上海看海，不要被店招砸到。

（原刊《南方都市报》，2011 年 8 月 7 日）

上海的世纪新梦

　　《纽约时报》的专栏作家托马斯·弗里德曼，有一次在上海崇明岛看到生态农业园区，还以为上海要建成中国第一个生态都市。他认为崇明如果代表全新的发展模式，将是中国的机遇。不过，他很快发现自己的判断不那么准确。我一直觉得，这位享有盛名的专栏作家，其实很难在走马观花的参观中，真正了解上海以及中国。他在书中对于中国的赞美，也很难经得起推敲。

　　黄浦江边的摩天大厦与曲折迂回的老弄堂，其实是两个上海。世博园旁边的卢浦大桥将浦东与浦西相连，从某种意义上完成了上海的过去与现在之间的联结。一边是十里洋场的缠绵旧梦，一边是全球大都市及金融中心的崭新轮廓。世博会，则无疑是这种世纪新梦的开场白。炫目而庞大的园区建筑，向每一个来客明白无误地昭示，这是一个新的上海。

回溯上海之历史，须远溯至北宋时期之青龙镇。这个令米芾和梅尧臣为之倾倒的繁华小镇，当年樯橹林立，系最早之贸易港口。然而吴淞江在 12 世纪的南摆，使得海船无法上溯行至青龙镇，只能就近泊于上海镇（今黄浦区小东门），遂开始上海之城建史。19 世纪初，大运河衰落，北贡之粮船改行海路，遂成就近世之上海。

在此后的一百多年里，上海渐成为东方世界最为西化的城市。现在我们知道，上海这座城市的性格，与租界有相当的关系。20世纪 30 年代长期驻沪的日本同盟通讯社上海分社社长松本重治，曾著有《上海时代》（我特别喜欢这个书名）一书，他眼中的上海，是个提前步入现代的中国都市。他说，在公共租界里，至少在表面已实行着现代的都市行政方式，数百万中国人受其荫泽。

20 世纪 40 年代收回租界权之后，西式的现代行政思维依然影响着主政者，也将这座城市形塑为中国最典型、最发达的市民社会。人们严守人我之界，理性适应外部环境，恪守着大家公认的生活原则。尽管后来经过建政后的数次冲击，但今天仍可隐约感觉到此种城市性格。这已是上海最为重要的文化因子，潜移默化着新旧移民，在过去纷乱的红色工业年代里，维系着这座城市的根基。

某种意义上讲，上海近二十年的高速发展，其目的是再次构建一个以中产阶级为主的社会组成模式。姑且不论其效果如何，但至少在表面上，这个城市完成了一次现代化转型。以20世纪90年代的浦东金融中心建设为旨归，上海试图让外界忘记她作为租界的荣耀与屈辱，从而在全球化背景下，抛弃十里洋场的旧梦，开启一个新的上海时代。或许主政者认为，开埠一百七十年以来，今日才是上海最为荣耀的时刻。

这样背景下之世博会，亦被赋予别样意义。探究世博会本源，是展示人类文明之大成，以促成世界文明共同之进步。作为一个后发国家，中国在工业化之进程中，晚于世界多年。我们时常问，四大发明之外，中国对世界文明之贡献到底是什么？即以上海言，其一百七十年来之发展，毋宁说是对西方之简单模仿，没什么独辟蹊径之处。整个中国亦是如此。世博会之最大作用，是使得我们反观自身之文明成果。

不言而喻，华美的袍子之下，肯定有出人意料之处。自园区试运营以来，已发现若干亟待注意之事。只不过，这些会被认为是细枝末节，更大的目标则是会期之安全及形象之保全。这种目的较之世博会之精神，已现其凿枘之处。本届世博会象征以"人"字为主体，或可说明一二。人，才是城市的主体，而不是光鲜亮丽的建筑，或者传媒铺天盖地的讴赞。失去对人的关怀，必然偏离文明之正轨。

　　我们应该反思此种偏差之成因。中国百年强国之梦，在 21 世纪初以所谓中国模式表面达成，奥运会和世博会均为这种外在宣示的注脚。以西方的市场经验完成崛起，却又以不同于西方的制度文明维系，其内在冲突当难以避免。所以，这个时代既堪称伟大却又使人不堪其重负。

　　这个时代的上海，城市的现代化可以简单搭建，甚至自信心亦可借着膨胀而满足，而社会的现代化及市民社会的再次构建，却显得有些杳然无踪。唯其如此，大幕开启之后，我们或许该回头重温上海滩的那一段旧梦，那里面早已写满当年的答案。上海的世纪新梦，必将摒弃某种难以自圆其说的模式，而脱胎于上一个上海时代。

　　　　　　　　　　　　　　　　　（原刊《小康》杂志，2010 年 5 月）

西泠埋骨应无憾

每年此时，例该去钱塘看潮。清明、白露左右，最宜到杭州。犹记得前年清明，泛舟湖上，偶遇京城旧友吴佩霜，她早年曾跟我一起给《中国新闻周刊》写专栏，堪称"栏友"，不料竟邂逅西湖，堪浮一大白才是。于是移船相近邀相见，开始在烟雨湖中谈人生谈理想。她便慨叹杭州房价昂贵，只能为过客而不能久居。我说，生则不论矣，平生第一理想，就是死了埋在此处。

当代人对杭州的任何华丽赞美，都会显得苍白。每次在杭州都想写点小东西，无奈却有"眼前有景道不得，崔颢题诗在上头"的惶恐感，与先贤的云泥之别，没得叫人害臊。2010年清明，与沪上王晓渔诸兄在西湖吃酒，王兄提及，花港观鱼有马一浮纪念馆，何不就近一拜？

此公风骨傲岸，据云当年毛氏曾请其去京讲学，马复曰："只闻来学，未闻往教。"竣拒不往。"文革"中被批，抱病而逝。马氏后来葬于南山陵园，其在《自题墓辞》的开篇即说"孰宴息此山陬兮"，想来应该是复性书院朝着的南山。此山脚下，是章太炎及张苍水之墓。我以为，西湖之美，泰半是因为周边埋了太多人。

冯小青埋于孤山。我记得 1999 年某春日，看到冯小青的一首诗，遂提笔杜撰了一篇冯小青的传记，以文言写就。若干年后，竟被一些人以为是史料笔记而辗转引用，甚至出现在学术论文中。冯墓与边上的苏曼殊墓早已被毁，苏墓仅留孑然一塔而已。附近则是秋瑾墓、林和靖墓。

转过西泠桥，是苏小小墓，虽系被毁后重建，仍可想当年油壁香车。一箭之地是武松墓，这个就很煞风景。此外，岳武穆墓也在此不远，岳飞与张苍水、于谦并称西湖三杰，于谦墓就在三台山。与秋瑾并称浙东三侠的徐锡麟、陶成章原葬在孤山，后来被迁走。林启墓、林和碧墓及魏源墓亦是由孤山被迁往鸡笼山。

南高峰的师复墓及三台山的俞曲园墓几无人知。陈三立、陈衡恪父子则葬于九溪，陈布雷也葬于此。刘大白、瞿鸿禨葬于灵隐，虎跑有李叔同墓，半山安贤园有司徒雷登墓，葛洪墓及慧理墓早就杳然无迹……嗯，不能再举例了，还有更多的名字可以开列。许多墓址在 1966 年被毁，现在多是复修之物。这么多人都归葬西湖，必定是有道理的。

蔡元培说了这个道理："圣湖风景得祠墓点缀差不寂寞。"活人的山水，如果没有这些逝者，该有多寂寞。或者换一种说法，西湖山水正因这些逝者的存在才鲜活起来。白居易遗憾地说："皇恩只许住三年。"后来离开杭州，他说："自别钱塘山水后，不多饮酒懒吟诗。"恐怕葬在这里，才是他的梦想。

我家领导某日坐在澄庐边上，望着碧波悠悠地说，被折腾了这么多年，西湖还这么好，可见以前得有多好。不能假设了，太过伤心。周馥的诗说："岳王坟上柏苍苍，苏小坟前几绿杨。儿女英雄各千古，多他裙屐热心香。"葬在此处，碌碌如我辈者，恐怕也只能在一叶扁舟中奢华一想而罢。

（原刊《南方都市报》，2011 年 9 月 11 日）

最忆是钱塘

　　老实说，作为一个码字工作者，总有些素材和描述目标让人觉得无从下笔，就像金庸小说里说某女子很美，通常就六个字"美艳不可方物"。不可说，也说不来。杭州就是这样的一个城市，用纯文本文档不足以表达。我每年4月初都会到杭州小住，这是杭州最美的时节。2011年，我写过一篇《西泠埋骨应无憾》的小文，讲了为何西湖山水会有祠墓为缀，死在杭州，真是近代士人的一大梦想。

　　唯因其秀美，才会成为文人雅士的钟情之地。杭州在中国的文化想象中，承载了太多的分量。她满足了士人对于"江南"这两个字的全部想象。六朝以降，这种"最忆是杭州"的慨叹不绝如缕。漫步在西湖周边，步步皆诗，处处有典，那种跟古人同享平湖月夜的满足感，真是莫大的幸福。白居易说的"处处回头尽堪恋"，就是这种感觉。

过去的一千多年中，中国的政治重心不断北移，而文化重心则不断南移和东移。南宋以降，杭州便是中国的文化重心。至民国更是如此。中国现代史上那些如雷贯耳的名字，都可以在杭州找到他们的踪迹和故事。某种程度上，作为文化重镇的杭州或者西湖，是理解现代中国的一个绝佳入口，绝非仅有简单的山水之乐。

当然，我并无野心在一篇专栏中去概括几本书都容纳不来的内容。事实上，西湖东岸的天际线早已被鳞次栉比的高楼破坏——东岸以东的杭州主城，跟中国别的省会城市并无二致。除去路边的招牌，你大概不会觉得这个城市是杭州。也许在我的心目中，杭州就是西湖周边那一圈，看到或听到这两个字都会心中怦然一动。

我经常会奢侈地想象：假如20世纪30年代初我在杭州，如果幸运的话，大概可以见到陈散原、章太炎、马一浮、潘天寿，等等。也许有幸在西泠印社的半山上听这些大师们煮茶论道，也许有幸在诂经精舍旁听几堂课。不过这些都是想象，那个时代的年轻人虽饱经离乱，但只要好学，总还有这些丰富的世界在等着他们。

如今我坐在蒋庄马一浮纪念馆门前的斑驳栏杆上，回望这座破败的小楼，就不免有人去楼空、物是人非之感。一墙之隔就是花港观鱼，那里挤满了身贴标签、头顶旅游帽的各类旅行团，导游端着大喇叭傻呵呵地讲着乾隆皇帝的段子。顺便说一句，这个老小子好像在全中国的任何景点都有故事——听上去都是骗人的，而真正的宝藏几乎没人知道。

这个院落左依映波桥，南望西南湖，参天古树把破碎的阳光洒在石子小径上，完全没有任何人打扰，一个下午很快就过去了。外界的喧嚣似乎已在万里之外。美中不足的是，这条石子小径上的身影早已不知魂归何处，但却依然如影随形。坐在章太炎墓的石阶上，亦有此感。整个西湖的美中不足就是这种山水依旧，人影已杳的感觉。

这次在杭州偶遇朱大可老师，我们同时感叹杭州的人去楼空。他说，中国未来的文化复兴，需要杭州。如今上海的文化人只愿意把西湖当作后花园，不愿意当作一块心灵净土，这实难理解。也是，房价高耸入云、车流堵成黑线的杭州，当然不是心中的那个杭州；只有绝美的山水，没有绝美的灵魂，也不是心中那个杭州。

大概源于苏轼那句"欲把西湖比西子"，论坛上总有一些不知深浅的评价，说西湖媚艳而世俗，是浓妆艳抹倚门卖笑的那种美，他们只会看到柳永的"羌管弄晴，菱舟泛夜"。画虎画皮难画骨，西湖的灵魂，这些人当然不会看到。她就是飘荡在西湖上空的无法触摸却又无处不在的，可以荡涤身心冶炼性情的精气。

江南忆，最忆是杭州。

（原刊《看天下》，2012 年第 12 期）

金陵王气黯然收

中天电视台 2011 年播放一部关于南京的纪录片，画面气势磅礴，解说如雷贯耳。这跟我印象中的南京颇不相同。主创者后来直截了当地说：南京以前被理解为一座哀痛之城、感伤之城、阴柔之城，这都不对；南京应该是英雄之城、阳刚之城、胜利之城。

作为半个南京人，我对他们这样奋不顾身的正面表述也不能接受。老辈子人都说，在南京建都的自六朝以下，远迄太平天国近及民国，都是短命王朝，城旗数变，枯骨陈尸不知凡几。刘禹锡就说："人世几回伤往事，山形依旧枕寒流。"在这个城市里，是非常容易"伤往事"的。

从乌衣巷王谢堂到民国的总统府，色调都是灰蒙蒙的。南京也很少见到万里无云的晴空，我印象深刻的故事多半都发生在雨中。比如，好多部电影，在讲到蒋介石离开南京前到中山陵谒陵之时，全都在下雨。"最是仓皇辞庙日"，没有淅淅沥沥的雨，显不出黯淡的基调来。"感伤之城"，其来有自。

不过我也能理解台湾人（主要是外省人）对南京的崇高感情。他们心目中的南京是一个被塑造出来的"首都"形象。我第一次到台北玩儿，带了几包南京牌香烟，台湾友人看到，都禁不住好奇，想要尝尝。

南京当年是建都之地，有占地广阔规模壮观的中山陵、总统府旧址、立法院旧址、中央体育场等一些象征性建筑，有父辈的旗帜，有无数与他们有关的动人故事。这种主观上的心理投射与建构，使得他们的南京与我的不同，尤其在辛亥革命一百周年的此刻。

其实，这个城市的灰色命运从"百万雄师过大江"就注定了。在那场改变无数人命运的逐鹿问鼎之战中，一个城市又算得什么呢。过去的灰色调无非是更重了些而已。人家说"虎踞龙盘今胜昔，天翻地覆慨而慷"，但对于长年生活其中的人来说，却有着冷暖自知般的别样感受。

这个城市从此开始被排挤，被冷落。一所大学被分为九块，原立法院变成了舞场，梧桐树做了枯柴，城市的建筑也没有了章法。

颐和路、牯岭路的小洋楼里，搬进来各式穿中山装的新社会的新人，咿咿呀呀的留声机开始斗志昂扬。在一个新的时代里，南京迅速地与其他城市变成一个模样，变成了一片冰冷而枯萎的水泥森林。新时代的标志就是插着三面红旗的钢筋水泥大桥，你看不出这里是南京。

杜牧在晚唐时就说："商女不知亡国恨，隔江犹唱后庭花。"怀旧是这个城市的基调。在后来的日子里，怀旧是不被允许的，怀旧就意味着今不如昔，这是不对的。然而在这样遍地是诗词、触目皆典故的地方，又如何能不怀旧呢？无情最是台城柳，这样的感情就被压抑着、禁闭着、蓄积着，于是，整个城市的色彩就愈加黯淡了，有时候会觉得被压得喘不过气来。

最近几年，借着两岸关系的转暖，这种怀旧摇身一变而为时尚，而为一种新的情感投射和宣泄了。新建的酒吧街取名为"1912"，大学启用20世纪40年代的校徽和校训，民国的老建筑被辟为景点，摄制组纷纷在老旧的浦口火车站取景，连菜单上都有"经国菜泡饭"或者"美龄酱排骨"。许多人开始回头研究逝去的那个时代。

不过，带着怀旧感的"民国范儿"还是有些不伦不类。这和对岸的外省人一样，同样设置了一个虚幻的景象给自己，把这个城市曾经的美和善短暂而虚假地再现。然而过去的，毕竟过去了。

这个城市的未来在哪里，无人知晓，未来也许没有未来。我也眼睁睁看着她，就在这样的想象与建构当中，变得更加陌生，不敢相认了。

（原刊《看天下》，2011 年第 29 期）

人老建康城

中国千余座城市里，名称后缀为"京"字的，只有南北两京，此外别无分号。1949 年春天解放军渡江之后，南京的城市名能被保留下来，已是万幸。这个国家的新主人不似他们的前任那样小气，在定都南京之后，便把北京改名为"北平"。这一年，首都再次北移，南京从此不再是"首善之区"。

当年解放军进城之时，曾严令不能破坏文物古迹及科研院所等文化部门，在此后长达四十年左右的时间里，南京的面貌并无多大改观。甚至退回到十多年之前，即使经过改革开放与经济腾飞的洗礼，我们站在这个城市的任意一个角落，也能立即觉得：这里是南京。

如今这种感觉将不复存在。除去七零八落的民国建筑之外，这个城市跟中国其他的城市看上去并无太多区别，鳞次栉比的高楼大厦,车水马龙的宽阔街道,川流不息的红男绿女,看上去非常现代化,非常时髦。但是南京人却开始在追寻一个新的问题:这里是哪里?

这个城市有十九个别称,大多数现在是市辖区的名字,例如秦淮、白下、建邺、江宁等。这种命名方式,总能让人不由自主地回顾这座城市长达两千五百年的建城史。但这种辉煌仅仅停留于各种文字表述之中。现在南京城的建筑无法向外界证明,这是中国历史上最早建都的城市之一。

老城南地区是南京文化的发源地,却经历了历史上规模最大的一次拆迁。在专家学者与当政者持续不断的拉锯战后,前者终于处于下风,即便是总理的两次批示都没能挽救那些孕育了璀璨文明的古老街区,这片街区是硕果仅存的能够代表南京本地文化的活化石。

作为历史上最为重要的南北两京,南京与北京的城南地区都堪称是文化之根。从城市规划上说,这两座城市在最近两次建都之时,都选择在城北另辟新城,元大都的规划与1928年的首都规划在这一点上极为相似,尽量不去触碰城南的城市之根。在北京大力推展城南文化的时候,南京却毫不犹豫地要拆平城南。

南京在记忆里就是一座感伤的城市,总是笼罩悲情与无奈。太平军进来一把火,夷平了两千多座王府,曾国荃攻城后,又是一把火。国民政府从1928年开始实施《首都规划》,在保存古物

之外，十年营建后，面貌焕然一变。讵料又被日本人洗劫，能留
下的文物古迹已经不多，但已足以让外界艳羡。

1949 年之后，新政权对南京的改造随即开始，却也没怎么拆
房子。当年代表全国民意的立法院，后来虽成为军人俱乐部，但
至少还是修缮的思路。真正开始拆房子，要从三运会前拆除五台
山永庆寺算起，此后一发不可收拾。六朝建筑不见了，宋元建筑
不见了，明清建筑不见了，民国建筑如今也危在旦夕。这样拆下去，
只有原中央大学校内的那棵六朝松才是古物。

诚然，不破旧无以立新，人类社会的发展就是后人不断否认
前人的过程，包袱过重，行走当然不便。但从整个历史轨迹看，
文物古迹不是不能拆，不能重修，而要看拆迁的意义何在。明清
两代多次扩建江南贡院，是为开科取士绵延文脉，多次翻修栖霞
古寺，是为弘道敷教善化百姓。如今拆迁城南旧街，居然是为了
新建别墅会所，其区别何其大哉。

以改造之名，行卖地之实，已是一些地方政府行之有年的既
定政策。这种卖地冲动由来已久，在这个经济不景气的当下，其
风更甚。一些古老街区形成的危房并非一定要拆，如果政府长期
注重历史街区的保护，当然不会出现危房。在很多情况下，政府
坐视历史街区变成危房，再以拆危房的名义动迁，表面固然是为

了民生云云，而司马昭之心，却是路人皆知。

历史街区是一个城市最难得的文化基因，后人可以依赖这些还原先祖们曾经生活的地方。文字和影像的记录功能，不能带来那种在活脱脱的现场里身临其境的感觉。这种文化基因在日新月异的今天更显得可贵，我们无法长期活在营造文化基因的那种快感里。即使再过数百年，它们真的成为文物，也无法遮掩斑驳墙面下的伪装。我们骗不了今人，也骗不了后人。

在很多当政者眼中，崭新的别墅与会所，直线上涨的房价，翻番的收入数字，就是他们的政绩。毋庸讳言，从当下视之，的确如此。但我们回头翻阅历史，那些青史垂名的地方官，真正让后人感佩并记住他们的功绩，却并非这些。苏堤、白堤、都江堰，都是古代地方官员的杰作，这些让千载之下的后代还能继续蒙其厚益的建筑，连一户人家都不曾动迁。

我在南京生活了数年，推土机给这个城市带来的巨大变化，我并非完全不欢迎。只是那些记载着文化信息的历史保护区，不能再蒙受蛮横至极的糟践，虽然这种方式一直以"保护"的面目出现。我们已经失去太多了。

（原刊《东方早报》，2009 年 7 月 8 日）

| 珠江畔的风

早年的时候，我曾经差点进一家总部在广州的报纸。那时候伊拉克战争刚刚打响，本来以为在这样的乱世会有番作为，谁料还未入职，这报纸便停刊了。懊恼之余，就去了一家帮闲的杂志混日子。次年夏天，我因为一篇调查报道得罪了北京的一个医院院长，对方恐吓要如何如何，领导就劝我休假，去南方散散心。

从北京到武汉晃了一下，然后到广州。这是我第一次到广州，一出流花车站，背包最外层就被人划了一道口子，幸亏里面什么都没有。接我的朋友对我说，在广州街头打手机的时候，一定要用指头把手机的上部抠住，不然很容易被抢。这个朋友还列举了很多她身边的朋友如何被抢的事迹，说得绘声绘色，有如亲见。

虽然被划包，我当时仍未在意。有天上街的时候，穿了一条白色的短裤，里面只放了一张百元钞打车用。在一个商场门口，一位保安很礼貌地拦住了我，我以为自己衣衫不整有碍观瞻，他指着我的大腿说，钱放在这里，很容易被人把大腿划伤。划伤？我重复了一下。他认真地说，是，用刀划伤！我连声感谢，然后回去换衣服。

在经过杨箕村地下通道的时候，我才发现自己进入了一个非常不安全的地界。大白天里面居然伸手不见五指，毫不夸张，是那种盲人的黑。我听到周围有辆摩托车围着我转圈。嗯，该来的还是来了。我不禁摩拳擦掌，倒要见识一下他们想干什么。摩托车的圈越来越小，我也越来越害怕，最后大叫一声，贴着墙根快速跑出去。北面出口有一家黄振龙凉茶，喝了三杯，还在不停地喘气。

就在我要走的前一天，我表弟因为考上大学来广州报名入学，刚出流花车站就被偷了五千块的学费。他得知我也在穗，就立即给我打电话求助。我赶忙带他去流花派出所报案。到了门口，我被震惊了。报案的人排起的长队超过了对面的车站售票处。我们在大太阳底下等了很久也不见有进展。

我鼓足勇气进入指导员办公室，亮出记者证，说明事情原委。指导员同志说，这样的案子，我一天碰到十几起，基本没有追回的希望。如果你愿意，我们可以在抓到的毛贼里问问看。我当时立刻就领教了什么叫为人民服务，只好怅然地离开了。朋友们都说这根本不算什么，他们还编了个段子：广州的一些企业招聘，一般会问有无在广州被抢，如果没被抢过，说明这人处世谨慎云云。

到后来，广州的这种不安全简直就是一种妇孺皆知的传说，它几乎构成了我对这个城市的全部负面印象，让我在这里过得加倍小心。前几天，我在广州把一箱书落在出租车上，下车没有拿票，结果只能报案。警察特别认真地把我接到派出所，帮忙查看监控录像等，但同时又摊手表示不能立案。

虽然那个画面极其模糊，没有得到任何有效信息，虽然他一再摊手表示爱莫能助自己毫无办法，但对比十年前的警察的态度，我已经很满意了。那个晚上，我奔波在这个城市的数个地方，打了七十多通电话，最终找到了箱子。随后我就想起韩寒和蒋方舟在台北丢东西的那两篇文章，随后哀怨地向每个关心的人表示，我要是在台北就好了。这种哀怨当然丝毫不起作用，我也没有抱怨的意思。这事情要发生在北京，我估计警察都懒得出警，直接一句"关我屁事"就挂了。

我只是很不习惯城市给人带来的紧张感和不安全感。这关乎每个人对城市的直接感情，爱国、包容、厚德之类的宏大词汇，都无法给人舒适和放松的感觉。真的，我以及跟我一样的人，要的都不多，也许一个立案程序就够了。

（原刊《看天下》，2012 年第 18 期）

三贴近，三温暖

最先知道"三温暖"这个词，是 20 世纪 90 年代中期看台湾邓志鸿的模仿秀之时。后来结合语境琢磨了一下，才知道这就是"桑拿"的台式译法，颇符合"信、达、雅"的翻译准则。这玩意儿传到国内，不晓得何年何月，如今遍地开花，已经跟唱 K、泡吧一起成为城市生活的三大俗。

这种西式的洗澡方式，最后被敝国发扬光大完善细化，甚至可以去申报 ISO 的国际认证。想必看官们都晓得东莞的桑拿，不仅是当地一大景观，也支撑了可观的财政收入，从来没有一个地级市有东莞那么多的五星级酒店，以及相关从业人员，以及下游产业。这个行业也有了所谓的"莞式标准"，其他各地领导纷纷去观摩学习，获益匪浅。我听说，在广州、深圳等地工作的年轻男性，周末经常会被人问起是否要去东莞玩玩。以至于真正要去东莞办事的人，都腼腆地说自己其实是去增城或者从化，生怕前半辈子攒的好名声就此毁了。东莞好像被默认为一个心照不宣的桃色暧昧城市。假如去掉一些粉色的成分，东莞的古迹景观和桑拿，的确也值得一去。以休闲产业作为特色的城市，近年来愈见多了起来。比如星城长沙，洗脚功夫可称独步天下。夜幕降临之后，这个城市的一半人给另一半人洗脚，"脚都"之名即由此而来。在这里你会发现，人类最重要的器官不是大脑，而是脚。多年前我在长沙洗过一次，最后竟然给捏睡着了，醒来后神清气爽，从此开始对按摩之类的国粹半信半疑。

长沙的竞争对手有两个：一个是扬州，以修脚搓背闻名。北京高档桑拿里的修脚师傅，如果你问起贵乡何处，一定很得意地会说自己是扬州的，次一点的也说自己是高邮或者泰州的，显得有范儿，手艺好。另一个城市是咸阳，本来这个地方可以搞搞西咸一体化发展旅游，谁料主事者把洗脚也作为一大产业，迅速占领了西北市场。

马鞍山更甚，由市府当局出面宣布，要把马鞍山建成中国洗浴业的龙头城市，提出一个特别耸动的口号——中国浴城，并赋予其文化上的深邃意义，说马鞍山的洗浴是"领导满意，太太放心"。

领导肯定是满意的，至于太太放心不放心，的确很难一一证实。
这种写入编制规划的雄心，暴露了产业升级腾笼换鸟的急切心理。

如果一定要把洗澡当作文化形态之一种来"传承"，那么追根溯源，似乎也跟传统文化毫不相关。中国自古并无洗浴、修脚这种"文化"。即便有，那也只是"春寒赐浴华清池"这种帝王之家的特权而已，王谢堂上的那帮嗑药的名士们，一辈子都不洗澡的。平民百姓里，也只有女性可以修成三寸小脚。要说洗澡文化，真该看看罗马古城的那些下水道。

说到底，一个城市的核心竞争力应该是三贴近而不是三温暖。我们现在看看三线城市的产业，泰半便是依赖这种消费来支撑。从历史上看，很多时候官府狂喊某个口号的时候，一定是奇缺这个东西，所以"文化"，恰恰是"没文化"的一块遮羞布。

（原刊《南方都市报》，2011 年 7 月 3 日）

复制的力量

　　我坐地铁一般不爱带包，尽可能把出门要带的东西简化到可以在衣服口袋里放下。一则是带包安检时要排队，取包时不排队，挤得乱七八糟；二则是安检人员看每个人都像坏人，而我自认是个好人，不想跟他们打交道。奥运后北京地铁安检成为常态，世博后上海地铁安检成为常态，亚运后广州地铁安检成为常态。深圳大运还没开始，地铁就开始逢包必检了。

　　有时候我会兴高采烈地想，政府为了保障市民安全在地铁里设安检仪，竟然历尽千辛万苦去办那么多的世界性活动，既普及了安检，又让市民在家门口能看到，真是一举两得啊。说到深圳地铁，颇有几句话想说。在罗宝线的机场段开通的第二天，我就坐地铁去机场。坐在座位上举头一看，就被那一串长长的绿灯吓坏了。

　　这大概是全球最长的地铁吧，我想。数了数有三十座车站，按照正常地铁的速度，至少要一个小时才能从罗湖坐到机场。我立刻意识到可能赶不上飞机了，后来转念一想，飞机一定会延误，就这样吧。随即发现地铁的 Logo 看起来好眼熟，似乎在哪里见过一般。冥思苦想良久才想起来，这似乎就是香港地铁的标志，连颜色都是一样的绛红色。不过香港地铁是一道杠，深圳地铁是三道杠。

　　报站名也是一样，一遍粤语，一遍国语，一遍英语。单就地铁而言，你会觉得深港早就一体化了，除了简繁体，看不出区别。罗湖口岸边上的桑拿，也不顾国家语委的规定，早就使用了繁体字，甚至用粤语方言文字书写。也许看官们也早就发现了，深圳对香港模仿的痕迹很重，留心一下处处皆是。作为一个平地而起的现代化城市，深圳也只能模仿一河之隔的香港。这方面的例子不胜枚举，比如马路边上的垃圾桶和上面的烟灰缸，可以肯定是一个厂家生产的。追溯到深圳的早期，整个经济模式也是拷贝香港而来。改革开放的起点，其实是回到20世纪四五十年代，先学习资本主义。

　　最近几年，网友们习惯以"某都"称呼国内的一线城市。北京是帝都，上海是魔都，广州是妖都（这三个都是进了百度百科的名词），重庆是红都，深圳是寨都。虽然"寨都"的称呼并未被主流认可，但流传颇广。"寨都"顾名思义，就是"山寨之都"，华强北的手机、电脑被称为"寨版"。

深圳的起点就来自复制，或者说学习。改革开放早期，当时普通群众出国都比较困难，但是想看看外面的世界怎么办呢，除了看电视之外，还可以去北京的世界公园，什么狮身人面像、金字塔、泰姬陵，应有尽有。可是南方的群众去北京不方便怎么办？没事，有深圳的世界之窗。想怎么玩都可以，这些建筑几乎都是按照原图纸建的。不只是复制建筑而已，这里连科罗拉多大漂流都可以复制。据说浓缩了全世界几千年的文明精华。

如果对世界之窗的外国景点兴趣不大，没关系，深圳还有从全国各地复制过来的"锦绣中华"，什么布依族的寨子，苗族的竹楼，蒙古的马场，也是应有尽有。如果这里的服务员都穿上民族服装，你以为这儿在开政协会议。这两个景点给中国人提供了很多关于世界和民族的知识。好多人都分不清这两个景点，其实民族的就是世界的。

按照官方的说法，三十年要走别人几百年的路，唯一的路子就是模仿。全世界最善于学习的人都在这里，最善于拷贝的人也在这里。据说山寨这个词就是"shenzhen"的转音。不过这个词很形象，在中国古典小说里，山寨就是一个模仿正牌的地下社会。不过目前的这种模仿，还是洋务派中体西用的路子，复制硬件作用不大，硬件很硬，软件很软，终究也是照着壁虎画鳄鱼。

（原刊《南方都市报》，2011 年 7 月 17 日）

沧海桑田的变幻

作为一个普通群众，我最近才意识到，我生活在一个多么伟大的时代——在最近的两三年里，接连目睹了无数号称百年一遇或者千年一遇的自然现象，好像老天爷发脾气集中了一次火力。短短的一个夏天里，武汉和北京可以看海，而青岛和鄱阳湖则可以看草原。这真是吾国几千年来未有之大变局啊。

网友上传了青岛海滨浴场的几张照片，看得人哑然失笑：一位大妈穿的黑色泳衣居然只露出两只眼睛和鼻孔，甚至连手臂都包得严严实实，让人以为这是在迪拜。她无奈和绝望的眼神超越了奇怪的泳衣成为画面的亮点。在她的周围，是一望无际的绿油油的浒苔，看不到一丁点儿水面。如果从背后看的话，很可能像草原中匍匐的一只黑色的獾。一个男童从水草中钻出来，头上顶着一片浒苔，天真无邪地在笑。

全景图显示，在草原中游泳的人还真不少。我特意查了一下资料，浒苔会散发恶臭，且容易缠在身上导致溺水。我立刻对青岛人民充满了同情。不知道当地管理部门有否提示过，在这样水质条件下不宜下水。香港的海滨浴场通常都有一块警示牌，提示雨后的三四天不要下水，因为水体会被地表径流污染，不利健康。

无独有偶，一个周末我在号称是"东方夏威夷"的深圳大梅沙，骤雨如注，但海滩上还是撑满了伞，水里就跟煮饺子似的，大家玩得不亦乐乎。我心里在疑惑，难道下雨时不能下海，不应该是个常识吗？浑浊的海水并未打消游人的兴致。不由得内心发出赞叹：内外兼修，中国人民都是游坦之啊。如果人类按照进化论演进的话，中国人未来必定会成为全球唯一延续的人种。

照理说，游泳这项运动原先不是敝国人的专长。中国自古以来就不是一个海洋国家，在清代漕运改为海运之后，海禁政策才取消。之前会水的基本是阮小二这样的梁山泊水贼。青岛有海滨浴场那是德国人来了以后的事情。随后，各沿海城市才成为真正意义的沿海城市。不过现在，沿中国海岸线往南，几乎挑不出来几块合适游泳的海滩。

葫芦岛以东以北的水太冷。北戴河像样的海滩，基本被各种铁丝网围起来，那是各种机关的各种疗养院。有一段时期还被称作是"夏都"，因为毛泽东夏天喜欢在那里办公。隔海相望的大连，疗养院也是鳞次栉比，其他平民海滩的沙子粗得可以做水泥灌浆。天津有滨海区但是没有海，绝对是黄泥汤。青岛如今变成草原，能够寄望的只有厦门和三亚了。

作为一项平民运动，在海里游泳算是正常休闲。假如变成自讨苦吃的污染身心，就不那么好玩了。奇怪的是，在蓝藻和浒苔里游泳的人，居然没有多少人站出来抱怨。如果生活的最低要求得不到满足还安之若素的时候，我们还有什么能力去追求更好的生活呢？

（原刊《南方都市报》，2011 年 7 月 24 日）

慢下来，慢下来

　　有一次我在成都的春熙路上闲坐打望，看各色人等晃晃悠悠地闲庭信步，就觉得这个地方真是太悠闲了。成都人肯定会自豪地对你说，成都是全球最慢的城市，因为这里的人太懂得享受。一半时间喝茶，一半时间打麻将，一天就过去了。这是一种夸张的说法，不过这个城市的慢节奏，当然可以直观地体会到。

　　我记得有一年成都夏天高温，人们在水里开了两万桌麻将，看得鄙人心向往之。在中国各地的正式官方文件里，只有成都专门发党委政府文件，不许干部打麻将。在印象中，我的成都朋友似乎都是无业游民——陪吃陪玩陪打牌，时间大把的，好像从来没干过正经事情，但是，回头一看，正经事情似乎也都没耽误。

　　鄙意以为，这种市民性格大概是跟火锅有关——因为要慢吃，要慢喝，要慢聊。时间久了，做什么都慢慢悠悠。在别的地方被人劝酒，一般都是催促你：你丫赶紧干了，别装怂。唯独在成都被人劝酒时，他们这么说：慢慢喝，慢慢来。理由很简单，慢喝才能多喝。一顿饭吃三四个小时很常见，往往中饭、晚饭、宵夜就接上了。

历史的原因也有，都江堰修好后，成都平原两千多年旱涝保收，不用怎么费力气就衣食无忧。这里冬不冷夏不热，除了没有太阳，几乎挑不出什么毛病来，所以老辈子人都说：少不入川，老不出蜀。担心年轻人被这种闲适的生活带坏了，而老年人则适合在此地养老。用成都人的话说，就是太"安逸"了。要知道，这么一个文绉绉的词汇，在这里可是日常口语啊！

这样的生活方式有两种解读，有时候被赞为闲情逸致文化遗产，有时候会被讥为不思进取玩物丧志。我比较倾向前者，人生苦短，今朝有酒今朝醉，这才是符合人性的。何况成都一年两百多天看不到太阳，浓云压城，这要搁我，不让打牌不让喝茶不找乐子，只能抑郁得去自尽。

虽然成都人民的性子慢，但是城市的步子却越来越快。如今成都到处都是工地和围挡，几天就冒出一幢高楼来。高速路越修越多，航线越开越远。我最近还听说了一个"天府新区"的新规划，覆盖了一千五百平方公里，要让成都迅速成为西部第一的都会圈。这样的"第一"，官方可以举出无数个——比如双流机场是西部第一个有第二跑道的机场。

多快好省是社会主义的特色。尤其是在重庆直辖之后，成都便喜欢和重庆做比较。那边搞两江新区，这边就搞天府新区，那边要搞云特区，这边就说自己才是西部信息科技的领头羊。比来比去，就把官方的心态给比快了。尤其是 GDP 一挂帅，什么都变了样子。

我去郊县的平乐古镇玩，当地人开玩笑说"这是新修的古镇"，一语点破。把休闲旅游当正经政治来做，就是这个结果。刘文彩所在的安仁古镇有建川博物馆，刘氏庄园也很值得去，但是不知道为什么当地在镇上建了有轨电车的轨道，拆了一大批房子。

老话说，萝卜快了不洗泥。快了，就很粗糙，像堆砌出来的临时作品。快了，就容易忽视市民的感觉和体验，那反而是另一种形式的破坏了，在慢的市民性格和快的城市发展之间，会产生一种不融洽的张力，会把焦躁的、急促的心态，带入安逸的市民生活。一方面要快，一方面又快不起来。

当然，我也不是说，一定就是慢工出细活，出好活，但太快的东西一定会出问题。信息、物流的速度早就让人目不暇接，也只有慢下来，才能明白得失，看出端倪。李冰父子当年修都江堰，光是观察岷江的水流状况，就花了七年时间。这可真够慢的。搁在现在，七年巴不得都开始发电了吧？

（原刊《看天下》，2011 年第 34 期）

● 新北京观察

Chapter 7

因为这里是北京

　　假如在 Google Earth 里搜索"北京"，坐标会定位在天安门广场正阳门左近，这个位置也是中国公路"零公里"的起点。从空中俯瞰，正阳门以北一直到午门这一条纵线，以及广场范围内的长安街、前三门大街两条横线，组成一个"土"字。此地在过去的六十多年间，是中国的政治中心。天安门广场与由此出发的道路、资讯一起，成为中国的心脏与脉络，并且时刻影响着这个巨大国家的脉搏。

　　洪长泰先生的《地标：北京的空间政治》一书，正是以这个广场为核心研究对象，探讨政治与建筑、政权与地标之间的关系。尤其是，这个四十四公顷的广场及其周围，如何在 1949 年建政之后，逐渐形成一个涵盖政治理念与宣扬意识形态的政治空间。而由此所发生的空间政治，又是如何影响国家与民众，如何确立其背后的符号及象征意义。

全书的前六章，以天安门广场、十大建筑、革命博物馆、民族文化宫、劳动人民文化宫、人民英雄纪念碑等地标建筑为分析对象，讨论了建政最初的十年内，中国如何利用空间来完成对红色意识形态的全面构筑，并树立执政党的权威，确立其地位。从中可以窥见，执政党结合了过去皇朝以及苏联的空间政治经验，试图阐释一个新时代的来临。

北京的城市规划在元代营建大都时便已奠定。据载是太保刘秉忠奉忽必烈之命主其事。什刹海是一片不规则的水面，对设计者来说是很严峻的考验。刘秉忠对着什刹海东岸的弧线，画了一条切线，切点就是现在地安门以北鼓楼以南的后门桥。正是这个切点，奠定了元代北京城的基础，成为这座城的诞生之地。

这条切线如果延长开去，就是如今的南北中轴线。如今的平安大街一线则成为官与民、朝与市的分界线。刘对元大都的总体设计基本上遵循了《周礼·考工记》的规定和《周易》中阴阳八卦的原则。《考工记》无疑是中国最早的对空间政治的尝试："方九里，旁三门，面朝后市，左祖右社。"明清两代把太庙及社稷坛置于皇城正门左右，亦是突显皇权天授及王者之尊。不过作者并未考察明清两代的政治建筑。

这些在新的中国，被视为封建主义。新社会的领导核心未居于故宫，但仍将故宫视作城市中心，所需者，乃是对城市空间之改造。在中华人民共和国建国那天，黄炎培的一首诗曾将天安门称为"红场"。作者的考据说明，这一说法在当时颇为流行。当时中国已经决定邀请苏联专家来华考察并支援"新中国建设"。

彼时对于古城的改造，确有两种方案之争——梁思成和陈占祥的"梁陈新城方案"与苏联专家巴兰尼科夫（M.G.Barannikov）"古城中心扩散"方案。后者建议像莫斯科那样，以克里姆林宫为中心，放射出几条干道，再围绕中心建设环路——这就是现在北京城规划的由来。作者的分析认为，将行政中心与皇朝宫殿在这里会合起来，一方面是肯定新政府的合法地位，另一方面彰显出天安门对新政权的特殊意义，同时，也表示对莫斯科的一种尊重。

但很显然的是，中国领导人并不愿意把天安门广场建成世界第二个红场。在具体的建造过程中，纳中国国情、民族主义、主权独立、历史意义等诸多因素为一体，最后建成比红场大五倍的全球最大广场。这不仅仅彰显中国是人口大国，也暗含了超越苏联的心理状态。大小高低这些建筑学的概念，在政治中都是关键问题，因为牵涉优与劣、好与坏、先进与落后等事关国体的大事。

从十大建筑、军博、纪念碑、纪念堂等后起建筑来看，在这种政治艺术的阐述中，民族主义是占了上风的。即以纪念碑为例，采用中式石碑的样式，顶部采用庑顶，下部是须弥座。但其高度比天安门城楼高四米有余，是全广场中最高的建筑。这表示其高度和象征意义都超过象征皇权的天安门及紫禁城。作者说："假如紫禁城代表中国悲惨的过去，纪念碑则象征满载希望的未来。"

该书的最后一章则研究了广场上的庆典以及北京奥运会时期的新的政治空间。传统的庆典是"五一"、国庆等游行活动，作者认为这以宣传国家成就和鼓动民族情绪为主。这与之前所论证的建筑中的民族主义意识形态是相关联的，表明似乎中国放下了沉重的历史包袱，重拾了民族自尊。

随后，作者又分析了奥运火炬的国内路线以及鸟巢、水立方等奥运建筑，指出"如果我们说'五一'劳动节、'十一'国庆节的游行是充满了民族主义色彩，强调国家利益，那么2008年的北京奥运就是把中国推向世界舞台，通过国际体坛盛事，宣扬只有在共产党的带领下，中国才能成为世界的一大强国"。

　　如果放下书细细审视周遭的建筑，比如最近几年北京的新建筑，前门的中央政府联合办公大楼、公安部新楼、海军总部新楼等，我们就能够发现其中蕴含的政治意义。城市设计和建筑物等空间，与政治、与历史有着千丝万缕的联系。

（原刊《新世纪》，2012 年第 14 期）

两个北京的合流

王朔说过，北京有两个：胡同北京和大院北京。作为一个进城干部的后代，王朔的"大院故事"在很长的一段时间之内成为其小说的主要内容。他笔下的北京和许多人想象的北京迥然不同。在中国的其他城市，类似这样的单位大院也比比皆是，但倘若把王朔的海军大院故事挪到青岛或者南京这样军事气味浓烈的城市，就失去了其标本意义，丢掉了大院文化的精神内核，因为全中国的单位大院，都不若北京来得典型。

自复兴门以西，长安街延长线及以北，布满了无数大大小小的院落。气宇不凡的大门，高大敦实的围墙，威严伫立的哨位，熙来攘往的小车，是这些大院给我们的全部印象。内行的人甚至可以通过门口的警卫来断定这个大院所属单位的级别和性质。每个大院都是一个封闭的社会，商店、澡堂、医院、幼儿园应有尽有，有的大院甚至还设立中学及派出所。可以说，大院几乎可以负责一个人生老病死的全过程。

1949 年后进入北京的新北京人，除了因为工农业建设需要从附近省份调来的职工之外，还有因高校院系调整及政治需要进入北京的干部、军人及知识分子。这近百万人的生活从此与单位大院密切相关。这些大院包括中央国家机关、各部委办局、高等院校、科研院所、社会团体，等等。正是因为这些大院围墙的建立，北京才成为中国的政治、文化中心。而大院里的人，也成为掌管上层建筑的"国家的人"，以他们为主体，构成了独一无二的大院文化。

相比之下，那些老北京人，则大多分布于公交、商业等服务行业。而这些老北京，他们的居住地便是遍及内城的数不清的胡同。不管是后海边上还是正阳门下，胡同永远带给人一个原汁原味的北京的形象，充满了亲切扑鼻的生活气息。胡同北京，才是大多数人想象中的北京。胡同文化，也是整个京派文化的根底，构成了这个古老城市的全部记忆。在胡同逐渐消失的今天，胡同文化随之成为备受瞩目的显学。

大院文化和胡同文化，形成了两个截然不同的北京印象。这样，北京人也被逐渐分为两种：说着夹杂方言的普通话的大院居民和操着京片子的胡同居民。如果再仔细分析，胡同居民对应的四合院，象征的是家庭；而大院居民对应的宿舍楼，象征的则是单位。这是怎样一个绝妙的安排。两千多年来，政权对人们的控制都是通过具备人伦意义的家庭或者宗族，以宗法制度为核心。1949年之后，人们从"家庭人"变为"单位人"，从此有了档案，有了同事，有个固定的圈子，但也被单位控制。

从城市功能和市民意识上来说，大院对城市的伤害是显而易见的。各自为政的大院小社会淡化模糊了居民的市民意识，他们从户籍制度的意义上来说是北京人，但他们与北京的隔阂不仅仅是语言和生活习惯。我的一位朋友在中央机关工作，他的日常工作是到北京去调研，可见，在许多大院人的心里，并没有"自己就在北京"的意识，他们和城市的日常生活极为疏远。

从城市规划上来说，大院的各自为政让规划部门头痛不已。比如，从南礼士路口至公主坟长达四公里的路段，北向的道路只有两条，车辆分流殊为不易。其原因就是因为连续不断的大院跟北京市无关，甚至有的大院的级别比北京市还高。林立的院墙背后，透视了权力的生存法则，让人感到冷漠、拒绝和防范。

在保护胡同文化的呼声中，我们看到了胡同的坍塌和消亡，好比死掉的画家，作品标价骤然飙升。胡同的居民也将逐步搬进价格不菲的回迁房，他们离开了胡同和四合院，但是还将继续延续胡同和四合院的习惯。与胡同相比，大院开始向市民社会靠拢。社会化的呼声处处皆闻。从军队大院来说，江泽民的"军队的后勤化保障特别是生活保障必须社会化"的指示至少让一些人走进了大院，另外一些人走出了大院。

我们很乐意地看到，两个北京正逐渐消除彼此之间的藩篱。可以肯定的是，它们永远不会重合，胡同北京只能作为大院北京的背景，并渐渐模糊起来。

（原刊《新京报》，2005 年 5 月 24 日）

平安大街的秘密

　　横贯北京旧城的两条主要东西向道路都和"安"字有关。一条便是国家大道长安街，另一条便是最具北京特色的平安大街。以"安"字命名，显示了我们内心对这个城市良好的期待与愿望。平安大街由东四十条、张自忠路、地安门东大街、地安门西大街、平安里西大街五条大街组成。由于途经平安里、地安门，为表达方便统称"平安大街"。通车后各路段仍沿用原来的街名。

　　平安大街通车的时候，正是上个世纪末的1999年。彼时，北京城建的缺陷已被诟病良久，横贯旧城的平安大街拓宽改造工程，因为关系沿线数不清的明清传统建筑而被万众瞩目。最终的改造结果虽然不尽如人意，但比此前许多旧城改造的工程效果稍好，沿街多数建筑保留了青砖灰瓦的明清民居风格，倒也和周边景观保持了一定的协调。

平安大街上最可注意的地点在地安门。这个位置是北京的南北中轴线和平安大街交会的地方，也是老北京城朝堂与市井的分界线。即便现在来看旧城，平安大街仍然是庙堂和江湖的分界线。这条线以南多是党政机关驻在地，以北则多是民居。有论者认为什刹海是北京最平民化的海子，恐怕就和这条分界线有关。

北京旧城的底子是元大都。至元四年（1267 年）正月，太保刘秉忠受忽必烈之命，营建大都。刘秉忠早年曾出家为僧，儒经内典，无一不通。忽必烈定国号为"元"，即出自刘的建议。

刘秉忠是怎么设计元大都的呢？什刹海的存在对设计者来说是个很严峻的考验。什刹海是一片不规则的水面。刘秉忠对着什刹海的东岸的弧线，画了一条切线。切点就是现在地安门以北鼓楼以南的后门桥。正是这个切点，奠定了元代古城的基础，成为它的诞生之地。这条切线如果延长开去，就是如今的南北中轴线。

从宏观地理上看，北京背靠高山，南控中原，东临辽海，西依太行，北连朔漠，是"设邦建国"的最为理想之处。从城市形状看，大都城基本上符合"匠人营国，方九里"的原则，城内东西南北各有九条大街，也符合"国中九经九纬，经途九轨"的说法；太庙位于齐化门（今朝阳门）内，社稷坛位于平则门（今阜成门）内，一东一西，一左一右，体现了"左祖右社"的原则。这样的设计思路，就使得平安大街成为"朝"与"市"、"官"与"民"的分界线。一街之隔，南边是严肃的朱瓦红墙的宫殿，北边则是朴素简洁的民房。

当时大运河上的行船，可以直达什刹海。从南河沿、北河沿一直到后门桥。为什么会这样？因为平安大街以北是"市"，是做买卖的地方。至今我们在平安大街上，还能看到诸如海运仓、新太仓这样的地名，就是因为当时这里是商贸集散地。

明清之后，由于人口的增多和城市的发展，官方不断侵占民众的地盘，使得平安大街在清代成为王府的集中之地。许多王府就围绕着什刹海来建，平安大街的朝市分界线也逐渐模糊起来。

平安大街的最东端，也就是张自忠路三号有一座仿欧洲古典风格的建筑，这就是段祺瑞执政府旧址。1912年袁世凯在北京就任中华民国临时大总统时，这里是总统府和国务院。1924年，段祺瑞临时执政时又作为临时执政府。如果从城市规划的角度上看，北洋政府的主政者们忽略了平安大街的功能，并且彻底破坏了前朝后市的城市格局。

当然，今天的城市规划自然不能再依据《周礼·考工记》来进行了。但是《考工记》和刘秉忠带给我们最重要的启发是什么呢？那就是对一个城市功能分区的巧妙布置。今天的北京城，城市的功能分区和空间布局并不合理，出现了交通拥堵、污染严重、定向人流等一系列的问题。即便是平安大街本身，也在功能设计上有其致命的弱点，比如设计者对车流量的估计远远不够，沿线的商业用地未设计停车场等现代设施，导致拥堵不堪。如果要对北京城整个的规划进行反思，决策者似乎应该去平安大街看看，在那里，有着七百年前早已给出的答案。

（原刊《新京报》，2005 年 7 月 11 日）

老北京的光与影

不知道如今的小青年们谈朋友的时候是不是也经常把电影院当作必修课之一。20世纪80年代那会儿，羞答答给对方手中塞张电影票是需要莫大勇气的。媒婆的作用固然重要，但是追姑娘（北京土话叫"戏果"）从量变进展到质变多数都得归功于电影院。暗无天日的环境里偷偷摸摸的小动作绝对是不可缺少的催化剂。

在谈恋爱都需要开介绍信的时代，能在电影院里拉女孩子的手简直就是不可思议的行为。我们居委会大妈曾经说，她就是在西四牌楼的胜利电影院看《英雄儿女》的时候和老伴第一次拉手，那时候"文革"还没开始。再到后来看样板戏的时候，就已经成为亲密无间的夫妻了。

西四的胜利影院如今还在，老太太还经常前往凭吊。早些年这儿却是个戏园子，叫西庆轩，生意一般，比起广和楼来明显不如，概因没有名角之故。1939 年，北京已经沦陷两年，大约是觉得城内娱乐场所太少，日军便将此处改为电影院，名之"北京电影院"。这个名称一直保留到平津战役之后。共产党的部队进城后，这家影院被军管会接管，改称"胜利电影院"。

如果追溯上去，北京的电影起步当是全国之先。1904 年，慈禧太后七十大寿，英国公使送了放映机和几套影片，谁料放映的时候发生爆炸，惊动凤驾。老佛爷说以后宫里头不能再搞这些危险的古怪东西。她不知道，其实早在义和团进北京的时候，都已经有外国人把当时的场面拍下来了。

次年，丰泰照相馆的老板任景丰、任庆泰兄弟俩为了给自己在大栅栏开的大观楼影戏园提供片源，借给名角谭鑫培祝寿之机，说是要给谭拍片子留念。他们的照相师叫刘仲伦，撑着木壳的手摇摄影机，就是《黄飞鸿》里十三姨拿的那种，在照相馆的院子里连着三天拍了三本露天电影。谭老板的拿手戏自然是《定军山》——这就是中国电影史上的第一部影片。

在百姓那里，这玩意儿比皮影戏好看。丰泰照相馆此后就连续不断地拍各个名家的戏曲片段，如谭鑫培的《长坂坡》、俞菊笙的《青石山》及《艳阳楼》、俞振庭的《白水滩》及《金钱豹》

等，在大观楼乐此不疲。这些电影都是武戏，表情丰富，动作夸张。因为当时电影完全是没有声音的。来自沈阳的任氏兄弟赚了中国电影的第一桶金。这些片段随后走出北京，颇受欢迎。

不过再怎么说，大观楼和丰泰照相馆也是小本经营，算不上电影机构。那时候能去大观楼看电影的，多数是提笼架鸟、游手好闲之人。随后，一些缺少台柱子的戏园就慢慢往电影院上靠了。投入也不多，效果好得出奇。再往后，民国的新贵们秉承了前清遗老们的习惯，都去影院"捧角儿"了，情况大体上和今天的首映式差不了太多。还时常传出阔少和影星的绯闻，那时候的报纸没有娱乐版，所以准上头版头条。

如今的影星绯闻大众早已习惯，不习惯的反而是正儿八经去影院看电影，一张电影票花费的银子能买好几张该部电影的光碟。就我所知，多数去看电影的人比较在乎音效，才去影院看电影，否则躺在床上看碟，也没人管你上面抽烟或是下面放屁。还有一小撮人，则怀着不可告人的目的去黑灯瞎火的电影院。

《指环王2》我是2002年春天在东单的大华影院看的。彼时门口人涌如潮，票贩子炒到六十块，照样供不应求。我记得有个场景是一枝箭射到某人胸口，"砰"的一声，我的感觉像自己被射中一样，下意识摸了摸胸口，连椅子都觉得在动。这般感觉是非常爽的。

　　这种爽其实在哪家影院都一样。因为大家的硬件设备都很硬，基本上比较不出来谁比谁更硬。在首都时代和华星看，其实差别不大，除了爆米花的价格和口味。听说北京有的影院还卖比萨，我没有亲见，但是这个未免太煞风景。假如，你悄悄地把手伸到邻座去摸美眉的玉手，很有可能赫然发觉那不过是热狗中的一段香肠，顿时有焚琴煮鹤之悲愤。不知道这部分收入算不算在影院的票房之内。总而言之，被摸者是不会像 20 世纪 70 年代的青年们那样，四顾无人，然后肆无忌惮地脸红了。

（原刊《新京报》，2004 年 9 月 17 日）

有知识没文化的海淀

2004 年 10 月 26 日，教育部成立了大学评估中心。自此，终于有一个明确的官方机构出来为国内大学排座次，这样的权威发布每五年进行一次。而此前的每年冬天，各个大学对广州某机构发布的排行榜都不以为然，连雄踞榜首的大学也不例外。其实，在中国，各大学相比之下都差不多，五十步与百步之别罢了，硬要争个座次出来，实在不是有很大必要。各地方大学吵得不可开交的时候，全国只有两所大学岿然不动，那就是位于北京的北大和清华——据说那就是先进文化的代表。

北京是从不缺文化的地方。很久之前，钱锺书先生就说，上海和南京会产生艺术和文化，正像说头脑以外的手足或腰腹也会思想一样地可笑。这话说得贫了些，不可否认的是，北京是新文化运动的肇始之地，民初以来就承担着文化中心的重任。假如把北京的房价指数按地区分布画成地形等高线的话，会发现西北这片儿是绝对的高地，房价直逼云端，原因无他，有文化尔。

对于房地产商而言，楼盘的文化品位来自周边的高校，似乎高校宛如一条昼夜不息的流水线，像加湿器或者制氧机那样向外界输送着文化的气息。海淀的大学仿佛是飞来峰底下佛祖的脚丫子，又好似主持洗礼的神甫的手，稍微沾点边儿就具备无尽的灵气，从而楼以校贵。按照开发商的解释，住在海淀的楼盘，仿佛呼吸的空气都能在鼻腔里幻化成化学分子式，举手投足之间都具备了文化人的特征，生活中的一切都能跟文化扯上关系，连硅谷楼底下卖黄碟的都口口声声说"两性文化"。

文化这样的抽象概念，我向来敬而远之。然则自海淀高校出来，加之又干的是文化事业，未免不被人贴上"文化人"的标签，按理是该维护道统的。可是，于今观之，海淀却是最没文化的地方。且不说近几年发生的学术不端事件多数出自海淀，也不说各类披着文化外衣的不良现象润物细无声地潜入校园，单是看看海淀林立的各类广告牌就晓得如今的海淀蜕变成了什么样子。

司徒雷登当年把燕京大学的校址选在朗润园不是没有道理的。彼时交通不便，身处象牙之塔的学生们可以远离喧嚣，与前门外的商业文化相距较远。除了本校的图书馆，也没有什么兼职可做，从学生到教授都是读书至上，甚至这个学校读起来不爽，可以转至另一校继续学习，不用担心四级考试和两证的授予。那个时候的老师，具备文人与学者的双重素养，物理学家和生物学家的新诗都写得极好，遑论人文学科的教授。

我记得萧涤非先生的《魏晋南北朝乐府文学史》是其本科毕业的论文，凡二十余万字，至今仍为这一领域的扛鼎之作，能与之并肩者寥寥，试问如今的本科学生有哪个能及？我敢说现在中文系看过这本书的学生也为数不多。现在一些教授的文章，刻意将简单问题复杂化，教人看不懂，才叫好文章，其实是蒙人而已。如果要追究原因，还须上溯到"五四"。中国文化一个重要的传统是重礼轻术，这在"五四"时代被大加挞伐。1949年之后的历次运动，都是以鞭笞知识分子（尤其是人文科学知识分子）的身心为目的，技术至上被奉为圭臬，从此人文学科成为最不发达的学科门类。

红小兵们起身造反，"大革文化命"成为摧残人文科学的高潮。任何风吹草动先是在海淀出现，然后遍及全国。整个文化的主心骨被一次次摧残和遗弃，仁义礼智信的基本标尺被拗断，这一切都可以在海淀这个地方找到最贴切的样本。一向自称传承文化的海淀诸校，此刻成为文化的掘墓人。终于，他们把根刨了，血淋淋地向外界展示着那刺眼的红色。

"礼崩乐坏"的速度超出所有人的预料。我的一位同行说，政府迷信 GDP，企业迷信市场，个人迷信存款。在整个社会缺乏维系的信仰体系的状况之下，而海淀，这个被认为最富精神信仰和文化积淀的地方却在这个时候缺位了，留下的只有教育产业化、科研成果专利化、学生无知化等数不尽的弊病。

有位伟大的学者埋葬在海淀，他的墓碑上刻着发人深省却让知识分子永远汗颜无地的一段话："士之读书治学，盖将以脱心志于俗谛之桎梏，真理因得以发扬。"在这个有知识没文化的海淀，人们几乎要将这句话忘却了。

（原刊《新京报》，2004 年 10 月 29 日）

宜居城市应以人为本

北京市总体规划成果展刚刚在前门边上的北京规划展览馆落下帷幕。出于对北京难以言说的复杂感情，我去参观了两次。第一次我为北京过去的辉煌慨叹，第二次就开始为北京的未来担忧了。据说两个月的展出当中，参观展览的市民络绎不绝，在三楼的比例模型边上，许多人在指点着自己的住宅。我不能免俗，也开始在模型里寻找自己刚买的楼盘位于何地。

令我失望的是，在这个足有篮球场大小、按 1:750 缩小的北京城规划模型里，我未来的住宅已经在边界之外。那个地方如今是一个大坑，周边荒凉无比，连车都很难打到。在一年半以后，将变成一个容纳数万人的居民小区。我开始为自己未来的居住环境担心起来，交通、购物、休闲、入学等。我可能每天要花费更

多的时间奔波在家与单位之间，可能在城里的夜间活动不得不按
照地铁运营时间重新规划。总之，一切都会随着居住条件变化了，
再联想到如今所在皆闻的牢骚，后来我甚至开始怀疑，北京是不
是一个适合居住的城市？

　　2005 年 1 月 12 日，国务院常务会议通过了未来十五年北京
市的总体规划。在这个规划里，未来北京的发展目标定位于：国
家首都、世界城市、文化名城、宜居城市。幸好，在最后一项终
于提到了普通群众的愿望。在我看来，"国家首都"是指其政治
职能，想必官员多有体会；"世界城市"那是对外国人而言；"文
化名城"是发展旅游业的必备口号，外地人似乎更喜欢在名胜古
迹观光；只有这"宜居城市"四字，恐怕才会使新北京人心向往之。

　　如果认真起来，会发现"宜居城市"排在诸多目标的末位。其实，
在建设国家首都、世界城市和建设文化名城、宜居城市之间，存
在着一些天然的冲突。这些冲突已经在目前的旧城改造和古迹保
护等诸多问题上变得愈加明显起来。在政治挂帅的计划经济时代，
或许这样的思维尚可理解。比如 1959 年的十大建筑，是为国庆献
礼的，而当时由于修建人民大会堂而被搬迁至丰台的一些老北京
们，却永远失去了他们住了几十年乃至几百年的家。他们在丰台
再住四十年，也未必会忘记当初石碑胡同的悠远记忆。

　　规划中提到："创造充分的就业和创业机会，建设空气清新、环境优美、生态良好的宜居城市。"是不是满足了上述条件，北京就会变为"宜居城市"？答案显然还是否定的。"宜"字何意？《说文》曰："宜，所安也。"乃是指能使人感到安定的地方。《诗经》有句云："之子于归，宜其室家。"此处宜当为和顺之意。可见从古至今，"宜居"一直就是人们心目中最美好的愿望之一。之所以美好，是因为这个目标从来都是难以企及的。

　　诚然，北京能够提供数以百万计的职位，给了很多人就业和创业的机会。数百万的人长年累月在这个城市工作和生活，他们并未享受到应有的公正待遇。他们中间有身家千万的富豪，连买车都要借助当地身份证。此外，数十万为建设北京而抛洒血汗的外来务工人员，在默默忍受这一切的时候，还有人指责他们素质低下，要赶之而后快。且不说这一说法有违宪之嫌，单是这冷漠的态度就足以让人寒心。那么这些外来人员，还会把北京当成自己的家么？

　　当一个人在一个城市居住的时候，不论这个城市有多么伟大和辉煌，他却没有家的感觉，这样的城市算不算宜居城市？当数百万人同时有这种感觉的时候，这个城市算不算宜居城市？城市和市民到底是什么样的一种关系？可能任何社会学家和规划专家都很难表达。一个城市应该让她怀抱之中的市民感到温暖和轻松,而不是冷漠和紧张。城市因人而生动,但也会因人而衰败。许多人都非常怀念"非典"威胁之下的北京,因为那是一个温馨的充满关爱的北京。

我在嘉兴逗留的时候,这个秀气的江南小城处处贴着标语:嘉兴是我家,幸福靠大家。短短数日,我发现这一口号并不仅仅是口号,热情的当地人操着带有浓重口音的普通话,使我并不觉得和这个城市的距离很远。其实对于这个城市,我只是个游客,我羡慕她的市民们。回到北京,我不得不说一口流利的京片子,在内心深处,我担心被人听出来我是外地人,即便我已经在这个城市住了很多年。我希望有那么一天,任何人在北京,都不会有这样的恐慌。

(原刊《新京报》,2005 年 2 月 2 日)

茶城马连道

每次打车，告诉司机到马连道，几乎每个司机都要问上一句：是茶城那儿吧？看来这个地方在偌大的北京城还是蛮有名气的，不必让我徒费口舌却还讲不清楚。原先住在半步桥的时候，我得向司机解释半天，末了还得在车上作指点江山状。现在就方便很多，只要说在马连道牌楼下车，任谁都不会错。

马连道的北口矗立着一座仿砖牌楼，上面的"京城茶叶第一街"几个大字表明了这条街的主要功用及商业地位。长长的一条街上鳞次栉比地坐落着大大小小的茶叶铺子，我坐在家里几乎都能闻到茶叶的味道。这话有些夸张，但是现在，这里新开发的小区无一不把茶叶当作招徕买主的招牌，广告词无非是些"都市旺地，茶园气息"之类。

　　售楼小姐的如簧之舌会让你觉得如果不买她们的房子会非常地没有品位——众所周知，茶这东西与文人墨客乃至高僧大德关系极密。尤其在寺院，是要讲究茶禅合一的，茶叶同经卷、木鱼一样可是师父们的必备物质保障。可在售楼小姐的连蒙带骗当中，仿佛你住在这里就会有了文人骚客们的风花雪月，茶叶在这里充当了一个高级道具的角色，突然和花花绿绿的票子以及高不可攀的塔楼联系起来，一时之间还不能让人适应。

　　幸好这里规划的楼盘不多，否则那些来自闽浙苏皖的茶商们简直就没有了落脚之地。来自福建的自然以售红茶为主，江浙人则以绿茶见长。他们操着各种各样的带着方言的普通话，整日混迹于这条长街之上，算是另一种"京漂"。他们每天怡然自得地在清冷的铺子里喝茶聊天，抑或是下棋看书，仿佛不论是赢利还是亏损，都无关紧要，很有儒商的味道。以茶而论，北京原是文化上不完整的地方。按照《华阳国志》的说法，武王伐纣之时就有巴蜀贡茶，那时候的北京还是不毛之地。饮茶在江南流行的时候，北京仍然是蛮夷所居的荒原。后来住在元朝大都的丞相耶律楚材在诗中说："啜罢江南一碗茶，枯肠历历走雷车。"那时候，茶是江南文明的代表之物。就气候与地域而言，北京并不产茶，然而这在后来并不影响北京人喝茶。

　　自明清以降，随着经济中心南移和文化中心北移格局的形成，饮茶才成为北京人不可或缺的日常活动之一。彼时地方政府向中央政府岁贡茶叶的制度渐趋式微，来自江南各地的茶商便充斥京城的大街小巷。乾隆年间，仅安徽的茶商在北京设立的茶叶字号就有近一百七十家，大小茶馆千余家。这些茶馆直接促进了市民文化的迅速壮大。

　　在这种茶馆里，饮茶只是副业，听评书才是正经事情。茶客中，上有王公贝勒，下有黔首布衣。开书之后，喝茶便与听书同步进行，不再单独接待普通茶客。听书品茗，以茶助兴。埋单之时不称茶钱，而称"书钱"，主次甚为分明。旧北京的书茶馆多集中于东华门和地安门外，是皇裔官宦集中之地。前门外天桥一带的茶馆则以曲艺演出为主，茶客多为下层百姓。在作为首都的北京，三教九流，各色人等就齐聚在这小小的茶馆，提笼架鸟者有之，纵谈风月者有之，畅论国是者有之。

　　像老舍先生笔下那样的茶馆业已销声匿迹，如今的茶馆已经没有了彼时的一切魅力。但是在马连道的茶叶铺子，却还有另一番关于茶的体会。假如你偶然踏进了某家铺子，会有精明秀气的老板娘迎上前来，带着浓重的江南口音问你喜欢喝什么茶、用什么茶具之类的问题，其待客之热情会让你觉得，不在她这儿买个四两半斤茶叶回去不啻是罪大恶极。

这里的每间铺子都会有多得数不过来的茶具，从粗制滥造的宜兴紫砂壶到晶莹剔透的玻璃盏应有尽有。老板娘拿着茶匙的纤纤素手在你面前上下翻飞。从初泡至数泡，她都是那么不疾不徐，举手投足间，你会在瞬间觉得茶叶在她手中变得是那么的陌生和不可思议。

我向来是不肯让别人为我沏茶的，这是受了冯开之的毒害。《梅花草堂笔谈》里有这位老先生详尽的记录。老先生特别喜欢品茗，然而他每次泡茶都是亲自动手，不会让书童碰他的茶具并为他泡茶。有客人问其原因。老先生回答得极为幽默：侍弄茶就像侍奉美人一般，就像古玩书画一样，怎么能让他人沾手？冯老先生的意境远比林和靖的"梅妻鹤子"来得高妙。我历来是身体力行之。然而在马连道，方知道自己一直以来泡茶的方向性错误。

在店里枯坐一天，会大有收获。我向来不喜欢和别人讨价还价，何况白喝了人家一下午的免费茶，更何况还听了人家一下午关于茶道的免费课，于是临了总要称几两茶叶回去。这样的购物行为，虽然耗时费力，却也与"坐而论道"相去不远，是大有乐趣的。有位无锡的小姑娘，姐妹二人勉力经营着一家小店铺，专售太湖碧螺春。她们每日恬淡而安静，总是对坐而弈。有客人进来，便撤了棋枰，默默地添水、选茶、洗杯、冲泡，一人动手焙茗试茶，一人则动口为之讲解，合作颇为密切。

有了马连道这个地方——这里在光绪末年仍然是一片低洼的沼泽，出产一种叫"马蔺草"的植物——20世纪90年代中期，才成为江南茶商在京城的云集之地。从此，北京变得更加完整和生动起来。

（原刊《新京报》，2004年3月3日）

涮的就是肉

　　老辈子北京人冬天待客，常说"给您煽个锅子"。别小看这"煽个锅子"，这里头讲究可就大了。所谓的锅子，就是涮羊肉的锅，相信食客和看客们都有切身的体会。据说是铜锡合金铸就，至于各占几成那是铸匠的事情，不在论述之列。涮羊肉这种吃法，古已有之，于今为盛。最早见到的文字记载是南宋林洪所撰的《山家清供》，书中记载了一种叫"拔霞供"的菜，大意是说把兔肉切成薄片，用酒、酱、椒等调味料浸渍后，等到汤滚，兔肉片"入汤摆熟啖之"，他还说："不独是兔肉，猪、羊肉皆可照此法食之。"可见最早能拿来涮的肉是兔肉。这种吃法后来在成吉思汗劳军的时候也用过。羊肉是那时蒙古大军的主食，大致是因为行军时条件简陋，涮来吃的话也就是当时的快餐了，加之有汤有肉，很适合天寒地燥的时候饕餮一番。

《清稗类钞》里记载:"京师冬日,酒家沽饮,案辄有一小釜,沃汤其中,炽火于下,盘置鸡鱼羊豕之肉片,俾客自投之,俟熟而食,故曰'生火锅'。""人民无分教内教外,均以涮羊肉为快。"可见北京还是比较遵循汉人传统,不必一定涮羊肉的。但是问题在于唯有羊肉这东西可入水火,以烈火燎之,以沸汤涮之,仍不改味美之本色,不同之处仅是烤全羊以形胜,上桌之时光是在体积上就占了上风,必定要在宴席之上占据中央的位置。

涮羊肉则以味胜,化整为零,据说是一斤肉要切出八十片来,每片一寸长、四寸宽,方显刀功。至于烤羊肉串,则只适合在街头巷尾以站姿享受,况且必定要胸部前倾,臀部后扬,吃完之后以桶状卫生纸抹嘴走人,是登不得大雅之堂的。涮羊肉则不同,或是一人小酌,或是众人聚食,必定是执筷坐而食之,怡然悠哉。故涮肉就其形态和味道而言,在诸多美味中可拔头筹。

涮肉的精要之处在于涮的要是肉才行,且要不焦不躁不疾不徐方可。我就见过有人在吃涮肉时恨不能将桌上的盘子酱碗都扔进去,结果锅里一团模糊,像极了东北所谓的"乱炖"。

须知涮肉有专攻,进锅有先后。既名之,则涮之。锅开之后,热浪滚滚,香气袭面。先得将肉片投入锅中,拿筷子夹着,在滚汤里漂三下，就可以吃。时间短了肉就太嫩，容易夹生，时间长了则太老，味同嚼蜡。在天寒地冻之时，佐以小瓶二锅头最好。相信是比山神庙中林冲的冷牛肉来得热烈。至于蔬菜豆腐等物，是涮肉之后的清嘴之物，再叫一只芝麻火烧用筷子穿了，搁在火口上烤着，便是主食了。

　　我在北京这几年中，去的次数最多的涮肉店是一家不知名的小店，在前门鲜鱼口进去没几步。这家的酱是我吃过的涮肉中最好的，很快就成为我的"据点"，并且在吃的时候从来不点蔬菜，专奔羊肉而去。我有个居士朋友，素来是不吃荤的，经我几次添油加醋地描述，居然也动了心，要去见识一番。前提是他只涮蔬菜豆腐，荤物免谈，并且汤里不能用荤油。我鄙视了他良久，几要拂袖而走。还好店主不嫌麻烦，居然弄了锅清汤寡水给他。两个锅巍然伫立二人之间，立时有"道不同不相为谋"之感。

　　涮完肉，上份儿杂面。这杂面主要是绿豆面，加点白面、荞面和匀了，醒透、擀薄、切丝。杂面和羊汤是绝配。《红楼梦》里尤三姐指着贾琏说："咱们清水下杂面——你吃我看！"人民文学出版社第六十五回注解说："清水下杂面：杂面是一种绿豆为主的面条，煮时须多加油，味才不涩。如只用清水煮，便不堪吃。"这种注释实在不得要领，杂面配羊汤，那才是正经的吃法。

当然只是在涮肉之后，撇了沫儿，下到汤里，白汤绿面红枣，光是颜色就能馋人。

偏是这爷们儿不是吃肉的主儿，只好学学琏二爷了，清水下了杂面。店主极其热情，过来摇着头给这厮撂了句话：涮的就是肉！您要这样儿吃，满北京城就没您的地界儿了。涮的就是肉，果然如此，主题分明，主次不能混淆。耳中听着食客此起彼伏的吆喝声：您再给上份儿肉！一时间，家国大事，房中郊庙，尽在锅外了。

（原刊《新京报》，2003 年 11 月 13 日）

出租车与北京形象

不出一年的时间，北京出租车的更新换代就要完成了。从 20 世纪 80 年代末期开始迅速发展的出租车业，在短短十多年的时间里，经历了三次更新的过程，现在街头随处可见的宽敞明亮的新车，在相当程度上成为北京的第一张名片，自然代表了北京城市形象的一部分。

然而坐在新车里的人们仍然怀念 20 世纪 90 年代初满大街的"面的"。北京人亲切地把这种车称为"黄虫"，它不仅能坐七八个人，塞大一点的家用电器都不在话下，非常方便。王朔在小说里，经常提到这样便宜的交通工具。

从 1994 年开始，北京市政府为了改善城市形象，宣布逐步取消"面的"，到 1998 年，开展了大规模的"扫黄（虫）运动"，出租车车型后来被默认为夏利。这样的小排量的车型据说后来仍然不能满足"城市形象"的需要，于是在近年来，更换为更大排量的索纳塔等车型。

新车的外观颜色也做了统一，司机们称之为"鸡屎黄"。这与以前各公司各自为政时期的五颜六色相比，自然是一大进步，至少看上去很美。但在实际安全性能上，却不能与以往的夏利相比了，差异就在新车车内并没有安装防护栏。

从2005年夏天开始，许多旧车型开始将车内的防护栏拆除，据说是为了表现安全文明的城市形象。有人说，防护栏将司机与乘客隔开，显得很不近人情，天然地为交流设置屏障。当然，这个想法是好的。防护栏如果拆除，至少会增加车内的视觉空间，但同时也增加了司机的不安全系数。坏人脸上不会刻字，司机也不能拒载，没有防护栏的出租车，安全如何保证？

新车为了增加安全系数，都安装了GPS全球定位系统。殊不知，这个系统只能保证车的安全，保证不了人的安全。从已有的报道来看，坏人下手，手段何其凌厉，不等警察赶来，早就无影无踪。GPS对司机个人来说，几乎全无用处。

从2006年3月新车大面积上街以来，几乎每个月都有司机被抢劫的事件，车子完好无损，人却无一幸免。这不能不引起管理部门的重视。已经有司机违背文件精神，悄悄安装防护栏了，他们到公司去的时候，会把这个东西拆下来。这样阳奉阴违的行为，却是在保护自己的生命。连续发生的出租车劫案，不能不说是对城市"安全文明形象"的一大讽刺。

让司机的鲜血去维系城市的形象，是官僚机构的一大发明。北京出租车司机号称"十万大军"，加上司机们上有父母，下有妻儿，一人殒命，可能其他人的衣食都无着落。看似几起简单的案子，却使得数十万人人心惶惶。

提升北京的城市形象，着眼点究竟在什么地方？北京申奥成功后，有位市民写文章称北京人有十二个小毛病，会影响城市形象。刘淇当即批示要研究解决。事过三年，这些小毛病或多或少仍然存在。比如地铁的先下后上原则，很少有人能耐着性子等别人下车。如果仔细分析的话，影响城市形象的反而是软件建设，并不是硬件的更换和升级。

然而这样的论调并未成为共识。拓宽马路，修建火柴盒那样的高楼，拆除四合院，拆除防护栏，这些却成为提升北京形象的具体行为。没有人便没有城市，没有人的形象便没有城市的形象，皮之不存，毛将焉附。归根结底，遑论北京，中国的任何城市，只要真正落实了"以人为本"这句话，城市形象都不成问题。

　　最近听说长城学会在征集清除城砖刻字的好办法，并有人借此指责外地人不爱护北京。可是一座城市，都不爱护自己的市民（出租车司机要有本地户口），凭什么让外地人去爱护它？出租车司机的安全问题，反映出的是相关部门简单愚蠢的行政逻辑。既然没有足够的警力去维持整个社会的安全，又有什么资格让司机撤掉保障生命的防护栏呢？在这个世界上，没有什么能比生命更重要。提升城市形象，从关心出租车司机开始。

　　　　　　　　　　　　（原刊《新京报》，2005 年 11 月 20 日）

老字号里的流年碎影

　　倘若百余年前政府要给商店抑或厂家颁发诸如国家免检产品之类的金字招牌，那么前门外大栅栏一字排开的那几十家老店铺是决计绕不过的。即便是现在，免检产品之类的证书也少不了要给他们。前门外溜达一圈，从大栅栏西街穿樱桃胡同、桐梓胡同一直到琉璃厂西街，这条路线走完之后，你就明白人民群众日益增长的物质文化需求在这里完全可以得到满足，丝毫不存在什么尖锐的矛盾。

　　头上戴的、身上穿的、脚上套的、手里拿的、眼睛看的都是有名目的。从上到下：盛锡福的帽子、瑞蚨祥的衣料、内联升的鞋子。除了包裹身体这三大件之外，吃饭也很方便——荤的有全聚德、东来顺、正阳楼，素的有功德林、全素斋；看戏有广和楼、正乙楼；

想装文化人就上琉璃厂的来薰阁、邃雅斋，戴一副亨得利的眼镜四处瞧瞧；万一吃坏了肚子还能就近去同仁堂、鹤年堂开剂药，包管让你服服帖帖；走的时候再捎点张一元的茶叶、六必居的酱菜、王致和的腐乳回家。这样的单子还可以无休止地开下去——因为，北京的老字号实在是多得数不过来，涵盖了生活的方方面面。

用今天的话讲，上列的诸多老字号就是今天大家公认的"名牌"，而且是久经考验有口皆碑的名牌。一不小心，就能把历史上溯到元明两朝，比美国建国早多了。王朔心中的北京有两个：大院北京和胡同北京。后者属于远离庙堂的底层市民，他们的生活就日复一日消磨在这些胡同里面，随心所欲地滋润地过着简单的日子。

看着瑞蚨祥那古旧却又洋派的门面，我仿佛一下子回到那个我不曾经历的年代：窄小而喧嚣的马路两旁是鳞次栉比的店铺，路边的剃头挑子和小吃摊同样都冒着蒸腾而上的热气，闲适的人们三五成群地散落在大街上，脑后拖着一条条油松大辫，低头觅食的小狗，匆匆来往的高头大马，列队而过的士兵，空气里飘着各种各样的味道，耳畔还有京韵大鼓的板胡伴奏——这差不多是一百多年前的大栅栏。

这里仿佛就是那个时代北京的缩微景观，把人的记忆硬生生拖回到那个鲜活的老北京。天空是干净的，整个城市由一种灰色的调子笼罩着，不论是大栅栏高耸的牌楼还是鲜鱼口里低矮的民房，都是灰色的，然而这并不影响大栅栏这块天子脚下的福地，也打乱不了宁静而祥和的气氛。

穿街而过，一块块招牌清一色黑底金字，熠熠生辉，一切都是那么生动实在，好像还带着那个年代里扑面而来的老北京的气息。那个年代和那种生活，我都没有经历过，本来无从怀念并且无法怀念，上了岁数的老人或许有他们零星的记忆，就像张爱玲笔下那个红黄的湿晕，或是陈旧或是迷糊，但一个老字号就是那个年代里某个生活方式的某种延续，是一种忠实的记录，却还有着艺术的雕琢。

老舍先生笔下的老北京，平民的生活或许困顿不堪，在"城头变换大王旗"的首都战战兢兢地生活。当这一切都定格于老字号的那排匾额与幌子的时候，你能看见的却是另一种模样的平淡与祥和——没有硝烟炮火，没有妻离子散，没有邻里纷争，没有"非典"，什么都没有，他们只是安静而舒适地活着。在这些能够给他们带来全部生活乐趣的老字号的招牌下活着，这就够了。

当年那些老字号，有的已经湮没于我们的视线之外，或许我们永远无法知道当年的它何等地风光。我们现在所谓的名牌，大抵有崇尚西方的倾向，唯洋名牌是尊，似乎早已经忘却先人们白手起家时肇创惟坚和守业之难。他们躲避过战火硝烟，经历了世间冷暖。时间永是流逝，街市依旧太平。

走过一个个老字号的店面，宛如翻过一本本传记，记载着那个时代的烙印和变迁。我突然觉得自己强烈地怀念那个年代的生活。我喜欢看他们脸上的恬淡笑容和体味笑容背后那种心如止水的平静，也许这样的平静与恬淡，正是我们现在一直想拥有却永远无法拥有的一种状态。

（原刊《新京报》，2004 年 5 月 6 日）

| 细节与文化基因

前几天看到《新京报》报道，有政协委员提议将北京的胡同和道路都改成数字编号，据说是为了"使 2008 年奥运会时更多人熟悉、了解、喜爱、适应北京"，并列举出更名的诸多好处，最为幽默的优点是可以改善交通。笔者以为，以编号取悦并方便外国游客还算说得过去，指望胡同编号改善交通简直就是在扯淡了。这位委员是文化界人士，但却非常不懂文化，这对政协会议来说不免是个遗憾。

胡同之于北京，犹皮之于毛，这是从文化符号的角度来讲的。历代北京史料都有关于胡同的记载，胡同文化是京派文化的根底之一。翁立先生曾经在《北京的胡同》一书中详细考证了北京胡同的源流及现状，此处不便赘述。任何一条胡同，都承载了无数的文化基因，人们赖以辨别胡同的依据正是名称，这也是胡同故事的载体。此前已有评论指出该提议之谬，我想说的，就是不能这么粗暴地对待逐渐稀少的文化基因。

"文化基因"是一个舶来的名词，各国学界尚未给出一个严格普适的定义。它的英文是"meme"，根据奥地利籍学者陶在朴的考证，这个词是由著名的英国动物行为学家道金斯（Richard Dawkins）在20世纪70年代杜撰出来的。道金斯是怎样造这个词的呢？他说，他想表达一个"文化传递单位"的概念，同时又带有"模仿"的意思。他找到了一个源自希腊字根的"mimeme"，然后造出"meme"。他认为，首先，这个字跟"memory"有点关联；其次，法文"meme"表示"相同"，有复制的意味。

以我的理解，文化基因是隐藏于文化深层的传播单位。即就基因（gene）这个词而言，最早的音译即为"根"，这是个很传神也很准确的翻译。文化基因也就是文化的根。北京的文化基因体现在什么地方呢？那就是构成北京印象的全部细节：国子监牌楼上惟妙惟肖的木雕，大栅栏鳞次栉比的店铺，故宫里光滑平整的石板，宽阔平直的长安街——这些都是；当然也包括被抽象概括的胡同名字还有整日耳闻的京腔京韵。这些细节，正是我们热爱北京的原因，也是外国游客喜欢北京的理由之一。

　　如果把北京的文化基因的形成过程表诸文字，就是一部北京地方通志。而今，这些文化基因正遭受着前所未有的破坏。以学者的看法，一个城市的发展势必要推陈出新，不破旧无以立新。问题在于，那些文化赖以传承的细节，正在经济发展中逐渐离我们远去，直至消失不见。如此，文化传承即成无源之水，无本之木。人艺话剧《全家福》里，为什么主人公把门前的影壁看作自己的生命，正是因为那块影壁上写满了他个人以及这座城市的活生生的历史。一块影壁，可以是记录文化的载体，同样也是阉割文化的物证。而所谓的工业文明，正是通过对于这些文化细节的破坏，达到其不可揣测的目的。具体事例俯拾即是，不胜枚举。

　　为什么这些美丽的细节会遭到破坏？正是因为其小，其细，其微，才最容易被忽略，被觊觎，被践踏。古寺旁边可以修起摩天大楼，宛如西装革履却戴着瓜皮小帽，虽未对细节本身造成破坏，却严重破坏了细节的美感。比如将有"国门"之称的中华门拆除后，泱泱大国的尊严也丧失殆尽。新修的永定门茕茕孑立，没有连贯城墙的陪衬，丧失了整体的审美效果，也不过是个假文物而已。早知今日，何必当初？由此想到有人在西安城墙上竖立广告牌，虽然对城墙并未直接破坏，但是却严重破坏了城市的文化基因。

　　看看北京新起的那些楼盘，欧化名称的建筑风格比比皆是，被欧陆风格迷住双眼的人们没有看到，真正的欧陆风格是经过千百年的风雨和文化的洗礼雕琢而成，几块似是而非的大理石和东施效颦的拙劣雕刻是学不来的。这是因为文化基因的继承和发展，需要价值观念的整体觉悟，简单的破旧立新只能使那些细节永远存在于记忆和叹息中。

（原刊《新京报》，2005 年 3 月 16 日）

太监的遗迹

"不完整的人"是《新鹿鼎记》中周星驰扮演的韦小宝对吴孟达扮演的海大富的称呼。当周星驰遇见吴孟达，是喜剧的开始。当韦小宝遇见海大富，则是悲剧的结束。其实以海大富的作为而言，并非必死不可，可是，让一个假太监整死一个真太监，才是读者乐于接受的。可见，自明清以降，太监在普通群众眼里并非好人。假如要溯流而上，那么司马迁与郑和还不失为太监中的佼佼者，起码没挨过骂。再往后见诸史册者，几无好人。

有元一代，太监的故事不多。自刘瑾、魏忠贤始，太监的故事就像今天的段子，广泛地流传于北京民间。元、明、清三代，紫禁城的常住人口通常都在四万上下——相当于现在一个大型城镇的人口，而明末居然有八万之多。明天启三年，宫内招聘太监三千名，竟有两万人应征，通过率比现在的高考低多了。

是人就要吃饭，以致在这个号称天下独尊的首善之地，经常粮食短缺，宫内时有饿死者。林子大了，就有大鸟。忠既不忠贤也不贤的魏忠贤就是杰出代表了。此人原系厨师出身，却青云直上，权倾朝野。所谓的"九千岁"其实是小说家言，不过在各地设生祠以及选坟址于香山碧云寺，却是实有其事——要知道，碧云寺可是停孙中山的地方。

油尽灯枯的晚明王朝被魏忠贤这么一搞，后来的崇祯皇帝只得在煤山自尽。临终之时，陪其殉国者却只有太监王承恩。慈禧太后当国时有太监寇连才上书谏政，却遭杖毙——清制太监不得干政，同为太监的安德海却没有这样的好名声，他是被丁葆桢以祖制处极刑，并暴尸三日，这样果然有杀鸡儆猴之效，晚清数十年，并未出现以前历代的"阉祸"。

现在如果来谈近代的北京城，太监仍然是一个不能回避的话题。北京是中国历史上太监最多的城市，有太多的太监在这里留下了太多的遗迹。缺掉太监，北京就会变得不那么完整——虽然我们一直对这个话题有所忌讳。

远的不说，单从北京现在的许多胡同就能看出来这里原先是住太监的。如司礼监胡同、恭俭胡同（宫监转音而来）、织染局胡同、酒醋局胡同、钟鼓司胡同、惜薪司胡同、蜡库胡同、瓷器库胡同，等等，都是历代内府太监的监局司库等各太监衙门的所在地。那时候的北京居民，假如遇见面白无须、声音稚细的人，一定是敬而远之，那时候汉语里还没有"变态"这个词。太监们在京城为所欲为，在平民面前装大爷，在大爷面前装孙子。

又譬如，中国的第一条铁路其实并非京张铁路，在此前朝廷上下审核该铁路的动议之时，北京已经有了一条铁路的实验线路。李鸿章为修筑铁路求助于西太后，彼称自己没见过这东西，要看过了才能作准。于是，李鸿章和作为投标方的法国人给轮轨铁路做了一次大型的现场秀。他们在北京城里铺设了一条长 1.5 公里的铁路实验线。该铁路从中南海紫光阁、时应宫、福华门入北海阳泽门而北行，至极乐世界再东转，最终到镜心斋。法国人还给这条线路提供了一台燃气机车和六节车厢。西太后果然兴趣大增，跃然欲试。为保险起见，她拒绝使用机车，而是命令十数个小太监，拉着车厢在铁轨滑行。她回宫就批准了修建铁路的公呈。谁能料到，作为全国铁路枢纽的北京，其铁路事业竟是肇始于太监脚下。

北京城的老字号，向来是北京的诸多骄傲之一。声闻全国的"东来顺"，其发家之时便是拜太监之赐。"东来顺"的创办人丁德山于光绪二十九年（1903年）在东安市场摆了一个小饭摊，主营杂面、荞麦面、扒糕等东西。后来，他认识了一位姓魏的太监，并拜此太监为干爹，得到了数百两银子的资助——这在当时可是一笔巨资——丁德山便在东安市场白占了一块地，挂起"东来顺粥棚"的招牌。后来生意越做越大，改成专营羊肉的"东来顺羊肉馆"。假如没有这位太监，恐怕我们今天也尝不到"东来顺"的美味了。又如，开张于嘉道年间的仁和酒店最初的店主姓杨，他结识了官内太监，得到了莲花白等几种御酒的秘方，酿出之后，颇受欢迎。莲花白的第二代和第三代传人，由于经营不善，将酒店转给甄秀峰。甄略知中药，对其秘方加以修正，味道又上层楼。甄秀峰过世后，酒店改由其子甄富荣经营。1981年，在房山县的长阳农场，恢复了仁和酒厂老字号，由甄富荣担任副厂长，又研制出菊花白等宫廷御酒。

还有，宜诚厚商场也是有百年历史的老字号。这家商场的旧址为祥义号绸缎店，就是光绪年间小太监小德张出资经营的店铺。

御酒也罢，涮肉也罢，绸缎也罢，铁路也罢，在北京这座古老的城市里，衣食住行都和中国历史上最为人诟病的太监发生了密切的联系。作为数代帝都的北京，不论是拥有三宫六院的皇朝天子，还是根本就没法碰女人的内廷阉人，都是其中不可或缺的

一部分。回溯历史，这些都是根本无法回避的。不完整的太监们
让我们关于这个城市的记忆变得不那么完整。我们经常玩弄历史，
却在不经意间也发现，历史在更多的时候嘲笑了我们。

（原刊《新京报》，2004 年 4 月 2 日）

地铁站的记忆

也许是因为北京是中国第一个通地铁的城市,故而对于地铁的记忆,北京人的感受来得比别的城市更加强烈一些。北京地铁一期工程是国庆二十周年的献礼工程。其时,"文化大革命"进行得如火如荼,但是地铁施工并未受到影响。在"横扫一切"的狂潮中,受到重大影响的却是北京城市的整体规划和道路布局。崇文门、宣武门在一期工程中被彻底拆除,倘若不是周恩来,恐怕古观象台也在劫难逃。

在备战备荒的形势下,北京地铁的指导思想是"人防为主,兼顾地下交通"。政治挂帅的年代,公众的便利很少能左右决策的执行,何况集体狂热使得这个本为公共交通工程的地铁成为重大的政治工程,很多隧道在施工之时,都是由保密单位进行的。

在环线工程前后，内墙被陆续拆除，奠定了北京地面交通的大饼基础。北京，这个城市以及这个城市的人们，随着地铁的诞生发生了无法评价的变化。

通车和运营之时，那些洋溢着喜悦的人们把地铁看成这个城市的一种荣耀，许多从北京站刚刚出站的外地人，带着好奇和羡慕的心情，匆匆走进一箭之遥的地铁站。在那里，他们看见了身处首善之地的北京人，如何享受着社会主义的优越性。再后来，上海、广州地铁相继通车，人们才恍然大悟，原来在中国，地铁就是一个城市地位的最好表达。这样的想法甚至影响了那些如今尚未开通地铁的城市市民，前不久，南京地铁通车，当地报纸甚至大张旗鼓地请作家叶兆言"谈谈感想"。

公众复杂的心理，也很值得揣摩。如果说地铁能体现城市地位，那多半还是着眼于经济因素。每公里好几个亿的投资和天文数字般的运营成本，其实并不是每个城市都能负荷的。上海地铁的投资，能搞好几个载人飞船工程，当然，后者没有前者实用。直到今天，也只是少数国家的少数城市有地铁，作为公共交通工具，地铁的商业化运营向来就是全世界的难题。地铁通常是一个城市最不经济但又不得已而为之的选择。

说远了，北京地铁由于早年人防目的过于明确，至今很多弊病都暴露出来，比如复兴门站的人流拥挤乃是因为当初设计流量太低。现如今，地铁站内高峰时段的人流拥挤丝毫不亚于地面交通的车流拥挤。地上是汽车和自行车的地盘，那是两个阶层被隔离栏隔开的最好图景。几十米的地下，则是另一个阶层的天下。这些人崇尚速度，习惯精确，喜欢冰冷的钢铁带给他们坚实和冷静的感觉。虽然他们在地铁里面容冷峻，眼光漠然，但这并不妨碍他们成为这个城市的中坚力量。

　　工业化带来的地铁带来了很多新鲜事物，没人能准确地阐释出地铁对人们的影响，小到每个人，大到这个世界，地铁延展了人们的活动空间，使得公共汽车的长途跋涉变得不那么恐怖。同样，地铁也缩小了城市区间的心理距离，使得公共空间的紧密联系成为可能。人们期待 2008 年的奥运会，毋宁说更期待奥运会后城市硬件设施的改善和生活环境的提高。这个穿行于地下的庞然大物，其实承载了很多和我们生活密切相关的感受。

　　文字的象征符号也能解释地铁里的心情。机械化的往返使得地铁在人们的心里也投下了阴影。地和铁，都是冰冷而坚硬的东西，这两个字在中文语境的奇妙组合，使得地铁具有某种集体记忆的象征。伦敦人把他们的地铁称为"The Tube"，不是没有道理的。而巴黎人则给地铁起了非常宏大的名字"Metro"，这个词的本义是都会，一个万民敬仰的所在。北京的地铁英文即来源于此。

　　地铁站的记忆，原是一首歌的名字。曲调的轻快明丽，和很多人在地铁站的记忆完全不同。这首歌的版权属于一个叫"北京男孩"的乐队组合，名为《长椿街的地铁站》。"北京男孩"这首歌撩拨了很多北京的男孩女孩对地铁的感觉，甚至和他们的初恋紧密相关。如今我看到在地铁里相拥而立的年轻恋人，也会想到这首歌。急速前进的地铁和我们的记忆是那么触手可及。

　　　　　　　　　　　　　　（原刊《新京报》，2005 年 9 月 8 日）

闹市中寻找佛国净土

Google 推出的 Google Earth 是一款非常好玩的工具软件，通过它可以从任意高度的高空俯视地球，给人的感觉是把整个地球放在手上把玩，随时都可以去想去的任何地方。当我从两万米的高度看北京城时，发现了一个颇有意思的现象：二环里，除掉"五坛八庙"之外，其余的绿地竟然都是佛寺。

古谚说，深山藏古寺。佛教寺庙向来与山的关系极密，盖因远离尘世喧嚣，更易修身养性。"天下名山僧占多"，准确地说，则是山因寺而名，这样的例子不胜枚举。在通衢闹市立寺礼佛，青灯古佛的一壁之隔，则是花花世界的无穷诱惑，更显修为之难。概言之，山中寺院，重个人修为，闹市寺院，重宣教柔民。

北京城区的佛寺之众，居天下之首。细细追究起来，则与历史上北京的政治地位不无关系，即与"宣教柔民"有关。中国历史上，统治之法，无非政教两端。政治和宗教政策是历代统治者的左右手，政以治民，教以柔民。辽代之后，北京基本上是中国的佛教中心，由于政治演进之原因，北京的寺庙在很大程度上关系着天下兴衰。这是北京寺庙最可注意的特征，即"庙系天下"。

自辽代以来，北京地区的寺院或多或少都与皇家的支持有关。比如被认为是北京古刹之首的法源寺，其前身悯忠寺建于贞观年间，是唐太宗为祭奠东征阵亡将士而建。此寺在安史之乱时曾改名顺天寺，是反将史思明的驻跸之所。"靖康之耻"的徽钦二宗，即被囚于此。雍正年间赐名法源寺，乾隆曾有"法海真源"的御笔赐予该寺。可以说，中国古代史的许多断面，我们都可以在这座寺庙里找出历史的沉重碎片。

沿法源寺东边的菜市口南大街北行，至西四，则另有一座俗称"白塔寺"的寺院，亦是北京寺院的关节。这座出现在《倚天屠龙记》中的寺院曾经是元代皇室举办宗教活动和译经的主要场所。元代称大圣寿万安寺，明代重建后改称妙应寺。寺中的藏式白塔，是当时入仕元朝的尼泊尔著名工艺师、元代帝师八思巴的得意门生阿尼哥的杰作。这座白塔，既为供奉释迦舍利，又作为政权与神权的象征而"坐镇都邑"，是"宣教柔民"的典范寺院。

元代碑文称："非巨丽，无以显尊严；非雄壮，无以威天下。"该塔与璀璨的皇家建筑相映生辉，"金城玉塔"的盛名由是而来。

距白塔寺不远的西四牌楼边上，则为广济寺。该寺始建于金代。元太祖十六年（1221 年），曹洞宗高僧万松行秀来主该寺，其弟子耶律楚材（后任元代中书令）的"以德治国，以佛治心"的主张，很大程度上影响了元代的政教政策。该寺现为中国佛教协会会址。寺外，车水马龙，寺内，则静谧异常，以为置身名山深谷。

西四往北，至什刹海，则又是一番景观。望文生义，什刹，即十座寺庙。现存最著名的则为在鸦儿胡同尽头的广化寺。该寺气势不若法源寺，幽静则过之。院内古树参天，婆娑作响，大雄宝殿飞檐之下，有檐马叮咚而鸣，使人油然而生出世之意。北京佛教协会设于此寺。

有清一代，北京许多寺庙与权臣显贵关系非同一般。贤良寺与李鸿章、法华寺与袁世凯都和中国近代政治密切相关。辱国丧权的《辛丑条约》，就在贤良寺中草拟。此外，北方最大的黄教寺庙——雍和宫承担了清王朝"抚远怀柔"的政治功能，雍和宫与承德外八庙一道，成为稳定蒙藏边疆和民族的重要政策工具。大体上来说，汉传佛教寺院，多是为汉族臣民而设，藏传佛教（主要是黄教）寺院，多为蒙藏边民而设。

倘非李敖的小说，恐怕世人很难去关注法源寺这个"大隐隐于市"的大丛林。我有一年的时间住在法源寺附近，常去拜访寺中的一位师父。往来的香客，大都虔诚而笃信，寺中的学僧，多慈眉善目，祥和恬淡。丁香树依然不减当年，只是没有了谭嗣同"丁香体柔弱，乱结枝犹垫……晚堕兰麝中，休怀粉身念"的政治气氛。闹市中这些佛国净土，已然成为北京城最可留恋的去处。

（原刊《新京报》，2005 年 10 月 13 日）

从前，有个城市叫北京

郁达夫是浙江富阳人，看惯了富春江独绝天下的奇山异水，一到北京，就有些情不自持。在他心里，"陶然亭的芦花，钓鱼台的柳影，西山的虫唱，玉泉的夜月，潭柘寺的钟声"，都是故都北京的标志。他写那篇文章的时候，刚刚从千里之外的杭州的夏天里走出来，一到北平，就想租"人家一椽破屋来住着"，享受着与江南截然不同的日子。

那时候的北平是个平静而安详的地方，不像现在，郁达夫听不到此起彼伏的推土机或是打桩机的巨响，也不用每天耗费两三个小时在探亲访友的路上。他说："泡一碗浓茶，向院子一坐，你也能看得到很高很高的碧绿的天色，听得到青天下驯鸽的飞声。"这样的日子何等惬意而畅快。

　　我总是很羡慕民国时代的文人生活，虽然彼时的北京是一个绝对的消费城市，按照现在的话说，"生活压力比较大"，但是在他们那里总能把平常的日子演绎成一件玲珑剔透的艺术品，就像精雕的鼻烟壶，圆润而饱满。他没有我们今天这么多的烦恼——我发现，我身边的许多人对这个城市的抱怨越来越多，而且话题总是和譬如交通、居住等与生活紧密相关的方面联系起来。怀古的意味越浓，这种感觉就日渐强烈。

　　假如，现在让郁达夫坐在院子里，那么他举目而望的时候，会看到什么？冰冷而呆板的水泥森林、丝毫不能遥望天际的逼仄空间还会不会再让他愿意"折去寿命的三分之二"来享受故都的日子？然而这个假设是不成立的，因为多愁善感的郁达夫现在来到北京，他根本不可能找到爬满牵牛花和种着枣树的四合院。

　　他最大的可能就像如今的我一样，作为一个"京漂"的外省青年，租住在一幢像火柴盒一样的塔楼里，整天不知疲倦地乘坐各种各样的交通工具，艰难地在这个寄托了无数梦想与希冀的水泥城市里奔波。张恨水说："写得倦了，恰好胡同深处唱曲儿的，奏着胡琴弦子鼓板，悠悠而去。掀帘出望，残月疏星，风露满天，你还会缺少'烟士披里纯'吗？"我晚上听到的却是无数喇叭在长安街上呼啸而过，闻到的是扑面而来的汽油味。

可以肯定的是，郁达夫、张恨水那些细腻的观察和柔靡的文字会在如今的北京城里消逝得无影无踪。那么，这篇进入中学语文课本的文章《故都的秋》就成为怀念北京城的绝响。就像我每天晚上面对电脑，对着窗外的八一大楼，发呆几个小时，然后敲出一些莫名其妙、不知所云的文字，偶尔也会表达我对这个城市的愤慨。我绝对不会忘记在几天之前，我乘坐的出租车变成潜水艇的经历。那时候实在是一种复杂的心情。

夏天的北京着实难受，这几日逢着"桑拿天"，每天都觉得身上被涂了一层鼻涕，想起张恨水说的北京夏天要晚上盖被睡觉，真觉得不可思议。他说："当年在那里生活着，本是住在天堂里，大四合院里，槐树碧油油的，在屋顶上撑着一把大凉伞儿，那就够清凉。"如今的北京却又是谁的天堂？

往者不可谏，来者可追否？这个曾经伟大而现在巨大的城市，在绝对不可捉摸的未来又会是什么样子？我们曾经那么地爱她，像郁达夫那样。他说，因为北平处处长着树，屋子又低，所以无论在什么地方，都听得见秋蝉的啼唱。如今机器的声音代替了这些天籁之声，难得享受他当年的趣味，而我们的子孙后代，相比我们就更不堪言。他们可能连我们现在还能有幸享受的一些地方都无法涉足了。譬如鼓楼大街，我经常去吃饭的一家老店，如今就被拆了。

北京的容颜是崭新的，但却并不动人，年月久远的记忆也会随着推土机而消失。我还能依靠有限的想象力去还原一些老辈子人的记忆。可是现在我们留下的文章、影像，还有数字，却会让我们的后代无法领会这个城市曾经的伟大之处。我居住在一个没有真实感的城市，编织着一些美丽的却是血淋淋的记忆。我不能奢望给自己留下什么，有良心的文字在活脱脱地写着关于这个城市的历史。只是，我们要告诉我们的后代：从前，有个城市叫北京。

（原刊《新京报》，2004 年 7 月 23 日）